# *Anne of Green Gables*

# 目次

# 一　林德太太好訝異

瑞秋・林德太太的房子就座落在艾凡利村大街的一個小窪地上。她家周圍種滿了赤楊木和吊鐘花，門前的潺潺流水則源自老卡斯柏家森林裡的小溪。這條莽撞的小溪從錯綜複雜的上游奔流而下，越過繁茂的森林，形成許多不為人知的池塘和瀑布；不過，到了林德太太家的窪地時，小溪卻變得既安靜又規矩，因為就算只是一條彎過林德太太家門口的小溪，也得舉止合宜、端莊得體。也許小溪知道林德太太老愛坐在窗邊盯著經過的人事物，無論是小溪還是小孩，都難逃她精明銳利的雙眼；要是看見任何奇怪或可疑的事，她絕對要追查到底、搞清楚來龍去脈才肯罷休。

艾凡利村裡裡外外有許多人經常不管自家的正事，反倒密切關注鄰居的閒事，然而瑞秋・林德太太卻能兩者兼顧，正事閒事一手包辦。她是個非常了不起的家庭主婦，不僅家務打理得井然有序，同時還「經營」村裡的縫紉社、幫忙管理主日學校，更是教會救助協會和傳教援助組織最強大的支柱。不過，就算有這麼多工作，林德太太還是有辦法挪出好幾個小時坐在廚房窗前織棉被（艾凡利的主婦們語帶敬畏地說，她已經織了十六條棉被呢），同時用敏銳的眼神緊盯著那條穿過窪地、蜿蜒攀上遠方紅山丘的村莊大街。由於艾凡利村位在突出於聖勞倫斯灣的三角形小半島上，兩側臨海，因此出入的人都得經過這條山路，自然逃不過林德太太的法眼。

六月初的某個午後，林德太太就跟平常一樣坐在廚房窗邊。溫暖耀眼的陽光從窗外透了進來；屋子下方斜坡的果園裡盛開著略帶粉紅的白色花朵，宛如新娘臉上淡淡的紅暈；數不清的蜜蜂嗡嗡地四處飛舞。湯瑪斯・林德（他是個謙和溫順、個子矮小的男人，艾凡利村民都叫他「瑞秋・林德的先生」）正在穀倉那邊的小山丘上忙得團團轉，把晚熟蕪菁的種子埋進土裡。林德太太知道，馬修・卡斯柏這時應該也在翠綠莊園的大紅溪田裡播蕪菁種子才對，因為昨天傍晚她就在卡莫迪鎮布萊爾先生的店裡，親耳聽到馬修告訴彼得．莫里森說，他打算明天下午來播蕪菁的種子。當然啦，這是彼得問出來的，因為馬修．卡斯柏這輩子從來不會主動透露任何事。

可是，在這麼忙碌的下午三點半，馬修．卡斯柏卻平靜地駕著馬車越過窪地，駛上山丘，而且還穿著最體面的衣服，露出潔白的領口，可見一定是要到村外去；再加上他駕著栗色馬兒拉的馬車，一副就是要出遠門的樣子。他到底要去哪裡？又是為了什麼事出門呢？

要是換成村子裡其他男人，林德太太只需要轉轉靈活的腦袋，稍微東拼西湊，大概就能猜出這些問題的答案。不過馬修幾乎很少出門，想必是什麼急迫又不尋常的事；畢竟他算是世界上最害羞內向的人，不但討厭跟陌生人打交道，或是去那些非講話不可的地方，也很少會穿著白襯衫盛裝打扮、駕著馬車出現。林德太太左思右想，就是想不出個所以然，徹底毀了她美好的午後時光。

「等我喝完茶就去翠綠莊園一趟，從瑪莉拉那裡探探口風，看馬修究竟是為了什麼原因、去了哪裡。」林德太太終於做出決定。「通常他不會在這個時節進城，而且他從來不拜訪任何人。就算是蕪菁種子沒了，也用不著穿得這麼正式、駕著馬車去買；再說他駕車的速度不快，不像急著要請醫生的樣子。一定是昨晚發生了什麼事，讓他非得出門不可。我真搞不懂。要是今天不弄清楚馬修．卡斯柏為什麼離開村子的話，我一刻也不得安寧。」

於是林德太太喝完茶便立刻出發，前往卡斯柏家那棟果園環繞、格局凌亂的大房子。這段路並不遠，只要從林德家的窪地往前走大約四百公尺就到了，可是狹長的小徑走起來感覺似乎比實際距離還要遠得多。馬修的父親就跟他兒子一樣靦腆又沉默寡言，當初準備蓋房子的時候，他刻意選了這個遠離人煙但不至於隱居森林的地點。翠綠莊園就座落在這片開墾地的最外緣，一直屹立到今天，從艾凡利村那些林立在大街兩旁的房屋遠望，幾乎看不見莊園的身影。林德太太認為生活在那樣的地方根本不算「生活」。

「只能算是活著罷了。」她邊說邊走，雜草叢生的小徑上有深深的車輪軌跡，兩邊長滿了濃密矮小的野薔薇。「馬修和瑪莉拉住在這麼偏僻的地方，也難怪他們兄妹倆都有點怪裡怪氣的。樹又不能作伴，就算能作伴好了，應該也看夠了吧。我寧願看人。可是他們好像很滿意的樣子，我猜大概是習慣了吧。就像愛爾蘭人說的，人總是有辦法習慣任何事，就算是上吊也一樣。」

林德太太步出小徑，走進翠綠莊園的後院。院子裡蒼翠青鬱，綠意盎然，一邊佇立著高大的老柳樹，另一邊則是整齊的白楊樹，整個空間打理得乾淨俐落、恰到好處，完全看不到任何掉落的樹枝或石頭，否則絕對逃不過林德太太的眼睛。她暗自心想，瑪莉拉打掃後院的次數一定和屋子一樣多。這座院子乾淨到就算坐在地上用餐，也不會沾上半點灰塵。

林德太太輕快地敲敲廚房的門，聽見有人說「請進」後就走了進去。翠綠莊園的廚房是個令人開心的地方——應該說，「本來」是個令人開心的地方，卻因為整理得太過乾淨，反倒像是沒在用的樣子。廚房東西兩側都有窗戶，柔和的六月陽光從面向後院的西窗流瀉而下；透過爬滿翠綠藤蔓的東窗，可以瞥見左邊果園裡盛開的白色櫻桃花，以及小溪旁窪地上低垂、纖長的樺樹。瑪莉拉想坐下來的時候，就會坐在這裡。不太信任陽光的她總覺得陽光放蕩不羈，而且太歡快了，完全不適合這個應該嚴肅以對的世界。此時此刻，她就坐在這裡打毛線，身後的桌上放著點心。

林德太太門都還沒關，就已經把桌上的東西默默記在心底。桌上擺了三個盤子，想必瑪莉拉正在等馬修帶某個人來家裡喝茶，不過這位客人大概不是什麼特別的人物，因為盤子是平常用的款式，盤裡也只有酸蘋果蜜餞和一種蛋糕而已。那馬修的白襯衫領口和栗色馬兒又是怎麼回事呢？向來寧靜且毫無神祕感可言的翠綠莊園居然冒出這麼不尋常的謎團，林德太太心中的問號越來越大，頭也越來越昏了。

「妳好，瑞秋，」瑪莉拉輕鬆地說。「好個美麗的傍晚，對不對？快坐下來吧。家人都還好嗎？」

瑪莉拉和林德太太兩人個性截然不同，卻成為了朋友；但或許就是因為這些差異，她們的友誼才能一直維持下去。

瑪莉拉長得瘦瘦高高，身材輪廓稜角分明，完全沒有曲線，加上深色的頭髮裡夾雜著幾絲白髮，總是在腦後挽成一個緊實的小髮髻，再用兩支髮夾硬生生地固定住，看起來就像個經驗貧乏、觀念死板的女人（其實她就是這麼保守沒錯）；幸好她的口齒還算伶俐，如果稍微訓練一下口條，或許還能要要幽默，開個小玩笑也說不定。

「我們都很好，」林德太太說。「不過我滿擔心妳的。今天我看到馬修出門，還以為他是要去請醫生呢。」

瑪莉拉的嘴唇扭動了一下。善解人意的她早就知道林德太太會來問個究竟。看到馬修無緣無故出遠門，她這位好奇的鄰居哪裡受得了。

「喔，沒事，我很好，只是昨天頭有點痛。」瑪莉拉說。「馬修去亮河車站了，我們要收養一個來自新斯科細亞省[1]一間孤兒院的小男孩，他搭的火車今晚就會到了。」

如果瑪莉拉說馬修要去車站接一隻來自澳洲的袋鼠，林德太太大概不會這麼吃驚。她驚訝到足足有五秒鐘說不出話來。雖然明知道瑪莉拉不可能捉弄她，但林德太太差點相信自己真的被耍了。

「妳說的是真的嗎，瑪莉拉？」林德太太終於又能開口說話了。

「當然是真的啊。」瑪莉拉回答，彷彿從新斯科細亞省的孤兒院領養小男孩，就像艾凡利農場規律的春天例行事務一樣稀鬆平常，算不上什麼前所未聞的創新之舉。

林德太太大為震撼，心裡不斷蹦出驚嘆號。一個小男孩！馬修和瑪莉拉居然要領養一個小男孩！而且還是從孤兒院來的！天啊，這個世界果然上下顛倒，變得亂七八糟！從今以後再也沒有會讓她感到訝異的事了！絕對沒有！

「你們怎麼會有這種想法啊？」她帶著反對的語氣繼續追問。卡斯柏兄妹居然沒問過她的意見就這麼做了，當然不能贊成。

「其實我們已經考慮了一整個冬天。」瑪莉拉說。「史賓瑟太太在聖誕節前某一天來我們家，說她打算春天時到希望鎮的孤兒院領養一個小女孩。她表妹就住在那邊，史賓瑟太太去過，

---

1　加拿大東南岸的省分。

所以比較清楚整個情況。後來馬修和我陸陸續續聊過幾次，我們想領養一個男孩。妳知道，馬修上了年紀，都六十歲了，身體自然不像從前那麼敏捷，心臟也常常不舒服。妳也知道，除了那些笨手笨腳、半大不小的法國男孩外，很難請得到人手幫忙；就算用了這些小傢伙，等他們學會一點皮毛，就又跑到龍蝦罐頭工廠或美國去了。一開始馬修想領養家鄉的孩子，但我斷然拒絕。我說：『家鄉的孩子或許還可以，不是說一定不行，可是我絕對不要倫敦街頭的阿拉伯流浪兒。最起碼也要是這裡土生土長的孩子。不管領養誰都有風險，不過如果是加拿大長大的孩子，我會覺得比較輕鬆，晚上也睡得比較安穩。』最後我們決定請史賓瑟太太去接小女孩的時候，順便幫我們挑個男孩。上星期我們聽說她要出發了，於是就拜託她住在卡莫迪的家人帶話給她，請她替我們挑個聰明又合適，大概十歲、十一歲的男孩。我們覺得這個年紀最好，因為孩子夠大，可以馬上分擔家事，也夠年輕，可以好好教養成人。我們打算給他一個幸福的家庭和良好的教育。今天郵差從車站送來史賓瑟太太的電報，說他們坐的火車五點半會到亮河，馬修就是去車站接他。當然啦，史賓瑟太太只是送他下車，她自己會再繼續坐到白沙站。」

林德太太的個性心直口快，總是有什麼說什麼，而且對此非常自豪。這時她的心情已經逐漸平復，適應了這個驚人的消息，於是便開始滔滔不絕地發表意見。

「老實跟妳說吧，瑪莉拉，我覺得你們做這件事愚蠢至極，而且非常冒險。你們在不知道會面對什麼樣的情況下，就讓一個陌生的孩子住進家裡，完全不了解他和他的個性，也不知道他有什麼樣的父母，將來又會變成什麼樣子。上星期我才在報紙上看到新聞，島的西邊有對夫婦領養一個孤兒院男孩，結果那孩子居然在晚上縱火把房子燒了，而且他是故意的喔，瑪莉拉，差點把睡在床上的夫婦倆燒成灰耶！我還聽過另外一個案例，那個領養來的男孩有愛吸雞蛋的壞習慣，怎麼改也改不了。瑪莉拉，你們居然沒問過我，要是你們有先問過我的話，我一定會勸你們打消這個念頭。」

聽到這番像是關心卻又令人煩心的話，瑪莉拉還是一臉從容繼續打毛線，看起來似乎既不生氣，也不驚慌。

「瑞秋，我承認妳講得確實有幾分道理，我也覺得有點不安，可是我看得出來馬修執意要這麼做，所以只好讓步。他很少決心要做點什麼，一旦他堅持，我總覺得自己有義務要順著他。至於冒險嘛，人活在這世界上做的每一件事幾乎都有風險，就算是親生的孩子也不見得個個成材。再說新斯科細亞省就在島附近，又不是遙遠的英國或美國，他不可能跟我們差太多啦。」

「好吧，但願如此。」林德太太的語氣顯然充滿懷疑。「要是他把翠綠莊園給燒了，或是在井水裡下毒，可別怪我沒警告過妳。聽說新布藍茲維省[2]一個孤兒院的小孩就幹了那種事，害得全家人痛苦而死，只是那次是個女孩子！」

「我們領養的不是女孩子。」瑪莉拉說，彷彿只有女孩才會在井裡下毒，不必擔心男孩會做出那種事。「我從來沒想過要領養女孩子。真搞不懂史賓瑟太太在想什麼。不過她這個人哪，只

2 加拿大大西洋地區的省分。

要動了念頭，就算是接收整間孤兒院也沒什麼大不了的。」

林德太太本來想等馬修帶孤兒回來，但仔細想想，可能至少要等上兩小時，於是她決定沿著路往前走到勞勃．貝爾家去報告這個驚人的消息，肯定會引起大轟動。林德太太最愛引起轟動了。她離開之後，瑪莉拉總算鬆了口氣，因為林德太太那些悲觀的看法再度喚醒了她心中的疑慮和恐懼。

「哎，真想不到！」沿著小徑走了好一段距離的林德太太突然開口。「感覺好像在作夢一樣。唉，我真替那可憐的孩子感到難過。馬修和瑪莉拉根本不懂孩子，而且還指望他比自己的爺爺更聰明、更穩重，但這點我很懷疑就是了。一想到翠綠莊園居然多出一個小孩……太不可思議了，那裡從來沒有小孩。當初新房子蓋好的時候，他們兄妹倆已經是大人了。看著他們的模樣，真的很難相信他們也有過童年。天啊，我好同情那個孤兒喔。」

林德太太對著路邊的野薔薇訴說自己的真心話，但她若是看見此時正在亮河車站耐心等候的孤兒，她的同情心肯定會變得更深切、更強烈吧。

# 二　驚訝的馬修

馬修．卡斯柏和栗色馬兒悠閒地走在通往亮河車站的路上。這條路長約十三公里，景色非常優美，道路兩旁佇立著溫暖舒適的農莊，途中不時穿過芬芳的冷杉樹林，或是在窪地上綻放著朦朧花海的野李樹林；空氣中瀰漫著蘋果園的甜蜜香氣，青翠的草地順著斜坡蔓延，直至遠方那道蒙上薄霧、透著淡紫與珍珠白的地平線；小小的鳥兒高聲歌唱，彷彿今天是這一年中最美好的夏日時光。

馬修以自己的方式和步調享受這趟旅程，一路上都很愉快，只有在必須對路過的婦女點頭時不太自在而已，因為愛德華王子島上的居民不管在路上遇到熟人還是陌生人，都一定要點點頭、打個招呼。

除了瑪莉拉和林德太太之外，馬修對所有女人都有種不安的恐懼感，覺得她們很神祕，而且好像都在偷偷取笑他。他會這麼想也不是沒道理，因為他長相古怪、身材粗笨，一頭鐵灰色長髮垂在佝僂的肩膀上，外加一臉打從二十歲就開始留的淡褐色大鬍子。其實他二十歲和六十歲的樣子看起來差不多，只是少了些白髮罷了。

馬修到亮河車站時沒有看到火車，他以為自己來早了，於是就先把馬兒拴在小旅館的院子裡，然後再走回車站。長長的月臺上空蕩蕩的，沒什麼人，只有一個小女孩坐在月臺末端的一堆木板上。馬修完全沒注意到那裡坐的是個小女孩，甚至連看也沒看，就悄悄從她身邊快步走了過去。其實他只要瞄她一眼，就會發現她的表情和姿態透露出滿滿的緊張與期待。她正坐在那裡等著什麼事或什麼人，既然現在只能等待，她就全心全意地等待。

馬修碰到鎖上售票亭準備回家吃晚餐的站長，於是便問他五點半的火車是不是快到了。

「那班火車半小時前就開走啦！」活潑的站長回答。「不過有位乘客下車說要找你，是個小女孩，就坐在那邊的木板堆上。我請她到女性專用的候車室去等，可是她很認真地告訴我，她比較喜歡待在外面，說『外面比較有想像空間』。真是個特別的孩子。」

「我來接的是個小男孩，」馬修困惑地說。「不是小女孩。他應該在這裡才對。史賓瑟太太答應要幫我從新斯科細亞省帶他過來的。」

聽到這裡，站長吹了聲口哨。

「可能是搞錯了吧，」他說。「史賓瑟太太帶那小女孩下車，把她交給我，說是你和你妹妹從孤兒院領養的，又說你馬上就到。我只知道這些——哎，我可沒有把別的孤兒藏在車站喔。」

「怎麼會這樣呢？」馬修無助地說。他好希望瑪莉拉能在場幫忙解決這個難題。

「哎，最好還是問問那個小女孩吧。」站長漫不經心地說。「我敢說她一定能把事情解釋清楚，她口齒伶俐得很呢。說不定是孤兒院裡沒有你們想要的那種男孩了。」

話一說完，肚子餓得咕嚕咕嚕叫的站長就踩著輕鬆的步伐離開了。可憐的馬修不得不硬著頭皮去問小女孩（而且還是一個陌生又孤苦無依的小女孩）。為什麼她不是小男孩，這對他來說簡直比深入虎穴拔老虎的鬍鬚還難。馬修無奈地轉過身，心裡暗暗叫苦，拖著腳步慢慢朝月臺盡頭走去。

馬修剛才經過的時候，那個女孩的目光就一直盯著他轉，完全沒有離開。馬修倒是沒在看她，就算看了，也看不出她是個什麼樣的小女孩。不過一般人看到的印象應該是：一個十一歲左右的孩子，身穿一件非常短、非常緊，而且奇醜無比的黃灰色法蘭絨洋裝，頭戴一頂褪色的棕色水手帽，帽子底下竄出兩條髮量豐盈、如火般紅豔的粗辮子，那張蒼白瘦削的小臉上長滿了雀斑，加上大大的嘴巴和大大的眼睛，而且那雙眼睛還會隨著光線和情緒變成灰色或綠色。

這是一般肉眼看得見的外表。若換成細膩敏銳的觀察高手，就會發現她的下巴又尖又顯眼，圓滾滾的大眼睛活力充沛、炯炯有神，那張嘴又甜又會說話，寬寬的額頭非常飽滿；總而言之，眼力獨到的觀察者結論會是：這個讓靦腆的馬修怕得要命的小孤女，體內蘊藏著與眾不同的靈魂與氣質。

幸好馬修不需要先開口，因為小女孩一發現他朝自己走近，立刻站了起來，一隻細瘦黝黑的手抓著一個破舊的老式旅行袋，另一隻手則伸向馬修。

「我想你就是翠綠莊園的馬修・卡斯柏先生吧？」她的聲音聽起來異常清脆甜美。「很高興見到你。我好擔心你不來接我了，我還想了各式各樣你沒來的理由呢。不過我已經下定決心，要是你沒來的話，我就沿著鐵軌往前走，爬到轉彎處那棵大大的野櫻桃樹上過夜。我一點也不怕。你不覺得能在月光下的白色野櫻桃花海中睡覺很棒嗎？你可以想像自己是住在用大理石砌成的客廳裡。而且我有把握，就算你今天晚上沒來，明天早上也一定會來。」

馬修尷尬地握著小女孩瘦巴巴的小手。就在這一刻，他知道該怎麼辦了。他不能跟這個眼神閃閃發亮的孩子說搞錯了；他要帶她回家，讓瑪莉拉來處理；再說，無論之前出了什麼差錯，總不能把她一個人丟在車站不管。所有的問題和解釋，全都等他們平安回到翠綠莊園後再說吧。

「對不起，我遲到了。」馬修害羞地說。「來吧，馬兒在院子那裡。把妳的袋子給我吧。」

「喔，我拿就好，」小女孩開心地說。「不會很重。雖然裡面裝了我全部的家當，但是一點也不重。而且這個旅行袋很舊了，如果拿的方法不對，把手就會掉下來，所以還是我自己拿比較好，因為只有我才知道訣竅。噢，雖然睡在野櫻桃樹上也滿浪漫的，但我很高興你來了。我們是不是要走很遠的路？史賓瑟太太說有十三公里呢。好開心喔，我好喜歡坐馬車兜風。噢，想到要跟你們住在一起、成為你們的家人，這種感覺真的好幸福。我從來沒有真正當過誰的家人，從來沒有。孤兒院最可怕，我只待了四個月就受夠了。我猜你一定沒當過孤兒、沒住過孤兒院，所以不可能了解那裡的情況。那裡是全世界最糟糕的地方，比你想像的還要糟。史賓瑟太太說我嘴巴很壞，把孤兒院說得那麼難聽，可是我又不是故意的。很多難聽話不知不覺就會說溜嘴了嘛。你知道，孤兒院裡的人其實很親切，可是那種地方真的很難有想像的空間，只能幻想其他孤兒的故事。不過這還滿有趣的，想像坐在你旁邊的女孩其實是伯爵的女兒，從小就被邪惡的保母偷抱走，最後保母還來不及說出真相就死了。因為白天沒有時間想東想西，所以晚上我總是醒著，躺在床上不斷幻想，我猜大概就是因為這樣，我才會這麼瘦吧。我真的瘦得很恐怖對不對？骨頭上半點肉都沒有。我很喜歡想像自己變得漂亮又胖嘟嘟的樣子，胖到連手肘上都有肉窩喔。」

這時，小女孩突然閉上嘴巴不說話了，一部分是為了要喘口氣，一部分是因為他們已經走到了馬車旁邊。他們駕著馬車離開村子，沿著陡急的小山坡往下走。小女孩始終沒開口說話。道路被往來的人車壓出深深的印痕，露出鬆軟的泥土，兩側的邊坡則種著盛開的野櫻桃樹和纖細的白樺樹，高度比他們的頭還要高出十幾公分。

小女孩伸出手，折斷一根擦到馬車側邊的李樹枝。

「很美對不對？從邊坡探出來的那棵有好多白色花邊的樹，會讓你想到什麼？」

「呃，不知道。」馬修說。

「當然是新娘子啊，一個身穿白色禮服、頭戴美麗朦朧面紗的新娘子。我沒看過新娘，但我想像得到她的模樣。我從來不覺得自己會當新娘，我長得太普通，沒人會娶我，除非是外國傳教士，他們大概比較不挑剔吧。但我還是希望有一天能穿上白紗，我覺得那是世界上最美好的幸福。我就是喜歡漂亮的衣服，卻從來不記得自己這輩子穿過什麼漂亮衣服，不過這樣一來，未來就有更多值得期待的事了，不是嗎？我可以想像自己穿得美美的。今天早上離開孤兒院的時候，我覺得好丟臉，因為我只有這件難看又老氣的法蘭絨洋裝可以穿。你知道，孤兒院的孩子都得穿成這樣。希望鎮有個商人去年冬天捐了三百碼法蘭絨布給孤兒院，有人說是因為那些布料賣不掉，不過我相信他是出於好心才這麼做的。你覺得呢？上火車的時候，我覺得其他人好像都在看我、可憐我，於是我開始幻想自己身穿淡藍色的絲質洋裝，反正是幻想嘛，不如就盡情地想，所以我又加上綴滿花朵和羽毛墜飾的大帽子、金錶、小羊皮手套和長靴，結果心情馬上就變好了，而且一路開心到島上。我完全沒暈船，史賓瑟太太也是。不過她說她通常都會暈，只是這次為了怕我跌到海裡、忙著顧我，所以沒時間暈船。她說她從來沒看過像我這麼愛到處亂晃的小孩。可是如果她因為我喜歡亂走而沒有暈船，也算是件好事吧？而且我想把船上所有東西一次看個夠，誰知道以後還有沒有機會坐船呀。噢，好多櫻桃樹都開花了！這座島是全世界花開得最多的地方。我已經愛上這裡了，想到以後能住在島上真的好開心。我一直聽說愛德華王子島是世界上最美的地方，也常常幻想在這裡生活，但從來不敢真的抱著希望。美夢成真的感覺實在是太棒了！不過那些紅色的路好好笑喔。我們在夏洛特鎮上車，紅色的路閃過眼前的時候，我問史賓瑟太太路為什麼是紅色的，她說不知道，還拜託我別再問了。她說我肯定已經問了她一千個問題。大概是吧，可是不問問題的話，就什麼也不知道呀！到底這些路為什麼是紅色的啊？」

「呃，不知道。」馬修說。

「好吧，遲早會找出答案的。想到之後有那麼多要去發現的事，不覺得很棒嗎？這個世界好有趣，讓我覺得活著真好。要是什麼都知道的話就沒那麼有趣，也沒有想像空間了，對不對？我是不是話太多了？大家總是這麼說我。你是不是覺得我不說話比較好？如果是的話，我可以閉上嘴巴。我只要下定決心就能做到，只是不太容易就是了。」

馬修倒是覺得滿愉快的，他自己也很驚訝。他就跟大多數生性木訥、沉默寡言的人一樣喜歡話多的人，只要對方能自己講得很開心，不指望他接話就好。不過他完全沒料到自己居然受得了一個嘮叨的小女孩，而且還樂在其中。女人已經夠麻煩了，小女孩更恐怖。他討厭她們經過他身邊時總是斜眼看他，一副戰戰兢兢的樣子，好像她們只要一吭聲就會被他吞進肚子裡似的。艾凡利村裡所謂「教養好」的小女生就是這樣。可是這個滿臉雀斑的小女孩可不一樣，雖然他反應遲鈍，跟不上她輕快活躍的思路，但他還是滿喜歡她這樣嘰嘰喳喳地講個不停，於是便一如往常靦腆地說：「喔，妳盡量說沒關係。我不介意。」

「噢，太好了，我們一定很合得來。能夠想說就說，不必當個多聽少說的小孩真的讓我鬆了口氣。那種話我大概已經聽了一百萬遍了。大家老是笑我講話誇張，但偉大的想法就是要用偉大的字眼來表達啊，不是嗎？」

「呃，聽起來滿有道理的。」馬修說。

「史賓瑟太太說我的舌頭一定是懸在中間。才沒有呢！我的舌根可是牢牢固定在嘴巴裡喔。史賓瑟太太說你們家叫做翠綠莊園。我問了她好多有關那裡的事，她說你們家四周都是樹，我聽了更高興，我最喜歡樹了。孤兒院沒有樹，只有門前幾棵可憐又瘦巴巴的小樹，而且還用灰泥小心翼翼地圍著，看起來跟孤兒沒兩樣。以前我一看到這些樹就想哭，我跟它們說：『噢，可憐的小東西！要是你們生在遼闊的森林，周圍都是其他的樹，樹根長滿小小的苔蘚和野花，附近有小溪，鳥兒在枝頭歌唱，你們就會長高了對不對？可是你們在這裡沒辦法長高。小樹，我懂你們的感覺。』今天早上離開它們的時候我覺得很難過。我們真的會對花草樹木產生感情，不是嗎？翠綠莊園附近有沒有小溪啊？我忘了問史賓瑟太太了。」

「呃，有啊，就在房子下面。」

「太不可思議了！我一直夢想住在小溪附近耶，沒想到居然可以實現。夢想成真這種事很少見吧，對不對？這樣是不是很棒？我現在覺得自己非常接近完美的幸福了。我沒辦法真正感受到完美的幸福，因為——嗯，你說這叫什麼顏色？」

她把一條閃著光澤的長辮子拉到瘦削的肩膀前面，然後高高地舉起來，湊到馬修眼前。馬修不太習慣判斷女生的頭髮顏色，但這次他倒是滿有把握的。

「是紅色吧？」他說。

小女孩嘆了口氣，放下辮子。那聲嘆息彷彿來自她的腳趾頭，呼出了歷經多年的悲傷與哀愁。

「對，是紅色。」她認命地說。「現在你知道我為什麼無法感受完美的幸福了吧。紅頭髮的人就是這樣。別的我還沒這麼在乎，像是雀斑啦、綠色眼睛啦，還有瘦巴巴的啦，這些我都可以靠想像來解決。我可以幻想自己有如玫瑰花瓣般粉嫩美麗的膚色，以及閃爍明亮的迷人紫羅蘭色眼睛，但是不管我怎麼努力，都沒辦法想像自己的紅頭髮不見了。我默默想著：『現在我的頭髮又黑又亮，黑得像烏鴉的翅膀一樣。』可是我始終知道那是百分之百的紅色，我的心都碎了。這是我一生的悲哀。我讀過一本小說裡有個女孩也有一生的悲哀，但她的悲哀不是紅頭髮，她的頭髮是純粹的金色，而且像波浪一樣垂在她如雪花石膏般的額頭上。雪花石膏般的額頭是什麼啊？我一直沒搞懂。你可以告訴我嗎？」

「呃，恐怕沒辦法。」馬修已經有點暈頭轉向了，就好像小時候有一次去野餐，有個男孩慫恿他坐上旋轉木馬的那種感覺。

「好吧，不管是什麼，一定很漂亮，因為她美得像仙女一樣。你有沒有想過美得像仙女一樣會是什麼感覺？」

「呃，沒有。」馬修老實地承認。

「我有耶，而且常常想喔。要是可以的話，你會選擇美若天仙、聰明絕頂，還是純真善良？」

「呃，我……我不知道。」

「我也是，我永遠做不了決定。不過其實也沒什麼差，因為我又不可能變成那樣。史賓瑟太太說——噢，卡斯柏先生！噢，卡斯柏先生！噢，卡斯柏先生！」

史賓瑟太太並沒有大叫卡斯柏先生的名字，小女孩也沒有摔下馬車，馬修更沒有做出什麼驚人的事。他們只不過繞了一個彎，來到「林蔭大道」而已。

新橋鎮居民口中的「林蔭大道」長約三、四百公尺，多年前有個性格古怪的老農夫在路旁種了兩排高大粗壯、枝葉繁茂的蘋果樹，隨著時間過去，形成了巨大完整的綠色樹拱。上面的樹冠開滿了香氣撲鼻的雪白繁花，樹枝底下的空氣瀰漫著紫色的薄暮，遠方那抹晝上日落、色彩繽紛的天空，就像大教堂走道盡頭的玫瑰花窗，閃耀著迷人的光芒。

小女孩似乎被眼前這幅美景深深打動，驚訝到說不出話來。她往後靠著馬車椅背，細瘦的雙手緊握在胸前，抬起頭陶醉地望著上方那一大片瑰麗壯觀的白花。就算他們已經走過林蔭大道，駛上通往新橋鎮的下坡路段，她還是安安靜靜，一動也不動，兩眼痴痴凝望著遠方的夕陽，捕捉掠過燦爛天空的美妙奇景。來到熱鬧喧囂的新橋鎮時，村裡的狗兒對著他們狂吠，成群的小男孩大聲嚷嚷，窗前還冒出了幾張好奇窺探的臉孔，他們倆依然駕著馬車默默經過。又走了將近五公里，小女孩還是不說話。她保持沉默的功力顯然和喋喋不休一樣強。

「我猜妳大概很累又很餓了吧，」馬修終於鼓起勇氣打破沉默，他覺得她安靜了這麼久，應該沒有別的理由。「我們快到了——再兩公里就到了。」

小女孩深深嘆了口氣，從白日夢中醒過來，用迷濛的夢幻眼神看著馬修，彷彿她的靈魂剛才追隨星星去了好遠好遠的地方。

「喔，卡斯柏先生，」她輕聲說。「剛剛經過的地方，那個白茫茫的地方，是哪裡呀？」

「呃，妳說的一定是林蔭大道吧。」馬修沉思了一下才開口回答。「那個地方還滿漂亮的。」

「漂亮？噢，哪裡只是漂亮而已，就算用美麗兩個字來形容也不夠。啊，是絕美——絕美。我第一次看到比幻想中的世界還要美的東西，我的心覺得好滿足——」她用手捂著胸口說，「——有種詭異又有趣的疼痛感，但是種快樂的痛。你有這樣痛過嗎，卡斯柏先生？」

「呃，我不記得有這樣痛過。」

「我常常有這種感覺喔，只要看到非常美麗的東西就會痛。可是那麼美的地方不應該叫林蔭大道，那個名字一點意義也沒有，應該叫……我想想……叫白色歡樂大道。這個名字很有想像力吧？我不喜歡什麼地名或人名的時候，總會替它們想個新名字。孤兒院裡有個女孩叫荷波芭．詹金斯，我總是把她想像成羅莎莉亞．德維爾。其他人叫那個地方林蔭大道，我要叫它白色歡樂大道。我們真的剩不到兩公里就到家了嗎？我覺得好高興又好難過。難過是因為坐在馬車上兜風太開心了，開心的事情結束時我都會難過。雖然以後可能會有更開心的事，但也很難說，而且通常都不會再更開心了。總之我的經驗就是那樣。但我真的好高興我們快到家了。你知道，在我的記憶中，我從來沒有真正的家，一想到要回到一個真正的、百分之百的家，那種快樂的痛又出現了。噢，太美了！」

他們駕著馬車越過山頂。山頂下方有個池塘，看起來幾乎就像河流一樣蜿蜒細長；池塘中央橫跨著一座橋，通往對岸地勢較低、隔開了池水與遠方湛藍海灣的琥珀色帶狀沙丘。絢麗的池水漾著波光，色調變幻無常，從差異細微的番紅花黃、玫瑰紅到清透的淡綠色，還有其他難以用文字形容的斑斕色彩。池水從橋的上游一路流進外緣長滿冷杉與楓樹的森林，在搖曳的樹影中留下了隱隱約約、半透明的身影；零星的野李樹時不時從岸邊探出枝椏，彷彿躡手躡腳走來凝視自身美麗倒影的白衣少女；池塘源頭的沼澤傳來青蛙清脆淒美的合唱。遠方的山坡上有間灰色小屋，四周環繞著白色的蘋果園；雖然天色還沒暗，小屋的一扇窗已經點亮了燈。

「那是巴瑞家的池塘。」馬修說。

「噢，這個名字我也不喜歡。我要叫它……我想想……閃亮湖。沒錯，這個名字才對，因為我的身體抖了一下。只要我取了非常貼切的名字，就會全身發抖。有沒有什麼事會讓你發抖呢？」

「呃，有。每次看到小黃瓜田上爬滿醜醜的白蛆，我就會發抖。我最討厭牠們的長相了。」

「喔，那種發抖不太一樣吧，你覺得一樣嗎？白蛆跟閃亮湖之間好像沒什麼關聯。為什麼大家要叫它巴瑞家的池塘啊？」

「我想是因為巴瑞先生住在上面那間屋子裡。他那裡叫做果園坡。要不是被後面那一大片矮樹叢擋住的話，從這裡就看得到翠綠莊園了。可是我們得先過橋再繞路過去，大概要多走一公里。」

「巴瑞先生家有小女孩嗎？不是很小的那種，是跟我差不多的。」

「他有個十一歲左右的女兒，叫黛安娜。」

「哇！」小女孩深吸了一口氣。「好好聽的名字喔！」

「呃，不知道，我覺得聽起來好像異教徒，太離經叛道了。我比較喜歡珍、瑪麗或其他正常一點的名字。黛安娜出生的時候，他們家剛好有一位校長借住，所以就請他命名，他就給她取名叫黛安娜。」

「要是我出生的時候，也有一位像這樣的校長幫我取名字就好了。喔，我們到橋頭了。我要緊緊閉上眼睛。我一直都很怕過橋，每次都會忍不住幻想搞不好走到一半，橋就會突然斷成V字形，把我們夾在中間。所以我要閉上眼睛。可是只要走到橋中央，我又會忍不住睜開眼睛，因為你知道，如果橋真的垮了，我要親眼看著它垮，一定會發出很響亮的轟隆聲！我最喜歡轟隆聲了。世界上有這麼多值得喜歡的東西不是很棒嗎？好啦，我們總算過橋了，現在我要回頭看看後面。晚安囉，閃亮湖。我每次都會跟自己喜歡的東西說晚安，我覺得它們也喜歡這樣。湖水看起來好像在對我微笑呢。」

當他們越過另一座山丘，繞過一個彎時，馬修說：「我們快到家了，那邊就是翠綠莊園——」

「噢，先別告訴我！」小女孩激動地打斷馬修，同時抓住他抬起一半的手臂、閉上眼睛，不讓自己看見他的手勢。「讓我猜猜看。我一定猜得出來。」

她張開雙眼環顧四周。馬車正停在山頂上，雖然夕陽已然西沉，周遭的風景在柔和的落日餘暉下依然清晰。西邊如金盞花般橙黃的天空襯托著黝黑的教堂尖塔，底下有片小小的谷地，對面橫亙著一道緩緩高起的斜坡，坡上散落著幾座雅致的農莊。小女孩用熱切又感傷的目光一一掃過這些建築，最後停留在左邊一棟遠離街道的房子上。房子四周環繞著蒼翠的樹林，樹上繁花盛開，在暮色的映照下露出隱微的白色身影；屋頂上頭清澈的西南方天空掛著一顆晶亮閃爍的大星星，宛如一盞指引方向與希望的明燈。

「就是那個，對不對？」她用手指著說。

馬修開心地用轠繩抽一下馬背說：「猜對啦！不過我想應該是史賓瑟太太跟妳說過，所以妳才知道的吧。」

「沒有，她沒說……真的沒說。她說的每個地方聽起來都差不多。其實我根本不知道翠綠莊園到底長什麼樣子，可是我一看到那棟房子就很有家的感覺。噢，我一定是在作夢。你知道嗎，我的手臂現在肯定青一塊紫一塊的，因為我今天已經捏自己好幾次了。每隔一段時間，那種恐怖又討厭的感覺就會出現，我真的好怕一切都只是一場夢，所以才捏捏自己，看看到底是不是真的。後來我突然想到，就算只是一場夢，能作夢的時候還是繼續作夢比較好，所以才不捏了。原來這一切都是真的，我們就快到家了。」

小女孩興高采烈地嘆了口氣，接著又陷入沉默。馬修不自在地扭扭身子。這個讓她滿心期盼的家終究不是她的，他很慶幸必須告訴小女孩這件事的人是瑪莉拉，不是自己。馬車經過林德家的窪地時，天色已經暗了，但還沒有暗到讓坐在窗邊的林德太太錯失他們的身影；接著馬車繼續爬坡，進入翠綠莊園那條長長的小徑。到家的那一刻，馬修突然有種莫名其妙的感受，他好想逃避眼前即將爆發的真相。他擔心的不是這個錯誤可能會給自己或瑪莉拉帶來什麼樣的麻煩，而是小女孩會有多麼失望。一想到她眼中那抹狂喜的光芒即將幻滅，馬修覺得自己好像謀殺某種生命的共犯，內心惴惴不安，就跟他不得不殺死小牛、小羊或其他無辜動物時的感覺一樣。

「你聽，樹在說夢話呢。」小女孩在馬修抱她下車時輕聲說道。「它們一定作了很美的夢！」

然後她手裡緊緊抓著那個裝有「全部家當」的旅行袋，跟著馬修走進屋裡。

# 三 瑪莉拉大吃一驚

馬修一開門，瑪莉拉便快步上前。當她的目光落在瘦削嬌小、穿著又醜又緊的洋裝、垂著兩條紅辮子、雙眼閃閃發亮的奇怪身影上時，她驚愕地停下腳步。

「馬修．卡斯柏，她是誰啊？」瑪莉拉大喊。「男孩呢？」

「沒有男孩，」馬修苦惱地說。「只有她。」

他朝小女孩點點頭，這才想到自己根本沒問過她的名字。

「沒有男孩！應該有才對啊！」瑪莉拉很堅持。「我們請人帶話給史賓瑟太太，託她帶個男孩回來啊！」

「呃，她沒有，她帶的是她。我問過站長了，而且也非帶她回來不可。不管到底是哪裡出了岔子，總不能把她留在車站吧。」

「天哪，看看你幹的好事！」瑪莉拉忍不住大聲嚷嚷。

兄妹倆你一言我一語的時候，小女孩始終保持沉默，圓圓的大眼睛盯著他們轉來轉去，臉上興奮的神情消逝無蹤。突然間，她似乎明白他們到底在吵什麼了，於是立刻丟下那個寶貝旅行袋衝上去，兩隻小手握得好緊好緊。

「你們不要我！」她放聲大叫。「你們因為我不是男孩就不要我了！我早該知道的，從來沒有人要我！我早該知道這個美麗的幻想維持不了多久，我早該知道從來沒有人真心想收養我。噢，我該怎麼辦呢？我要大哭一場！」

話一說完，小女孩真的大哭起來。她一屁股坐上桌邊的椅子，雙手往桌面一攤，再把臉埋進臂彎，哭得有如狂風暴雨般激烈。馬修和瑪莉拉兩人隔著火爐你看我，我看你，不知道該說什麼或做什麼才好。最後瑪莉拉一臉無奈，勉強走過去安慰她。

「好了，好了，不需要哭成這樣。」

「當然需要！」小女孩飛快地抬起頭，露出爬滿淚痕的臉和顫抖的雙唇。「原本以為終於找到一個家可以住下來，結果居然因為自己不是男孩他們就不要妳，換作是妳，妳也會大哭的。啊，這真是我這輩子遇過最悲慘的事了！」

聽到這裡，瑪莉拉露出一抹心不甘情不願的微笑（可是因為太久沒笑，看起來不太自然），臉上嚴肅的表情也跟著軟化，變得柔和不少。

「好了，別哭了。今晚我們不會趕妳出去的。事情還沒查清楚之前，妳也只能先住在這裡。妳叫什麼名字？」

小女孩遲疑了一下。

「請叫我柯蒂莉亞好嗎？」她滿懷渴望地說。

「叫妳柯蒂莉亞？那是妳的名字嗎？」

「不不不，不算是啦，但我喜歡別人叫我柯蒂莉亞。我覺得這個名字好優雅喔。」

「我不懂妳的意思。如果妳的名字不叫柯蒂莉亞，那妳到底叫什麼？」

「安・雪利。」小女孩勉強吐出這幾個字。「不過，噢拜託還是叫我柯蒂莉亞吧。反正我也不會在這裡待太久，隨便怎麼叫都無所謂呀，不是嗎？而且安這個名字一點都不浪漫。」

「什麼浪漫不浪漫的，胡說八道！」瑪莉拉毫不留情地說。「安是個簡簡單單、實實在在的好名字，妳不用覺得丟臉。」

「我沒有覺得丟臉，」小女孩解釋說。「只是比較喜歡柯蒂莉亞罷了。我老是幻想自己叫柯蒂莉亞——至少最近幾年是這麼想的。我小時候幻想的名字是潔拉汀，現在比較喜歡柯蒂莉亞。如果妳要叫我安的話，請在後面加一個『妮』。」

「加不加妮有差嗎？」瑪莉拉邊說邊拿起茶壺，臉上再度揚起僵硬的微笑。

「喔，差很多，安妮兩個字看起來好看多了。當妳聽見一個名字的時候，腦海中會不會浮現出那些字，就好像一個字一個字印出來那樣？我會喔。『安』看起來好醜，『安妮』就高雅多了。只要妳加一個妮，叫我安妮，我就願意努力放棄柯蒂莉亞這個名字。」

「好吧，加了一個妮的安妮，妳能不能告訴我到底發生了什麼事，怎麼會弄錯了？我們明明是跟史賓瑟太太說要男孩啊。孤兒院沒有男孩子嗎？」

「喔，有啊，很多男孩子。可是史賓瑟太太清清楚楚地說，你們想領養十一歲左右的女孩，所以院長覺得就是我了。妳不知道我有多高興，高興到整晚沒睡呢。對了，」安妮轉向馬修，語帶責備地補了一句。「你在車站的時候幹嘛不說你們不要我，然後把我留在那裡就好呢？要是沒看見白色歡樂大道和閃亮湖的話，我就不會這麼難過了。」

「她到底在說什麼啊？」瑪莉拉盯著馬修追問。

「她……她說的是我們在路上聊的一些東西。」馬修急忙解釋。「我要牽馬兒進馬廄休息了，瑪莉拉。先把東西準備好吧，等我回來就可以喝茶了。」

「除了妳之外，史賓瑟太太還有帶別人嗎？」馬修走出去之後，瑪莉拉繼續問道。

「她自己領養了莉莉．瓊斯。莉莉才五歲，棕色頭髮，長得很漂亮。如果我的頭髮是棕色、長得也很漂亮的話，妳會不會要我？」

「不會。我們要的是能到田裡工作、幫馬修處理農務的男孩。女孩子對我們來說一點用處也沒有。把帽子脫下來吧，我會把妳的帽子和袋子一起放在門廳桌子上。」

安妮溫順地摘下帽子。過沒多久，馬修回來了，於是他們三人便坐下來吃晚餐。可是安妮吃不下，她小口小口地咬著塗了奶油的麵包，嘗了一點放在餐盤旁邊、以扇貝形小玻璃碟盛裝的酸蘋果蜜餞，可是卻完全嚥不下去。

「妳什麼也沒吃啊。」瑪莉拉瞪著安妮，口氣非常嚴厲，好像不吃飯是什麼嚴重的缺點一樣。

安妮嘆了口氣說：「吃不下。我徹底絕望了。妳徹底絕望的時候還吃得下去嗎？」

「我從來沒有徹底絕望過，所以沒辦法回答。」瑪莉拉說。

「真的啊？那妳有沒有試著想像過徹底絕望的感覺呢？」

「沒有。」

「那我想妳應該沒辦法體會啦。徹底絕望真的是一種非常難受的感覺。只要努力想吃，就會有個東西跑上來卡在喉嚨裡，根本吞不下去，就算是焦糖巧克力也吞不下去。兩年前我吃過一次焦糖巧克力，真的好好吃喔。之後我就常常夢到一大堆焦糖巧克力，可是每次張嘴要吃的時候就醒了。希望妳不要因為我吃不下就生氣。桌上這些茶點都很棒，但是我真的吃不下。」

「我猜她大概是累了，瑪莉拉，」馬修說。這是他從馬廄回來後第一次開口。「先讓她上床睡覺吧。」

瑪莉拉早就在想該讓安妮睡哪裡。她本來以為來的會是男孩，所以就在廚房小房間裡準備了一張長沙發，雖然整齊乾淨，但女孩子睡在那裡好像不太好，而且也絕不可能讓一個在外流浪的孤兒進客房，看樣子只剩下屋頂山牆下的東廂房了。瑪莉拉點了一根蠟燭，叫安妮跟著她。安妮無精打采地跟在後面，經過門廳時順手拿起自己的帽子和旅行袋。門廳乾淨得可怕，而現在走進的小房間似乎更乾淨了。

瑪莉拉把蠟燭放在有三隻腳的三角桌上，掀開被子。

「妳有睡衣吧？」她問道。

安妮點點頭。

「我有兩件，是孤兒院院長幫我做的，可是太短了，穿起來好露。孤兒院裡什麼都缺，所以什麼都不夠——至少我待的這種貧窮孤兒院就是這樣。我討厭很短的睡衣。不過令人安慰的是，不管穿著短睡衣或是那種下襬很長、領口有花邊裝飾的漂亮睡衣，都能作個好夢。」

「好啦，快點換衣服上床睡覺吧。等等我再來拿蠟燭。我怕妳忘了吹熄，搞不好會把房子給燒了。」

瑪莉拉離開後，安妮感傷地繞著小房間看了一圈。刷上石灰水的白色粉牆光禿禿的，她覺得牆壁本身一定也對自己毫無裝飾的空洞感到痛苦。地板上同樣空無一物，只有一塊她以前從沒看過的圓形編織踏墊。房間一角有一張高高的老式床鋪，四根深色的床柱尾端彎彎地翹著。另一個角落則是剛才說過的三角桌，桌上擺了一顆胖胖的紅色絨布針包當裝飾，那個針包硬到可以折彎任何勇於挑戰的針尖。三角桌上方掛了一面小鏡子，床鋪和桌子中間有扇窗戶，窗櫺上垂著看起來冷冰冰的白色褶邊薄布窗簾，窗子對面則有座洗臉臺。整個房間瀰漫著一種難以形容的僵硬和死板，安妮忍不住打了個冷顫，可怕的感覺直竄進骨髓裡。她一邊啜泣，一邊匆匆脫下洋裝、換上過小的睡衣，接著跳上床，把臉埋進枕頭裡，再拉起被子蓋住頭。瑪莉拉走進房間拿蠟燭時，看到衣服丟得滿地都是，被子也亂成一團，就知道安妮一定躲在被子下面。

她小心翼翼地撿起安妮的衣服，整齊地放在一張呆板的黃色椅子上，然後拿起蠟燭走到床邊。

「晚安。」她生硬的語氣中夾雜著一絲親切和友善。

安妮突然拉下被子，露出蒼白的小臉和圓滾滾的大眼睛，嚇了瑪莉拉一大跳。

「妳明知道這是我這輩子最難過的一個晚上，怎麼還可以跟我說『晚安』？」說完她又鑽回被子裡。

瑪莉拉慢慢走下樓，回到廚房洗晚餐用過的碗盤。馬修在抽菸，可見心裡很煩躁——他很少抽菸，因為瑪莉拉極力反對、覺得抽菸是個骯髒的習慣，不過遇到某些特定的時刻和季節，他總是有股衝動想抽。瑪莉拉知道男人偶爾也得發洩一下情緒，所以就睜一隻眼、閉一隻眼，默許他抽了。

「簡直亂七八糟！」她氣沖沖地說。「這就是沒有親自處理，只託人帶話的結果。史賓瑟家的親戚不知怎的搞錯我們的意思了。明天我或你得去史賓瑟太太家一趟，小女孩一定要送回孤兒院才行。」

「那好吧。」馬修勉強附和。

「什麼叫『那好吧』！難道你不這麼認為？」

「哎，瑪莉拉，她是個可愛的好孩子，又一心一意想住在這裡，硬要把她送回去好像有點可憐。」

「馬修・卡斯柏，你該不會是想收養她吧！」

就算馬修說他喜歡倒立走路，瑪莉拉大概也不會這麼驚訝。

「呃，不，不是，我想不是……不完全是。」馬修在瑪莉拉的逼問下開始結結巴巴，覺得很不自在，不敢說出自己真正的想法。「我想……我們不太可能收養她吧。」

「是完全不可能。她能幫我們做什麼？」

「說不定我們能幫她做點什麼。」馬修語出驚人地說。

「馬修・卡斯柏，你一定是被那個孩子給迷住了！我看你就是想收養她！」

「呃，這孩子還滿有趣的，」馬修固執地說。「妳真該聽聽她從車站回家的路上說了些什麼。」

「喔，她是很能說沒錯，我一眼就看出來了。可是這對她來說也不是什麼好事。我不喜歡話多的孩子。我不想領養小女孩，就算我想，也不會選她這樣的。她有種讓人猜不透的感覺。不行，我們一定要趕快把她送回孤兒院去。」

「我可以請個法國男孩來幫忙，」馬修提議。「她可以陪妳。」

「我不需要人陪，」瑪莉拉沒好氣地說。「我不要收養她。」

「好吧，瑪莉拉，妳說了算。」馬修邊說邊站起來收菸斗。「我要去睡了。」

馬修去睡了，皺著眉頭、心意已決的瑪莉拉收好碗盤後也上床就寢，而樓上東廂房那個內心充滿渴望、孤零零又沒朋友的孩子哭著哭著，終於睡著了。

# 四　翠綠莊園的早晨

安妮醒來坐在床上的時候，天空已經很亮了。她困惑地盯著從窗外湧入的明豔陽光，還有在藍天底下四處飄動、看起來好像白色羽毛的東西。

有那麼一瞬間，她忘了自己現在在哪裡。起先有股快樂的感覺竄過全身，彷彿發生了什麼非常開心的事，然後糟糕的記憶慢慢浮現：她想起這裡是翠綠莊園，他們因為自己是女孩就不要她了！

不過現在是早上，沒錯，而且窗外有一棵盛開的櫻桃樹。她跳下床走到窗邊，用力把窗框往上推，雖然一直卡住又吱吱嘎嘎響，好像很久沒開的樣子（事實上也是如此），但最後總算推上去了，而且卡得很緊，根本不需要其他東西來支撐。

安妮跪在地上望著窗外清澈的六月早晨，雙眼閃著愉悅的光芒。噢，這不是很美嗎？好漂亮的地方！雖然沒辦法真的住在這裡，但幻想一下總可以吧！這裡有的是想像空間。

外面有一棵巨大的櫻桃樹，距離近到連枝幹都碰到了房子，而且樹梢上還覆蓋著滿滿的花，連一片葉子都看不見。房子兩側是遼闊的果園，一邊種著蘋果樹，一邊是櫻桃樹，全都沐浴在繽紛的花海裡；草地上點綴著蒲公英，下方的花園則長滿了盛開的紫丁香，醉人的甜美香氣乘著早晨的微風慢慢飄到窗邊。

沿著花園底下滿是三葉草的青翠斜坡走到底，就是一座有清溪流過的小山谷，谷地上佇立著許多白樺樹，樹下的灌木叢中則竄出了不少生機盎然的苔蘚和蕨類植物。遠方的小山丘上布滿了如綠色羽毛般的雲杉和冷杉，林間隱約可見灰色的山牆，也就是她之前在閃亮湖另一邊看到的那棟灰色小屋；山丘左邊還有好幾座大大的穀倉，再過去越過底下的綠色緩坡，就能瞥見波光粼粼的湛藍海水了。

安妮那雙熱愛美麗事物的眼睛貪婪地望著這一切，汲取每一絲美好。這可憐的孩子一生中看過許多醜陋的地方，然而眼前的景色就跟她一直以來所幻想的一樣迷人。

她只顧著跪在那裡欣賞周遭的美景，渾然忘卻了現實生活中的一切，直到有隻手碰碰她的肩膀，嚇了她一跳。原來是瑪莉拉。安妮完全沒注意到她進來了。

「該換衣服了。」瑪莉拉冷冰冰地丟出這幾個字。

她真的不知道該怎麼跟小孩子說話。這種茫然無知導致她的口氣裡多了幾分無禮和生硬，其實她沒有這個意思。

安妮站了起來，深吸一口氣。

「很美對不對？」她一邊說，一邊對窗外的美好世界揮揮手。

「那棵樹很大，」瑪莉拉說。「很會開花，不過果子結得不多，小小的又老是長蟲。」

「喔，我說的不只是那棵樹啦，它當然很漂亮沒錯，非常漂亮，樹上的花也很美，好像天生就是專門開花的一樣，不過我說的是每一樣東西，花園、果園、小溪、樹林，還有這個遼闊又可愛的世界。看到這樣的早晨，妳難道不覺得自己很愛這個世界嗎？我大老遠在這裡就能聽見那條小溪的笑聲。妳有沒有注意過小溪其實是樂天派的？它們總是笑個不停。即便是寒冷的冬天，我也聽過小溪在冰雪底下笑喔。我真的很高興翠綠莊園附近有條小溪。也許妳會認為，既然你們都不打算收留我，那有沒有小溪對我來說有差嗎？有，真的有差。就算再也看不到翠綠莊園，我也會常常想起這裡有條小溪。要是沒有小溪的話，我會一直有種不舒服的感覺，覺得這裡應該有條小溪才對。今天早上我沒有徹底絕望喔。每天早上我都不會有絕望的感覺。早晨時光真的很棒，對不對？但是我覺得很難過。剛才我還在幻想你們最後真的要我，我就可以永遠住在這裡。幻想的時候真的讓人覺得好安慰；可是最討厭的就是幻想總有結束的一刻，那就很痛苦了。」

「妳最好還是換衣服下樓吧，別再幻想了。」瑪莉拉好不容易找到機會插話。「早餐已經準備好了。趕快洗洗臉、梳梳頭，窗戶不要關，把被子拉到床尾鋪好。快點！」

看來安妮手腳倒是滿俐落的，不到十分鐘，她就已經穿戴整齊走下樓，頭髮梳成兩根辮子，臉也洗了。順利完成瑪莉拉交代的事讓她自信滿滿，內心非常愉快。不過其實她忘記把被子拉到床尾了。

「我好餓喔。」安妮輕快地坐上瑪莉拉為她準備的椅子。「這個世界感覺起來不像昨天晚上那樣一片荒蕪了。好開心看到今天早上陽光普照，不過我也很喜歡下雨的早晨就是了。妳不覺得不管是怎樣的早晨都很有趣嗎？因為不知道接下來一整天會發生什麼事，所以有很多想像空間。但我很高興今天沒下雨，晴天讓人心情比較好，也比較受得了痛苦。我覺得自己需要承受很多痛苦。讀些悲傷的故事，想像自己勇敢地熬過去固然很好，但要是真的在生活中遇上苦難就沒那麼好了，不是嗎？」

「拜託妳別說了，」瑪莉拉說。「一個小女孩這麼多話。」

安妮立刻乖乖閉上嘴巴，好一陣子都不吭聲，搞得瑪莉拉緊張兮兮，覺得好像有什麼地方怪怪的。馬修也沒說話（不過這很正常），所以這餐是非常安靜的一餐。

安妮越吃越出神，大大的眼睛流露出茫然的訊息，死盯著窗外的天空。這讓瑪莉拉更緊張了，她有種不安的感覺，這個奇怪的孩子雖然人在餐桌前吃飯，靈魂卻不曉得乘著幻想的翅膀飛到什麼遙遠又縹緲的雲彩樂園了。誰會想領養這樣的孩子呢？

不過馬修居然希望她住下來，真是莫名其妙！瑪莉拉感覺得出來，馬修今天早上的想法就跟昨晚一樣完全沒有改變，未來也不會改變。他的個性就是這樣，一旦心血來潮，就會默默堅持到最後。這種馬修式的堅持比開口講明還要有效十倍。

吃完早餐，安妮才從白日夢中醒過來，自告奮勇說要洗碗。

「妳洗得乾淨嗎？」瑪莉拉懷疑地問。

「很乾淨，不過我更會照顧小孩，我很有經驗。可惜你們家沒有小孩可以讓我照顧。」

「我現在可不想照顧更多小孩，有妳一個就夠頭痛了。真不知道該拿妳怎麼辦才好。馬修真的很荒唐。」

「我覺得他人很好啊，」安妮用責備的語氣說。「他很有同情心，也不在意我愛講話，反而還滿喜歡的。我一看到他就覺得很合拍。」

「你們兩個都是怪人，難怪合拍。」瑪莉拉輕蔑地哼了一聲。「好吧，碗給妳洗，要多用熱水沖，而且一定要擦乾。我今天早上有很多事要忙，下午還得去白沙鎮見史賓瑟太太。妳跟我一起去吧，到時我們再決定該怎麼辦。洗好之後，妳就上樓去把床鋪好。」

安妮洗碗的時候，瑪莉拉就在旁邊盯著，發現這個小女孩做家事倒是挺熟練的，雖然後來鋪床時因為沒學過整理羽毛被的技巧，所以鋪得不太順，但最後還是搞定了。全都做完之後，瑪莉拉為了打發她走，就叫她到外面玩到午餐時間再回來。

安妮帶著閃亮的雙眼和快樂的笑容飛奔到門口。就在快要跨過門檻的那瞬間，她突然停下腳步、轉過身，走回餐桌前坐下，臉上煥發的光彩和熱情全然消逝，好像有人剛拿滅火器噴過一樣。

「又怎麼啦？」瑪莉拉問道。

「我不敢出去。」安妮的語氣有如決心放棄所有世俗享樂的烈士。「如果不能住在這裡，愛上翠綠莊園又有什麼用呢？我要是出去認識了那些樹啊花啊果園啊小溪啊，就會忍不住愛上它們。現在的情況已經夠難過了，我不想再讓自己更難過。我真的好想出去喔，一切的一切好像都在呼喚我：『安妮，安妮，出來跟我們玩。安妮，安妮，我們需要玩伴。』不過還是不要比較好。愛上必須忍痛離開的東西是沒有用的，不是嗎？就算想不愛也很難啊。這就是為什麼當初我以為能住在這裡的時候會那麼開心，我以為自己能有好多東西可以愛，誰也阻擋不了我。不過現在短暫的美夢已經結束了，我認命了，所以不打算到外面去，我怕自己會動搖。對了，窗臺上那盆天竺葵叫什麼名字呀？」

「蘋果天竺葵。」

「喔，我說的不是那種名字，我是說妳幫它取的名字。妳沒幫它取名字嗎？那我可以取嗎？就叫它……我想想喔……就叫邦妮好了！我在這裡的時候可以叫它邦妮嗎？拜託！」

「天啊，隨便妳啦。到底為什麼要幫天竺葵取名字啊？」

「喔，我喜歡每樣東西都有名字，就算是天竺葵也是，這樣比較像人啊。妳怎麼知道它被叫天竺葵會不會傷心？妳也不喜歡人家老是叫妳女人，不叫妳的名字吧。沒錯，我要叫它邦妮。今天早上我幫臥室窗外的櫻桃樹取名叫雪后，因為它的花非常雪白。當然啦，它不會一直開花，但是可以這麼幻想嘛，對不對？」

「我這輩子從來沒看過或聽過像她這樣的孩子。」瑪莉拉一邊喃喃自語，一邊逃到地窖拿馬鈴薯。「她就像馬修說的一樣，還滿有趣的。我已經開始好奇接下來她會說什麼了。再這樣下去，連我也會被她迷得暈頭轉向。馬修已經淪陷了，他出門時看我的表情等於是把昨晚說的或暗示的一切又重複了一遍。真希望他能像別的男人一樣有話直說，這樣至少還能跟他討論一下、講講道理。可是他偏偏只用表情說話，你能怎麼辦？」

瑪莉拉從地窖回來時，看見安妮兩手托腮，雙眼凝望著天空，再度陷入幻想的世界，於是便由著她去，直到午餐煮好為止。

「馬修，下午馬車可以給我用吧？」瑪莉拉問道。

馬修點點頭，感傷地看著安妮。瑪莉拉連忙阻斷他的目光，板著臉說：「我要到白沙鎮解決這件事。安妮跟我一起去，史賓瑟太太應該會馬上安排送她回新斯科細亞省。我會先把你的下午茶準備好，也會準時回來擠牛奶。」

馬修還是不說話，瑪莉拉覺得自己真是白費唇舌。世界上最讓人惱火的莫過於一個不回嘴的男人（如果是個女人，那就另當別論了）。

瑪莉拉和安妮出發的時間到了。馬修替栗色馬兒套上馬具、準備好馬車，然後打開院子大門。馬車慢慢經過他面前的時候，他終於開口說話了，看起來也不曉得在對誰說。

「今天早上小河鎮的傑利・布特來過，我跟他說，我可能會請他來幫忙一整個夏天。」

瑪莉拉沒有回應，只是狠狠抽了倒楣的馬兒一鞭子。沒受過這種待遇的栗色胖馬又驚又怒，飛也似的沿著小路狂奔。瑪莉拉坐在蹦蹦跳跳的馬車上回頭看了一眼，只見令人惱火的馬修倚著大門目送她們離開，眼神中滿是不捨和惆悵。

# 五　安妮的身世

「妳知道嗎?」安妮信心十足地說。「我決定要好好享受這趟兜風。我的經驗是,一旦下定決心要好好享受,幾乎每次都能樂在其中。當然啦,妳必須非常堅定才行。現在我要盡情兜風,不去想回到孤兒院的事,只要想著兜風就好。嘿,妳看,那裡有一朵小小的野玫瑰!妳不覺得它一定很開心自己是玫瑰嗎?要是玫瑰會說話該有多好!這樣它們一定可以告訴我們很多很棒的事。粉紅色簡直就是世界上最迷人的顏色,對不對?我好愛粉紅色喔,只可惜不能穿粉紅色的衣服,紅頭髮的人不能穿粉紅色,連幻想一下也不行。妳有沒有聽說過有人小時候是紅頭髮,長大就變成其他顏色呢?」

「沒有,沒聽說過,」瑪莉拉無情地說。「我想妳的頭髮應該不太可能變色吧。」

安妮嘆了口氣。

「唉,又一個希望破滅了。『我的人生就是埋葬希望的墳場』,這是我在一本書上讀到的。每當覺得失望的時候,我就會唸一遍,安慰一下自己。」

「我不懂這句話哪裡安慰了。」瑪莉拉說。

「喔,因為聽起來很棒很浪漫呀,就好像我是書中的主角一樣。我好喜歡浪漫的事,『埋葬希望的墳場』不是浪漫到極點嗎?我真的很高興自己有座埋葬希望的墳場。我們今天會經過閃亮湖嗎?」

「如果閃亮湖指的是巴瑞家的池塘,那就不會經過。我們今天走海濱大道。」

「海濱大道聽起來不錯耶,」安妮作夢似的說。「那條路真的跟聽起來一樣美嗎?妳一說『海濱大道』,我腦海中立刻浮現出畫面喔!白沙鎮這個名字也很棒,但我比較喜歡艾凡利村。

艾凡利是個可愛的好名字，聽起來就像音樂一樣。白沙鎮離這裡有多遠啊？」

「大概有八公里。既然妳非說話不可，那就說點有意義的。跟我聊聊妳的身世好了。」

「喔，我的身世沒什麼好說的，」安妮熱切地說。「我的幻想人生比較有趣。」

「我不想聽妳的幻想，講事實就好。從出生開始吧。妳在哪出生的？今年幾歲了？」

「我去年三月滿十一歲，」安妮輕輕嘆了口氣，乖乖陳述事實。「出生在新斯科細亞省的博林布魯克，爸爸叫華特・雪利，是博林布魯克高中的老師，媽媽叫柏莎・雪利。華特和柏莎這兩個名字很好聽對不對？我很慶幸自己的爸媽有好聽的名字。要是我爸叫……比方說傑德戴亞好了，那不是很丟臉嗎？」

「一個人只要行為端正，叫什麼名字並不重要。」瑪莉拉說。她覺得自己有責任灌輸安妮正確有益的價值觀。

「嗯……不知道耶。」安妮一副沉思的樣子。「我曾讀過一本書寫說，玫瑰若不叫玫瑰，聞起來一樣甜美，但是我一直沒辦法相信這句話。我不相信玫瑰如果改叫薊或臭甘藍也一樣美。我想就算我爸叫傑德戴亞好了，他應該還是個好人，但我敢說一定會吃不少苦頭。我媽也是高中老師，不過跟我爸結婚後當然就沒教了，照顧先生的責任已經夠重了。湯瑪斯太太說他們就像長不大的孩子，而且窮得要命，兩個人擠在博林布魯克一間好小好小的黃色小屋裡。雖然我沒看過那間小屋，但我幻想過好幾千次了。我猜客廳的窗邊一定有忍冬花，前院種著紫丁香，門口有野百合，對，而且所有窗戶都掛著薄薄的平紋棉布窗簾。這種棉布窗簾能替房子帶來特別的氣氛。我就是在這間小屋裡出生的。湯瑪斯太太說她從來沒看過像我這麼醜的嬰兒，又瘦又小；可是我媽覺得我很漂亮。我想當媽媽的應該比幫忙打掃的可憐婦人有眼光吧。反正我很高興媽媽對我很滿意就是了，如果她覺得失望的話，我會很傷心的……因為她在生下我不久後就死了。她得熱病過世的時候，我才三個月大。我真的好希望她能活到我會開口叫媽媽。妳不覺得能叫一聲『媽媽』是件很幸福的事嗎？四天之後，我爸爸也得熱病死了。我變成一個孤兒，湯瑪斯太太說，大家想破了頭，沒有人知道該怎麼辦。妳看，當時也沒有人要我。我好像命中注定沒人要。爸媽都是外地人，也沒有活著的親戚。最後湯瑪斯太太決定收養我，雖然她很窮，又有個酒鬼老公，可是卻願意親手撫養我長大。妳知不知道為什麼親手撫養長大的小孩就應該要比其他人好？我這樣問是因為每次只要我調皮搗蛋，湯瑪斯太太就會罵我，說她可是親手撫養我長大，我怎麼可以這麼不乖呢？

「後來湯瑪斯夫婦從博林布魯克搬到馬利斯維，我跟他們一起住到八歲，還幫忙照顧他們家四個比我小的小孩，告訴妳，照顧這些小鬼可吃力了。後來湯瑪斯先生被火車輾死，他媽媽願意收留湯瑪斯太太和四個孩子，可是不想收留我。湯瑪斯太太沒轍了，說她不曉得該拿我怎麼辦才好。後來住在上游的哈蒙太太知道我很會顧小孩，就跑來說她願意收留我。於是我和她一起搬到上游，住在一片小小的、周圍都是樹墩殘幹的開墾地上。那是個非常寂寞的地方，要是沒有想像力我絕對活不下去。哈蒙先生在一間小鋸木廠上班，他們家有八個小孩，其中有三對是雙胞胎。雖然我喜歡小孩，但連續三對雙胞胎未免也太多了。最小的雙胞胎出生後，我就很堅決地對哈蒙太太這樣說。過去這段時間一直帶孩子快把我累死了。

「我跟哈蒙太太一起住在上游兩年多，後來哈蒙先生去世，哈蒙太太養不起這個家，於是就把孩子分送給親戚，自己回美國。因為沒有人要我，所以我只好去希望鎮的孤兒院。其實他們本來也不要我的，說是院裡的孩子太多，不過後來還是不得不收留我。史賓瑟太太來的時候，我已經在孤兒院住了四個月了。」

安妮嘆了一口氣，結束這段故事，不過這次是解脫的嘆氣。可見她不喜歡在這個沒人要她的世界裡談論自己的身世。

「妳有上過學嗎？」瑪莉拉一邊問，一邊指引栗色馬兒轉向海濱大道。

「沒上多久。住在湯瑪斯太太家的最後一年上過一陣子。搬到上游後因為離學校太遠，冬天沒辦法走路上學，夏天又放暑假，所以我只有春季和秋季可以去。不過我在孤兒院的時候當然有上學。我很會讀書，也會背很多詩喔，像是〈霍恩林登戰役〉、〈佛洛丹戰役後的愛丁堡〉、〈萊茵河畔的賓根〉，還有〈湖中仙女〉和詹姆斯．湯姆森的〈四季〉我大部分都背得出來。妳喜不喜歡詩歌那種讓人從頭到腳都起雞皮疙瘩的震撼感？五年級的課本裡有首詩叫做〈波蘭之殞落〉，讀起來真的很令人激動。當然啦，我才四年級，還沒升五年級，不過高年級的女生以前常把書借給我看。」

「她們——我是說湯瑪斯太太和哈蒙太太，對妳好不好？」瑪莉拉用眼角餘光瞅著安妮問道。

「喔……呃……」安妮支支吾吾，說不出話來。她那張敏感的小臉突然泛起紅暈，眉眼之間流露出尷尬的氣息。「呃，她們很想對我好——我知道她們盡可能想對我好。碰到有心想對妳好的人，就算他們沒有時常做到，妳也不會太在意呀。妳知道，她們有很多煩惱。有個整天醉醺醺的酒鬼老公很辛苦，而且連續生三對雙胞胎的負擔一定很重，不是嗎？我真的相信她們很想對我好。」

瑪莉拉就此打住，不再追問下去。安妮開心地望著海濱大道，一句話也沒說。心不在焉的瑪莉拉駕著馬車，陷入沉思。她心裡突然湧起一股對這個小女孩的憐憫和同情——安妮過去的生活充滿貧窮、勞苦和忽視，不僅吃不飽、穿不暖，還沒有人愛。瑪莉拉是個心思敏銳的人，能從安妮的敘述中讀出言語間的意義，發掘隱藏的真相。難怪渴望有個真正的家會讓她這麼開心，只可惜現在得送她回去。要是順著馬修莫名其妙的衝動，讓她在翠綠莊園住下來呢？畢竟馬修心意已決，再說這孩子的個性似乎不錯，也滿受教的。

「她話太多了，」瑪莉拉心想。「但或許可以慢慢改掉也說不定，更何況她也沒講什麼無禮或粗俗的話。這孩子還滿淑女的，可見身邊都是有教養的好人。」

海濱大道上全都是樹，看起來既荒涼又寂寞。右邊矮矮的冷杉林不但沒有因為長年受海風吹襲變得垂頭喪氣，反而更加繁茂濃密；左邊是陡峭的紅砂岩懸崖，有些路段甚至窄到緊貼崖壁，好險這匹栗色馬兒性情穩定，要是換成別的馬，可能會把車上的乘客給嚇壞了。懸崖下布滿了一堆堆飽受海浪侵蝕的岩石，還有幾座覆著白沙的小海灣，海灣上鑲著宛如海洋珠寶般美麗的鵝卵石；再過去就是波光粼粼的湛藍海水，海鷗在天空中自在翱翔，銀色的翅膀映著陽光閃閃發亮。

「大海真的好美，對不對？」安妮睜著大眼睛，打破這段漫長的沉默。「住在馬利斯維的時候，有一次，湯瑪斯先生雇了特快馬車帶全家到十六公里外的海邊玩了一整天。雖然我得一直顧小孩，但我真的很享受當時的每一刻。多年來我經常夢到那快樂的一天。不過這裡的海邊比馬利斯維的海邊更漂亮。那些海鷗很棒吧？妳想不想當海鷗？假如我不是人類小女孩的話，我會想當海鷗。黎明時分醒來，朝海水俯衝而下，整天在美麗的藍色海洋上翱翔，晚上再飛回巢裡，妳不覺得這樣很棒嗎？我完全可以想像自己過那樣的生活！喔，請問前面那棟大房子是什麼啊？」

「那是寇克先生經營的白沙旅館，不過旅遊旺季還沒開始。夏天來度假的美國人很多，他們覺得這裡的海邊很美。」

「其實我剛才很害怕，想說會不會是史賓瑟太太的家。」安妮難過地說。「我不想去那裡。不知道為什麼，到了那裡，就好像一切都結束了。」

# 六　瑪莉拉的決定

然而，她們最後還是按照預定的時間抵達目的地。史賓瑟太太住在白沙鎮上一棟黃色大房子裡，當她看見瑪莉拉和安妮出現在門口時，仁慈的臉上滿是驚訝，也非常歡迎。

「哎呀呀！」史賓瑟太太大喊。「我沒想到妳們今天會來，真的很高興看到妳們。把馬牽進來吧。安妮，妳好嗎？」

「還好，謝謝。」安妮一臉沮喪，完全沒笑容，整個人好像蒙上了一層陰影似的。

「我看我們就待一會兒吧，讓馬休息一下。」瑪莉拉說。「不過我答應馬修會早點回去。事情是這樣的，史賓瑟太太，我們是來弄清楚到底哪裡出了錯。我和馬修請妳哥哥羅伯帶話，託妳幫我們從孤兒院領養一個男孩，一個十歲或十一歲的小男孩。」

「不會吧，瑪莉拉！」史賓瑟太太苦惱地說。「羅伯叫他女兒南西傳話給我，說你們要一個女孩——對吧，小珍？」她連忙喊住走到門外的女兒。

「她是這麼說的沒錯，卡斯柏小姐。」小珍信誓旦旦地說。

「非常抱歉，卡斯柏小姐，」史賓瑟太太說。「實在太不好意思了，可是這真的不是我的錯。我以為你們要的是女孩，我也盡力去做了。南西這孩子做事散漫又反反覆覆的，我常常因為這樣罵她。」

「是我們不好，」瑪莉拉無奈地說。「我們應該親自跑一趟請妳幫忙，這麼重要的事本來就不應該託人口頭傳話的。反正錯都錯了，現在唯一能做的就是解決問題。可不可以把這孩子送回孤兒院呢？我想他們應該願意再收留她吧？」

「大概吧。」史賓瑟太太想了一下。「不過我想用不著送她回去。布魯威特太太昨天來我這裡，說自己真的很希望當初有託我找個會做家事的小女孩。妳知道，她們家是個大家庭，要找人手幫忙也不容易。安妮剛好就是最合適的人選。這完全是上天的安排！」

瑪莉拉並不認為上天的安排跟這件事有什麼關係。眼前意外蹦出一個大好機會可以擺脫這個不受歡迎的孤兒，她卻完全不覺得慶幸。

布魯威特太太有張凶巴巴的臉，個子瘦小，全身上下沒有一點多餘的肉。瑪莉拉只見過她幾次，聽說她待人處事都很差勁，而且被她解雇的女傭還講了很多可怕的故事，說她脾氣暴躁、非常吝嗇，家裡的小孩又很沒禮貌，老是吵吵鬧鬧。一想到要把安妮交給那種人，瑪莉拉就覺得良心不安。

「好吧，那我們進去商量一下。」她說。

「咦，真巧！布魯威特太太正沿著小路走過來呢！」史賓瑟太太驚訝地大喊，連忙招呼大家穿越玄關，走進冷颼颼的客廳；那裡的空氣好像被密不透風的深綠色百葉窗冰了太久，即便曾有過一絲溫暖，也早就消失殆盡了。「運氣真好，我們可以馬上解決這件事。卡斯柏小姐，這張扶手椅給妳坐。安妮，妳坐那張軟腳凳，別扭來扭去的。把妳們的帽子給我吧。小珍，去燒水泡茶。午安，布魯威特太太，我們才在說今天有多幸運呢，因為正好有事要跟妳商量，妳就來了。讓我來介紹兩位認識吧，這位是布魯威特太太，這位是卡斯柏小姐。不好意思失陪一下，我忘了叫小珍把烤箱裡的圓麵包拿出來。」

史賓瑟太太拉開百葉窗，接著快步離開。安妮緊握著放在腿上的雙手，默默坐在腳凳上，雙眼好像著了魔似的盯著布魯威特太太不放。她會不會被送到這個面容刻薄、眼神銳利的女人家裡？她覺得好像有什麼東西哽住了喉嚨，眼睛也開始刺痛。就在這個時候，滿臉通紅的史賓瑟太太帶著笑容回到客廳，她不僅辦事能力強，而且考慮周到，舉凡生理、心理和精神等任何問題都難不倒她。安妮好怕自己會忍不住掉眼淚。

「布魯威特太太，是這樣的，」史賓瑟太太開始解釋。「我以為卡斯柏兄妹想領養一個小女孩，而我收到的訊息確實是這樣沒錯，不過他們要的其實是男孩。所以，如果妳還沒改變心意的話，我想這個小女孩很適合妳。」

布魯威特太太把安妮從頭到腳仔細打量一遍。

「妳幾歲？叫什麼名字？」她問道。

「安妮・雪利，」安妮縮著身子，結結巴巴地說。這次她不敢提什麼「加了一個妮的安妮」之類的要求。「今年十一歲。」

「哼！看起來沒什麼肉，可是還滿結實的。我是不清楚啦，不過結實精瘦的往往最好用。要是我收養妳，妳得乖乖聽話，要聰明、有禮、恭敬，知道嗎？我當然希望妳能好好幹活，這點就不用說了。好吧，卡斯柏小姐，我想這女孩不如就讓我接手吧。我家的寶寶一直在鬧脾氣，快把我累死了。可以的話，我現在就帶她回家。」

瑪莉拉瞥了安妮一眼，只見這孩子蒼白的臉上流露出無言的痛苦，宛如一個剛剛才逃離陷阱，卻又不幸落入圈套的無助小生命，她的態度開始軟化，變得柔和許多。瑪莉拉心裡有種不安的感覺，她相信，要是她拒絕安妮無聲的懇求，那張悲傷的小臉會糾纏她一輩子。

「嗯……不知道耶，」她慢慢地說。「我沒有說我和馬修已經決定不要這個孩子。事實上，馬修打算要領養她了。我只是來弄清楚到底出了什麼差錯。我想我還是先帶她回去跟馬修商量看看比較好，畢竟我也不應該沒問他就自作主張。如果決定不領養，那我們明天晚上就會送她到妳家；如果她沒過去，就代表我們收留她了。這樣可以嗎，布魯威特太太？」

「也只能這樣了，不然呢？」布魯威特太太不客氣地說。

瑪莉拉在說話的時候，安妮的臉上彷彿灑滿了黎明的曙光，絕望的神情逐漸消逝，接著泛起希望的紅暈，一雙大眼睛變得如晨星般深邃明亮，整個人容光煥發。過了一會兒，布魯威特太太想跟史賓瑟太太借食譜；兩人走出客廳的那瞬間，安妮立刻跳起來飛奔到瑪莉拉面前。

「噢，卡斯柏小姐，妳剛才真的說可能會讓我留在翠綠莊園嗎？」她屏住呼吸悄聲地說，好像音量太大就會把美夢震碎一樣。「妳真的這麼說嗎？還是這只是我的想像？」

「安妮，要是妳分不清楚什麼是真、什麼是假，最好還是學著控制一下妳的想像力吧。」瑪莉拉火大地說。「對，妳沒聽錯，但事情還沒定，搞不好我們還是會讓妳到布魯威特太太家去。她絕對比我更需要妳。」

「如果要跟她住，那我寧可回孤兒院！」安妮情緒激動地說。「她長得好像……好像錐子。」

瑪莉拉強忍笑意，但又覺得必須教訓安妮幾句才行。

「妳一個小孩子怎麼可以這樣批評陌生的太太呢，不覺得慚愧嗎？」她嚴肅地說。「回去安靜坐著，閉上嘴巴，行為舉止要像個好女孩一樣有教養。」

「只要妳肯收留我，我什麼都願意做。」安妮一邊說，一邊乖乖回去坐在腳凳上。

傍晚她們回到翠綠莊園的時候，馬修已經在小徑上等著了。瑪莉拉大老遠就看到他在路上走來走去，早就猜透了他的想法。馬修看見她們兩人一起回來，臉上立刻露出如釋重負的表情，這對瑪莉拉來說並不意外，不過她完全沒對他提有關安妮的事，直到兄妹倆一起在穀倉後院擠牛奶時，她才簡單地告訴他安妮的身世，以及詢問史賓瑟太太的結果。

「就算是我喜歡的狗，我也不會送給布魯威特家那個女的！」馬修難得這麼活力充沛。

「我也不喜歡她的作風。」瑪莉拉承認。「不過，馬修，要嘛給她，要嘛就我們自己領養。既然你想收留她，我想我也可以接受——應該說不得不接受。我一直在想這件事，最後好像有點習慣了。領養她似乎變成一種責任和義務。我從來沒養過小孩，尤其是小女孩，我敢說我一定會弄得亂七八糟，但我會盡力去做。馬修，我看就讓她住下來吧。」

馬修那張靦腆的臉頓時洋溢著滿滿的快樂。

「太好了，瑪莉拉，我就知道妳會想通的。」他說。「她是個很有趣的孩子呢。」

「有用比有趣重要吧，」瑪莉拉反駁。「不過我會訓練她成為好幫手的。聽著，馬修，你不准干涉我的管教方式。也許一個老處女不太懂要怎麼撫養孩子，但我想還是比一個老光棍在行。所以你就把她交給我管，萬一我不行，你再插手。」

「好，好，瑪莉拉，都照妳的意思。」馬修再三保證。「只要善待她、對她好，別把她寵壞就行了。我覺得她是那種只要能讓她愛妳，她就會對妳百依百順的孩子。」

瑪莉拉輕蔑地哼了一聲，表示瞧不起馬修對女性的看法，接著便拿起奶桶走進製乳間。

「今晚我不會告訴她可以留下來的事，」她一邊想，一邊把牛奶倒進乳油分離器。「否則她一定會興奮得睡不著覺。瑪莉拉・卡斯柏，妳活該。妳可曾想過自己有一天會收養一個孤兒？這已經夠驚人了，更驚人的是，促成這一切的居然是向來有小女孩恐懼症的馬修！哎，無論如何，既然已經決定收養，未來會怎麼樣也只有老天才知道了。」

# 七　禱告

當天晚上，瑪莉拉送安妮上床睡覺時生硬地說：「好了，安妮，昨天晚上我注意到妳把脫下來的衣服丟得滿地都是，我無法忍受這麼骯髒的習慣。脫下來的衣服一定要摺好放在椅子上。我不喜歡邋遢的小女孩。」

「我昨天晚上太難過了，沒心情顧衣服。」安妮說。「今天晚上我會把衣服摺好。其實孤兒院也是這麼規定的，不過我老是急著上床靜靜幻想，所以常常忘記。」

「如果住在這裡的話就一定要記得。」瑪莉拉告誡她。「現在先禱告，然後上床睡覺吧。」

「我從來不禱告。」安妮說。

瑪莉拉大吃一驚。

「這是什麼意思？沒有人教妳禱告嗎？上帝總是希望小女孩禱告啊。安妮，妳不知道上帝是誰嗎？」

「上帝是無邊無際、恆久不變的聖靈，是智慧、力量、神聖、正義、良善與真理的化身。」安妮立刻用輕描淡寫的語氣唸了一大串。

瑪莉拉這才鬆了口氣。

「原來妳知道啊，感謝老天，妳不是異教徒！這些妳是在哪裡學的？」

「喔，是孤兒院的主日學校，他們要我們學整套教義問答，我還滿喜歡的，其中有一些很棒的詞句。『無邊無際，恆久不變』，這句話很偉大吧？音韻鏗鏘有致，就跟巨大的管風琴演奏一樣。雖然算不上詩，但聽起來卻很像，對不對？」

「安妮，我們談的不是詩，而是妳的禱告。妳不知道晚上不禱告是很糟糕的行為嗎？我有點擔心，妳可能是個很壞的小女孩。」

「要是妳有一頭紅髮，就會發現當壞孩子比當好孩子簡單多了。」安妮的語氣中充滿責備。「不是紅髮的人根本不了解這有多麻煩。湯瑪斯太太說上帝故意賜給我一頭紅髮，從此我就再也不理祂了。反正我每天晚上都累得半死，根本沒力氣禱告。要求一個得照顧好幾對雙胞胎的人撥時間晚禱，妳覺得這樣合理嗎？」

瑪莉拉決定立刻展開安妮的宗教訓練，這件事很明顯不能再拖了。

「安妮，只要妳住在我們家，就一定要禱告。」

「喔，當然，妳要我做我就會做，」安妮開心地答應了。「我願意幫妳做任何事。可是今天晚上妳得先教我怎麼說，等我上床之後再想幾句不錯的禱詞留著以後說。看樣子這件事應該還滿有趣的。」

「那……妳要先跪下才行。」瑪莉拉尷尬地說。

安妮在瑪莉拉跟前跪下，抬起頭嚴肅地看著她。

「為什麼一定要跪著禱告啊？我跟妳說，如果我真的想禱告的話，我會一個人跑到遼闊的原野或是森林的最深、最深處，然後抬頭凝望天空，一直往上、往上、往上看進那片美麗又無邊無際的藍色蒼穹，那時我就能感覺到要怎麼禱告了。好啦，我準備好了。該說些什麼呢？」

瑪莉拉陷入前所未有的尷尬。她本來想教安妮說「現在我躺下來睡覺」[3]這句經典的兒童睡前禱詞，不過，就像之前提到的，她嚴肅的外表下其實藏有一絲幽默，而幽默的人最懂得該如何變通。她突然想到，這句簡單的禱詞比較適合身穿白色睡衣、依偎在母親膝上的孩子，完全不適合這個滿臉雀斑的鬼靈精；再說安妮從小缺乏他人關懷，沒有人對她解釋何謂上帝的愛，也難怪她不懂、不在乎這些了。

「安妮，妳已經夠大了，自己禱告吧。」瑪莉拉終於開口。「只要感謝上帝的恩賜，謙卑地說出妳的願望就行了。」

「好吧，我盡量。」安妮把臉埋進瑪莉拉的大腿之間。「慈愛的天父——教會的牧師都這麼說，我自己禱告的時候應該也可以這樣說吧？」她突然抬起頭，插嘴問道。

「慈愛的天父，我為白色歡樂大道、閃亮湖、邦妮天竺葵和雪后櫻桃樹向祢獻上感謝。現在我只想得到這些恩賜，真的很感謝祢。我的願望實在太多了，全部說出來很花時間，所以我只說兩個最重要的就好。請讓我留在翠綠莊園，請讓我長大以後變漂亮。安妮．雪利敬上。」

---

3　過去北美地區大多數傳統家庭的孩子在上床睡覺前都要禱告。他們常唸的禱告文如下：「現在我躺下來睡覺，求主守護我的靈魂。若我在醒來前死去，求主引領我的靈魂。阿門。」這段禱詞被十八世紀專為北美殖民地設計的教科書《新英格蘭入門》（*The New England Primer*）採用後即廣為人知。

「好啦，禱告完了。我這樣做對嗎？」安妮站了起來，迫不及待地問瑪莉拉。「如果多給我一點時間想想，我的禱告詞會更華麗喔。」

可憐的瑪莉拉差點昏倒，只能不斷提醒自己，這孩子異於常人的禱詞並非不敬，而是因為她對宗教信仰一無所知。她一邊幫安妮蓋被子，一邊暗暗發誓，明天非得要教她禱告不可。當她拿著蠟燭準備離開時，安妮叫住了她。

「我現在才想到，禱告最後不能說『敬上』，應該要說『阿門』，對不對？我忘了牧師都是這麼說的，但又覺得禱告應該有個結尾，所以才說安妮．雪利敬上。妳覺得這有沒有關係啊？」

「呃……應該沒有吧。」瑪莉拉說。「乖，快點睡吧。晚安。」

「今天晚上我可以開心地說晚安了。」安妮一邊說，一邊舒服地抱著枕頭躺下來。

瑪莉拉回到廚房，用力把蠟燭放在桌上，怒氣沖沖地瞪著馬修。

「馬修．卡斯柏，是時候該有人領養那個孩子，好好教育她了，她簡直是個徹頭徹尾的異教徒嘛！你相信她這輩子居然一直到今天晚上才第一次禱告嗎？明天我要叫她去牧師家借幾本兒童宗教讀物回來，等我幫她做好幾件像樣的衣服，就要送她去上主日學校。看樣子我有得忙了。唉，人生嘛，難免有許多麻煩事。眼看之前輕鬆的生活就要結束了，我也只能盡力而為吧。」

# 八

## 安妮的教養啟蒙

隔天下午，瑪莉拉才告訴安妮可以留在翠綠莊園的事，至於為什麼拖這麼久，只有她自己最清楚。整個早上她都在交代安妮做各式各樣的家事，同時在旁邊仔細觀察；到了中午，她就發覺安妮其實聰明又聽話，不僅做事勤快，學習能力也很強，但最大的缺點是常常事情做到一半就開始作白日夢，完全忘了自己在幹嘛，一直到挨罵或闖禍才猛然驚醒，默默回到現實。

洗好碗盤後，安妮突然帶著一臉準備接受壞消息的表情來到瑪莉拉面前。瘦小的她雙手緊握，渾身顫抖，臉漲得通紅，瞳孔放大到眼睛近乎全黑，同時用乞求的聲音說：「噢，卡斯柏小姐，請妳告訴我到底能不能留在翠綠莊園吧！我已經耐心等了一個早上，要是妳再不告訴我，我真的會受不了。這種感覺太可怕了。拜託妳告訴我好不好！」

「妳還沒有照我說的，把抹布泡在乾淨的熱水裡消毒。」瑪莉拉依然不為所動。「先把事情做好再來問問題。」

安妮立刻去消毒抹布，接著又回到瑪莉拉跟前，用懇求的眼神緊盯著她的臉。「好吧，」瑪莉拉已經找不到藉口繼續拖延了。「那就告訴妳好了。我和馬修已經決定收留妳了，但是妳要做個乖乖聽話的好孩子，而且要心懷感激——哎，孩子，妳是怎麼啦？」

「我在哭，」安妮的語氣中充滿困惑。「我也不知道為什麼，大概是太高興了。啊，好像也不是高興，白色歡樂大道和盛開的櫻花樹會讓我覺得高興，可是這個——噢，這個不只是高興而已！我好幸福喔！我會努力做個好孩子，雖然有點吃力，因為湯瑪斯太太常說我壞透了，但我會盡力去做的。不過妳可以告訴我，我為什麼會哭嗎？」

「我猜大概是因為妳太激動了，」瑪莉拉不以為然地說。「坐下來冷靜一下吧，妳這孩子動不動就這樣，說哭就哭、說笑就笑的。沒錯，妳可以住在這裡，我們會盡可能好好撫養妳，讓妳受適當的教育。妳得去上學，不過再過兩個禮拜就放暑假了，所以還是等九月開學再去比較好。」

「那我該怎麼叫妳呢？」安妮問道。「卡斯柏小姐嗎？可不可以叫妳瑪莉拉阿姨？」

「不用，叫我瑪莉拉就好。我不習慣別人叫我卡斯柏小姐，聽了覺得很緊張。」

「可是叫瑪莉拉好像很不禮貌。」安妮反對。

「只要說話客氣、態度尊重，就不會不禮貌。艾凡利的村民無論男女老少，大家都叫我瑪莉拉，只有牧師偶爾心血來潮的時候才會叫我卡斯柏小姐。」

「我好想叫妳瑪莉拉阿姨喔，」安妮惆悵地說。「我從來沒有阿姨或其他親戚——甚至連奶奶也沒有。這樣叫我才會覺得自己真正屬於妳。我真的不能叫妳瑪莉拉阿姨嗎？」

「不行。我又不是妳阿姨，而且我不喜歡別人亂叫。」

「可是我們可以想像妳是我阿姨啊。」

「我做不到。」瑪莉拉冷冰冰地說。

「妳從來沒有把事情想像成別的樣子嗎？」安妮的眼睛睜得好大。

「沒有。」

「噢！」安妮深吸一口氣。「噢，卡斯柏小——瑪莉拉，妳錯過了不少好事啊！」

「我不覺得把事情想像成其他模樣有什麼好的，」瑪莉拉立刻反駁。「上帝對每個人都有特定的安排，祂不希望我們把這些安排幻想成另一個情況。這倒提醒我了。安妮，妳去客廳——腳要記得擦乾淨，別讓蒼蠅飛進去了——把壁爐架上那張卡片拿來，上面有主禱文，妳今天下午有空的時候把它背起來。不准再說昨天晚上那種禱詞了。」

「我也覺得昨天晚上講得不太順，」安妮語帶歉意地說。「可是我以前又沒禱告過，妳總不能指望有人第一次禱告就很厲害吧？我不是跟妳說，我上床後會想一些很棒的祈禱文嗎？我真的想到了喔，幾乎跟牧師說的那種一樣長，而且充滿詩意。可是妳相信嗎？今天早上一醒來，我就全都忘得一乾二淨，恐怕我這輩子再也想不出比那更好的禱詞了。不知道為什麼，第二次想出來的東西總是不如第一次那麼美妙。妳有注意到這一點嗎？」

「我倒是有一點要妳注意，安妮。我交代妳做什麼事的時候，妳要馬上去做，不要站在這裡跟我聊一大堆有的沒的。還不快去！」

安妮連忙走向門廳對面的客廳，可是卻遲遲沒有回來；瑪莉拉等了十分鐘，最後只好放下手裡的毛線，板著臉去找她。只見安妮一動也不動地站在兩扇窗子中間，閃閃發亮的大眼睛直盯著牆上的畫，完全沉浸在白日夢裡。陽光透過外頭的蘋果樹與濃密的藤蔓灑進來，幻化成白色、綠色和其他宛如仙境般的絢麗光芒，落在那陶醉的小小身影上。

「安妮，妳到底在想什麼啊？」瑪莉拉大聲喝斥。

安妮嚇了一跳，立刻回到現實。

「那個——」她指著那幅鮮豔生動、名叫〈基督賜福兒童〉的彩色石版畫問道。「我在幻想我是其中一個小孩，那個藍色衣服、單獨站在角落的小女孩，好像沒有親人的樣子，就跟我一樣。她看起來既寂寞又哀傷，妳不覺得嗎？我猜她沒有爸媽，但是也想得到祝福，所以才害羞地悄悄鑽進人群裡，希望除了基督以外，沒有人會注意到她。我完全懂她的感覺。她一定雙手發冷，心臟撲通撲通跳個不停，就像我問妳可不可以住下來的時候一樣。她好怕基督沒有注意到她。不過祂應該注意到了，對不對？我試著想像整個過程——她一步一步慢慢走近基督，然後祂看著她、摸摸她的頭髮，噢，她一定很開心！不過我真的很希望畫家沒有把基督畫得那麼憂傷。如果妳有注意的話，就會發現所有基督像都是這樣。我不相信祂真的滿臉哀戚，不然孩子們會怕的。」

「安妮，」瑪莉拉一邊說，一邊納悶自己幹嘛不早點打斷她。「不可以這麼說，這是大不敬。」

安妮流露出驚訝的眼神。

「怎麼會！我很尊敬呀。我真的沒有不敬的意思。」

「我知道，只是用閒話家常的語氣談這種事聽起來不太得體。還有，安妮，記住，我要妳拿個東西，妳就要馬上拿來，不可以看著圖畫胡思亂想。趕快拿著那張卡片到廚房去，坐在角落，把主禱文背起來。」

安妮把卡片立起來，靠在插滿蘋果花的花瓶上（那些花是她拿進來裝飾餐桌的）；瑪莉拉狐疑地看著花瓶，但也沒說什麼。安妮兩手撐著下巴，專心讀了幾分鐘。

「我很喜歡這篇祈禱文，」她安靜了好一陣子後終於開口。「很美。我在孤兒院的主日學校聽校長說過一次，不過那時候不太喜歡。校長的聲音很沙啞，聽起來好悲慘，他可能覺得禱告這個責任很討厭吧。雖然這不是詩，但卻讓我有詩的感覺。『我們在天上的父啊，願人都尊祢的名為聖。』聽起來好像音樂喔。我真的很高興妳要我背這個，卡斯柏小——瑪莉拉。」

「很好，背起來，閉上嘴巴。」瑪莉拉不耐煩地說。

安妮輕輕湊近插滿蘋果花的花瓶，溫柔地吻了一朵粉紅色花苞，接著又用功讀了一會兒主禱文。

「瑪莉拉，」過沒多久她又開口。「妳覺得我在艾凡利有沒有可能交到心靈相通的朋友？」

「心——妳說什麼朋友？」

「心靈相通的朋友，妳知道，就是很親密而且志同道合的朋友啊，可以吐露心事、展現真實自我的朋友。我一直很期待能遇見這樣的人。本來我也不敢想的，可是好多美夢突然一夕之間全都成真了，說不定這個夢想也會成真。妳覺得有可能嗎？」

「住在果園坡的黛安娜．巴瑞年紀跟妳差不多，是個很乖巧的小女孩。她現在在卡莫迪鎮的阿姨家，等她回來或許妳們兩個可以一起玩。不過妳的行為舉止要謹慎點，注意禮貌，巴瑞太太是個很挑剔的人，她絕對不會讓黛安娜跟沒規矩的小孩玩的。」

安妮隔著蘋果花看著瑪莉拉，閃亮的雙眼裡洋溢著濃厚的興趣。

「黛安娜長什麼樣子啊？不會是紅頭髮吧？噢，希望不是。我自己是紅頭髮已經夠慘了，如果心靈相通的朋友也是紅頭髮，我一定受不了。」

「黛安娜長得很漂亮，有一雙黑色的大眼睛、一頭黑髮和粉紅色的臉頰，而且聰明又乖巧，這些比漂亮更好。」

瑪莉拉就跟《愛麗絲夢遊仙境》裡的公爵夫人一樣喜歡教訓別人，她深信教養孩子時所說的每一句話都應該帶有道德寓意。

可是安妮完全不理會瑪莉拉話中的深意，只專注在令人開心的部分。

「噢，長得很漂亮嗎？我好高興喔！要是我也很漂亮就好了……不過那是不可能的。有個美麗又心靈相通的朋友是世界上最棒的事。之前我跟湯瑪斯太太住在一起的時候，她房間裡有個裝了玻璃門的書櫃，裡面擺滿了高級的瓷器和果醬，一本書也沒有。有天晚上，湯瑪斯先生喝得有點醉，砸碎了其中一扇玻璃門，不過另一扇還好好的。我常常看著自己在玻璃門上的倒影，假裝有另一個小女孩住在裡面。我叫她凱蒂．莫里斯，我們很要好。我會跟她聊上好幾個小時，特別是禮拜天的時候。凱蒂是我生活中的慰藉。我們會假裝那是個魔法書櫃，只要知道咒語，我就能打開玻璃門走進凱蒂房間，而不是湯瑪斯太太的瓷器和果醬櫃。到時候凱蒂會牽著我的手，帶我進入一個滿是花朵、陽光和仙子的奇妙世界，我們兩個從此過著幸福快樂的日子。後來我搬到哈蒙太太家，不得不跟凱蒂分開，我的心都碎了。我知道她也很難過，因為我們隔著玻璃門吻別的時候，她哭得好傷心。哈蒙太太家沒有書櫃，不過從房子往河的上游走一小段路，就會看到一座長長的綠色山谷，那裡住了一個可愛的回聲仙子，就算你說得很小聲，她也會一字不漏地回傳給你。我把她幻想成一個名叫紫羅蘭的小女孩，我們變成很好的朋友，我很愛她，但我更愛凱蒂。搬到孤兒院的前一天晚上，我向紫羅蘭道別，她傳回來的再見聽起來好難過、好哀傷。當下我真的好捨不得，覺得就算孤兒院裡有想像空間，我也沒辦法幻想出這麼心靈相通的朋友了。」

「沒有想像空間也好，」瑪莉拉冷淡地說。「我不贊成妳一直胡思亂想，而且妳好像對那些幻想半信半疑似的。還是交個真實活著的朋友比較健康，妳才不會滿腦子都是荒謬的想法。千萬別讓巴瑞太太聽見妳說起凱蒂和紫羅蘭，否則她會以為妳在編故事瞎掰。」

「喔，不會啦，我才不會隨便跟別人講呢，這些回憶太神聖了。不過我希望能妳能認識她們。啊，妳看，蘋果花裡飛出一隻好大的蜜蜂喔！住在蘋果花裡真好！想像一下，睡在花朵裡隨著微風輕輕搖晃……假如我不是人類小女孩的話，我希望能當一隻住在花叢間的蜜蜂。」

「昨天妳還想當海鷗呢。」瑪莉拉哼了一聲。「妳還真是善變啊。我不是叫妳把主禱文背起來，不要講話嗎？看來只要有人願意聽，妳就不可能閉嘴的。妳還是上樓回房間背吧。」

「噢，我已經背得差不多了，剩最後一句。」

「我不管，照我的話做就是了。回房間去把經文背熟，等到我叫妳幫忙準備下午茶的時候再下來。」

「我可以帶蘋果花回房間陪我嗎？」安妮懇求地說。

「不行，房間裡擺花看起來好亂，而且花本來就長在樹上，妳不應該亂摘。」

「我也這麼覺得，」安妮說。「我好像不應該摘花，縮短花的生命。假如我是蘋果花，我也不希望被摘下來，可是我就是忍不住誘惑。萬一妳碰到無法抗拒的誘惑，妳會怎麼做？」

「安妮，妳有聽到我叫妳回房間嗎？」

安妮嘆了口氣，乖乖回到東廂房，坐在靠窗的椅子上。

「好啦，我背完了。上樓的時候就背好最後一句了。現在我要用幻想來裝飾這個房間，這樣就能永遠保持美麗的樣子。地板上鋪著繡滿粉紅玫瑰圖案的白色天鵝絨地毯，窗戶上掛著粉紅色的絲綢窗簾，牆壁上有金色和銀色的織棉花紋掛毯，還要有桃花心木做的家具。我是沒看過桃花心木啦，不過聽起來滿奢華的。我坐的這張椅子其實是一張長沙發，上面堆滿了漂亮的粉紅色、緋紅色、藍色和金色絲質抱枕，而我正優雅地斜倚在沙發上。我可以在牆上那面光彩耀眼的大鏡子裡看見自己的倒影，不僅身材高䠷、態度尊貴，而且穿著有長長蕾絲拖尾的白色禮服，胸前別著珍珠十字架，頭上戴著珍珠髮飾，還有一頭如午夜般漆黑的秀髮，和晶瑩剔透、如象牙般白皙的肌膚。我是柯蒂莉亞．費茲傑羅小姐。不，不對——我好難想像自己叫這個名字。」

安妮蹦蹦跳跳地跑到小鏡子前仔細端詳自己，那張長滿雀斑的小臉和暗淡的灰色眼睛也回望著她。

「妳不過是翠綠莊園的安妮罷了。」她認真地說。「每當我想像自己是柯蒂莉亞小姐的時候，我看到的是妳，就像妳現在看到的我一樣。不過翠綠莊園的安妮比無家可歸的安妮好一百萬倍，不是嗎？」

她俯身向前，深情親吻自己在鏡中的倒影，然後回到敞開的窗前。

「午安，親愛的雪后。午安，下面谷地上親愛的白樺樹。午安，山坡上親愛的灰色小屋。不知道黛安娜會不會成為我心靈相通的朋友。希望她會，我也會非常愛她，但我絕對不能忘記凱蒂和紫羅蘭，不然她們會很傷心的。我不喜歡傷別人的心，就算是書櫃裡的小女孩和回聲仙子也一樣。我一定要牢牢記住她們，每天親她們一下。」

安妮從指尖朝櫻桃樹另一邊送出兩個飛吻，接著兩手托腮，自由自在地飄往浩瀚的白日夢世界了。

# 九

# 林德太太嚇壞了

林德太太一直到安妮住在翠綠莊園整整兩週後才前來查探。其實這也不能怪她，因為自從上次造訪翠綠莊園後，好心的林德太太就得了嚴重的流行性感冒（而且這個季節感冒有點反常），哪裡都不能去。林德太太不常生病，也很瞧不起體弱多病的人；不過她說這次的流行性感冒跟世界上其他的病完全不一樣，只能說是天意吧。她的醫生前一秒才准她出門，下一秒她就已經改道翠綠莊園，滿心好奇地想要看看馬修和瑪莉拉領養的小女孩。關於這個孤兒的各種故事和臆測早就傳遍整座艾凡利村了。

過去兩個禮拜以來，安妮充分利用清醒的每一刻。她不但認識了翠綠莊園裡每一棵大大小小的樹和灌木，也發現蘋果園下方有一條蜿蜒而上、穿越林地的小徑；她進一步探索，走到小徑盡頭，一路上看到了許多美不勝收、變幻莫測的溪流和小橋，還有松樹和野櫻桃樹交織而成的綠色拱廊、長滿濃密蕨類植物的角落，以及楓樹與花楸樹林立的偏僻岔路。

她和窪地那一彎美麗深邃、冰冷清澈的泉水變成好朋友；泉水底下是光滑的紅色砂岩，周圍環繞著一簇簇宛如棕櫚樹般巨大的水蕨，再過去則是架在小溪上的圓木橋。

安妮蹦蹦跳跳地走過那座橋，來到一座林蔭遍布的山丘，在那片高聳繁茂的冷杉與雲杉遮蔽下，天色永遠暗如黃昏，只有無數最芬芳嬌柔的吊鐘花在林間盛開，其中還點綴著幾朵隨風飄搖、色澤蒼白的滿天星，宛如去年的繁花之靈；懸在樹梢上的蛛絲像銀線一樣閃閃發光，冷杉粗壯的樹枝和花穗彷彿親密地說著悄悄話。

安妮每天都欣喜若狂地四處探險，不過一次只能玩半個鐘頭；回家之後，她就會嘰嘰喳喳地跟馬修和瑪莉拉分享自己的新發現，吵得他們耳朵快要半聾了。當然啦，馬修完全沒有半句怨言，只是開心地笑著默默聆聽；瑪莉拉也讓安妮「嘰嘰喳喳」，直到發現自己居然也聽得津津有味，才會立刻叫她閉嘴。

林德太太來的時候，安妮正在果園裡恣意閒晃，越過那片染上淡紅夕照、微微顫動的茵茵綠草，於是好心的林德太太便抓住這個絕佳機會暢談自己生病的詳情，得意地描述每一絲脈搏和疼痛，讓瑪莉拉覺得這場病生得還真是值得。交代完所有細節後，林德太太終於說出自己來訪的真正目的。

「我聽到了一些關於妳和馬修的驚人消息。」

「我想妳應該不會比我還要訝異，」瑪莉拉說。「不過我已經釋懷了。」

「出這種差錯真倒楣。」林德太太同情地說。「不能把她送回去嗎？」

「不是不行，只是我們決定不送她回去。馬修很喜歡她，我也是——我承認她有些缺點，但她已經讓這個家變得不太一樣了。她是個非常開朗的孩子。」

瑪莉拉看出林德太太的表情裡藏著不贊成的意味，所以就多說了幾句本來沒打算要說的話。

「妳攬了很大的責任呢，」林德太太憂心忡忡地說。「尤其是妳又沒有養小孩的經驗。我想妳大概不太了解她的身世和真正的個性吧，誰知道她將來會變成什麼模樣？不過我真的不是想潑妳冷水，瑪莉拉。」

「我沒有覺得被潑冷水啊，」瑪莉拉淡漠地說。「一旦我決心要做點什麼，就會一直堅持下去。妳想看看安妮對吧？我去叫她進來。」

過沒多久，安妮跑了進來，剛剛那場果園漫遊讓她臉上閃著愉快的光芒；不過進門的那瞬間，她突然發現屋子裡有個陌生人，於是便困惑地停下腳步，覺得自己自顧自地開心有點難為情。她還是穿著孤兒院那件過小又皺巴巴的洋裝，樣子確實有點奇怪，不但兩條瘦長的腿笨拙地露在外面，臉上的雀斑好像變得更多、更顯眼，而且頭髮也因為沒戴帽子被風吹得亂七八糟，髮色看起來更是前所未有的紅豔。

「嗯，看樣子他們肯定不是因為長相才選妳的。」林德太太不客氣地說。她是那種公正無私、有話直說，而且還很引以為傲的人。「瑪莉拉，她的身材瘦巴巴，長得又不好看。孩子，妳過來，讓我好好看看。天啊，妳有看過這麼多雀斑嗎？頭髮紅得跟胡蘿蔔一樣！哎，孩子，快過來呀！」

安妮「過去」了，只是不太像林德太太所想的那樣。她一個箭步越過廚房，跳到林德太太面前，一張小臉氣得通紅，嘴唇發顫，瘦削的身體從頭到腳抖個不停。

「我討厭妳！」安妮一邊跺腳，一邊哽咽地大叫。「討厭！討厭！討厭！」每說一次討厭，她的腳就跺得更用力。「妳憑什麼說我醜又瘦巴巴？憑什麼說我滿臉雀斑又一頭紅髮？妳是個粗魯、無理又冷血的女人！」

「安妮！」瑪莉拉驚愕地大喊。

安妮並沒有屈服。她兩眼冒火，雙手緊握，抬頭挺胸地看著林德太太，翻湧沸騰的憤怒宛如熱氣般從她體內散發出來。

「妳憑什麼這樣說我？」安妮激動地重複。「妳喜歡別人這樣批評妳嗎？妳喜歡別人說妳又肥又蠢，而且一點想像力也沒有嗎？我才不在乎這樣說會傷妳的心！我就是想傷妳的心！因為妳傷我的程度比喝醉的湯瑪斯先生更深。我永遠不會原諒妳，永遠不會！」

砰！砰！安妮又跺了兩次腳。

「我沒見過脾氣這麼壞的孩子！」林德太太嚇得大聲嚷嚷。

「安妮，回房間等我。」瑪莉拉好不容易恢復了說話的能力。

安妮的眼淚瞬間潰堤，她衝到門廳門口，砰一聲甩上門，把掛在外面門廊牆上的錫罐震得哐啷哐啷響，彷彿在表達對她的支持和同情，接著她就像旋風一樣飛也似的穿過門廳跑上樓，然後又是一聲沉悶的「砰」，看來她關房門的力道就跟剛才一樣猛。

「唉喲，瑪莉拉，那個孩子撫養起來可有妳受的。」林德太太的語氣流露出難以形容的嚴肅。

瑪莉拉張著嘴，不知道該道歉還是反駁。不過，她接下來吐出的話連自己聽了都嚇一跳，事後回想起來還是令人難以置信。

「瑞秋，妳不應該嘲笑她的長相。」

「瑪莉拉．卡斯柏，她剛才發那麼大的脾氣，妳該不會還要護著她吧？」林德太太憤憤不平地說。

「沒有，」瑪莉拉慢慢解釋。「我不會幫她開脫。她太胡鬧了，我會好好教訓她一頓。但是我們也得體諒她才對，畢竟從來沒有人教她規矩。瑞秋，妳對她太刻薄了。」

瑪莉拉忍不住補上最後那句話，結果又被自己嚇了一跳。這時，林德太太站了起來，一副自尊心受損的樣子。

「哦，我知道了，瑪莉拉，看來我以後講話得非常小心才行，要體貼那些來路不明的孤兒和他們敏感纖細的心靈嘛。喔，別擔心，我可沒生氣。我忙著可憐妳，根本沒空生氣。光是照顧那個孩子就夠妳煩的了。不過如果妳願意聽我的勸——我猜妳大概不會啦，雖然我生了十個小孩，死了兩個——我建議妳拿根粗粗的樺樹枝好好『教訓』她一頓，這才是管教那種孩子最有效的方法。她的髮色跟她的脾氣還真配呢。好啦，再見，瑪莉拉，我還是希望妳能像以前一樣常來我家串門子，但別指望我很快就會再來妳這兒，我可不想被人指著鼻子辱罵。這種經驗對我來說還是第一次呢。」

話一說完，林德太太便揚長而去（如果這個詞也能用來形容走路總是搖搖晃晃的胖女人的話），瑪莉拉則面色凝重地走向東廂房。

她上樓的時候一直在想自己到底該怎麼做才好。剛剛那場突如其來的火爆鬧劇讓她既驚訝又難過，同時也覺得安妮很倒楣，罵的對象偏偏是林德太太！瑪莉拉心裡突然湧起一股自責和不安，這件事帶給她的恥辱感比發現「安妮原來這麼叛逆」的哀傷感更強烈。該怎麼處罰她呢？瑪莉拉對林德太太好心建議的「樺樹枝調教法」（好像滿有效的，因為林德家的孩子身上全都有慘痛的印記）沒什麼興趣，她不認為自己有辦法打小孩。不行，一定要想想別的處罰方式，好讓安妮明白這種目無尊長的行為有多嚴重。

瑪莉拉走進房間，只見安妮趴在床上放聲大哭，完全沒意識到自己沾滿泥巴的靴子就這樣擱在乾淨的床單上。

「安妮。」她溫和地說。

沒有回應。

「安妮，」這次瑪莉拉的語氣比較嚴厲了。「快點起來，我有話要跟妳說。」

安妮扭著身子爬下床，直挺挺地坐在床邊的椅子上，浮腫的小臉滿是淚痕，雙眼倔強地盯著地板。

「安妮，妳今天還真有禮貌啊！妳難道不覺得慚愧嗎？」

「她憑什麼說我醜又紅頭髮？」安妮不服氣地頂嘴，迴避了瑪莉拉的問題。

「那妳憑什麼大發雷霆，把人家罵得那麼難聽？安妮，妳讓我覺得很丟臉，非常丟臉。我要妳對林德太太有禮貌，結果妳卻讓我這麼難堪。我真的不懂，就算她說妳紅頭髮、長得不好看，妳也沒必要生這麼大的氣。妳自己也常常這麼說啊。」

「喔，自己說和聽見別人說的差別可大了，」安妮哭著說。「妳可能知道自己不漂亮，但還是會忍不住希望別人不那麼想。也許妳覺得我脾氣很差，可是我真的吞不下去。她批評我的時候，我心裡就冒出一把無名火，害我差點喘不過氣，一定要罵她才行。」

「哎，不得不說妳真是搶盡了風頭。這下子林德太太就有精采的故事能到處宣傳，而且她也一定會這麼做。安妮，妳那樣失控亂發脾氣真的很糟糕。」

「妳想想看，要是有人當著妳的面說妳長得醜又瘦巴巴，妳會有什麼感受？」安妮淚眼汪汪地為自己辯解。

瑪莉拉的腦海中突然閃過一段陳年往事。小時候的她個子很小，當時也曾聽過有個阿姨對另一個阿姨說：「這孩子皮膚又黑，長得又不好看，怪可憐的。」這句話讓她痛苦了整整五十年才逐漸釋懷。

「我並不覺得林德太太對妳說那些話是對的，安妮，」瑪莉拉的語氣變得溫柔許多。「她講話太直了，可是妳也不能因為這樣就對她破口大罵。妳跟她才第一次見面，她是長輩，又是我的客人，光憑這三個理由，妳就應該尊重她才對。妳既無禮又莽撞——」瑪莉拉靈光一現，想到該怎麼處罰安妮了。「——妳得親自去她家為自己的壞脾氣道歉，請她原諒妳。」

「做不到。」安妮一臉陰鬱地斷然拒絕。「瑪莉拉，隨便妳怎麼處罰我都行。就算妳把我關在黑暗潮濕、裡面全是毒蛇和癩蛤蟆的地牢裡，每天只給我吃麵包、喝白開水，我也不會抱怨。但我就是不要求林德太太原諒。」

「我們不習慣把人關在黑暗潮濕的地牢裡，」瑪莉拉冷冷地說。「再說艾凡利根本沒幾間地牢。妳一定要去跟林德太太道歉，否則就待在房間裡不准出來。」

「那我只能永遠待在房間裡了，」安妮傷心地說。「因為我沒辦法跟林德太太說，抱歉我很後悔講那些話。因為我一點也不後悔。對不起，惹妳生氣了，可是我很高興自己說了那些話，而且覺得非常滿足。既然我不後悔，幹嘛要道歉？我連想像自己後悔都做不到。」

「也許明天早上妳的想像力會比較好。」瑪莉拉一邊說，一邊起身準備離開。「妳有一個晚上可以好好反省自己的行為，平復一下心情。妳之前說過，只要我們讓妳留在翠綠莊園，妳就會努力當個聽話的好孩子。可是我不得不說，妳今天的表現完全不是這麼回事。」

話一說完，她便下樓到廚房去了，任由自己刺耳的言語不斷攪擾安妮狂躁激動的心。瑪莉拉的感受也很複雜，她很苦惱、很不安，氣安妮、也氣自己，因為只要想到林德太太目瞪口呆的表情，她的嘴唇就忍不住顫抖，心裡湧起一股不道德的、想放聲大笑的欲望。

# 十 道歉

當天晚上，瑪莉拉並沒有把這件事告訴馬修；可是第二天一早，安妮還是很執拗，沒有下樓吃早餐。瑪莉拉不得不解釋，於是便把整個經過說給馬修聽，還刻意強調安妮的行為問題有多嚴重。

「教訓得好。瑞秋・林德就是個愛多管閒事、說人閒話的長舌婦。」馬修用安慰的口氣回答。

「馬修・卡斯柏，你有沒有搞錯！明知道安妮的行為很糟糕，你還護著她！接下來你是不是要說她根本不該受罰！」

「呃，不是……不完全是，」馬修不自在地說。「我想只要稍微處罰她一下就好，別對她太嚴苛了，瑪莉拉。要記得，從來沒有人教過她規矩啊。妳……妳應該會給她東西吃吧？」

「你什麼時候看過我用餓肚子的方法逼人學乖啊？」瑪莉拉氣呼呼地質問馬修。「我會親自把三餐送到房間。如果她不肯跟林德太太道歉，就不准出來，就這樣。」

早餐、午餐和晚餐全都吃得好安靜，因為安妮還是非常固執，不願意屈服。瑪莉拉每餐都端了好大一盤食物到東廂房，可是過一會兒端下來時卻看不出有吃過的跡象。馬修憂心忡忡地望著原封不動的晚餐——安妮到底有沒有吃啊？

那天傍晚，瑪莉拉到後面的牧場牽牛，早就在穀倉附近徘徊的馬修一看到瑪莉拉離開，立刻像小偷一樣悄悄溜進屋子，爬上二樓。馬修通常只在廚房和走廊另一頭的小臥室之間活動，只有偶爾牧師來家裡喝茶時，他才會彆扭地走進客廳或起居室。不過自從四年前的春天幫瑪莉拉貼客房壁紙之後，他就再也沒到過樓上了。

他躡手躡腳地穿過走廊，在東廂房門口站了幾分鐘，最後終於鼓起勇氣敲門，然後推開門往裡面看。

安妮坐在窗邊的黃色椅子上，憂傷地凝望著外面的花園。她看起來好瘦、好小、好不快樂。馬修覺得心口狠狠揪了一下。他輕輕關上門，不聲不響地走向她。

「安妮，」馬修壓低聲音，生怕被別人聽到的樣子。「安妮，妳還好吧？」

安妮拋出一個虛弱的微笑。

「還好。我一直在用幻想打發時間。很寂寞就是了，但也只能盡量習慣才行。」話一說完，她又擠出一個微笑，勇敢面對未來漫長又孤單的監禁歲月。

馬修突然想起自己得把握時間，把要說的話說出來，否則萬一瑪莉拉提早回來就慘了。「好了，安妮，妳不覺得趕快把事情解決比較好嗎？」他低聲說。「反正遲早都得做，因為瑪莉拉是個意志堅定的女人，說到做到。哎，安妮，馬上去做，趁早了結這件事吧。」

「你是說去跟林德太太道歉？」

「對——道歉，就是道歉，」馬修急切地說。「緩和一下局面。我要說的就是這個。」

「嗯……為了你，我應該做得到吧。」安妮若有所思地說。「其實道歉也不算假話，因為現在我後悔了。昨晚我一點也不後悔，而且還氣了一整個晚上，氣醒了三次，每次都一肚子火。可是今天早上氣就消了，只剩下一種恐怖的感覺，好像一切都毀了。我很慚愧，但又不想去跟林德太太道歉，那太丟臉了。所以我下定決心，寧願一輩子關在房間裡，但我還是……願意為你做任何事……如果你真的希望我這麼做的話……」

「我當然希望。樓下少了妳好寂寞。快去把事情解決吧，這樣才乖。」

「好吧，」安妮順從地說。「等瑪莉拉回來，我就跟她說我後悔了。」

「這樣就對了，安妮。但別跟瑪莉拉說我來過，她會怪我多管閒事。我答應她不插手的。」

「我絕對不會洩密。就算是一大群野馬，也沒辦法把這個祕密從我心底拖出來。」安妮嚴肅地保證。「話說野馬到底是怎麼把祕密從人心底拖出來的啊？」

可是馬修已經離開了，成功說服安妮這件事讓他非常恐慌。他匆匆跑到牧場最偏遠的角落，免得瑪莉拉起疑心。瑪莉拉一進門，就聽見樓梯扶手上方傳來一聲哀怨的呼喚，覺得又驚又喜。

「怎麼啦？」她一邊說，一邊來到走廊。

「我很抱歉那天亂發脾氣又罵人，我願意去跟林德太太道歉。」

「很好。」瑪莉拉說得很乾脆，完全看不出心裡大大鬆了口氣，其實她一直在煩惱，要是安妮堅持不讓步怎麼辦。「等我擠完牛奶就陪妳去。」

擠完牛奶後，她們兩人便走上小徑，前往林德太太家。瑪莉拉抬頭挺胸、洋洋得意，安妮則彎腰駝背、垂頭喪氣。不過才走到半路，安妮低落的情緒宛如被施了魔法般瞬間消失。她抬頭望著染上夕陽餘暉的天空，腳下踩著輕快的步伐，完全掩不住內心的興奮。瑪莉拉很不喜歡這樣的轉變；安妮這副德性一點也不像真心懺悔、準備登門道歉的乖巧小女孩。

「安妮，妳在想什麼？」瑪莉拉厲聲問道。

「我在想等等要跟林德太太說什麼。」安妮心不在焉地回答。

瑪莉拉很滿意——或者說應該要很滿意這個答案才對，但又覺得自己的處罰方式似乎不太對勁。安妮怎麼會一副容光煥發、興高采烈的模樣呢？

安妮就這樣容光煥發、興高采烈地走到林德太太家。可是一來到坐在廚房窗邊打毛線的林德太太面前，她臉上的喜悅瞬間消失，取而代之的是深切的悲傷與悔恨。安妮話都還沒說出口，就撲通一聲跪在地上，以哀求的方式朝林德太太伸出手，嚇了她一跳。

「噢，林德太太，真的很對不起，」安妮用顫抖的聲音說。「就算用上整本字典，也無法徹底表達我的哀傷，妳只能靠想像了。我對妳很沒禮貌，也讓我親愛的朋友馬修和瑪莉拉蒙羞。雖然我不是男孩，他們還是讓我住在翠綠莊園。我真是個不知感恩的壞孩子，活該受罰，就算被永遠趕出去也是應該的。我真的好壞，妳不過是對我說真話，我卻亂發脾氣。妳說的都是真的，每一個字都是真的。我的頭髮確實很紅，臉上也都是雀斑，而且長得醜又瘦巴巴的。不過我對妳說的也是實話，只是我不應該說出來才對。噢，林德太太，求求妳，請妳原諒我。要是妳不肯，這個可憐的小孤女會難過一輩子的。就算我脾氣很差，妳還是會原諒我對不對？噢，林德太太，拜託妳原諒我吧！」

安妮雙手緊握，低著頭，等待宣判。

安妮說話的語氣聽起來的確是真心懺悔，瑪莉拉和林德太太都能感受到她話中的誠意。但是，瑪莉拉愕然發現，安妮其實非常享受這種屈辱，同時沉迷在自貶的氛圍中難以自拔。瑪莉拉一心一意追求、正確且有益的懲處呢？居然被安妮當成一種樂趣了！

然而不善洞察人心的林德太太並沒有看出這一點，只覺得安妮的道歉面面俱到，於是表面愛裝腔作勢、實則心地善良的她頓時怒氣全消。

「好了，好了，孩子，快起來吧。」林德太太親切地說。「我當然願意原諒妳，而且我當時說得也有點過分了。我這個人就是直腸子，妳可別放在心上。妳的頭髮真的很紅，不過我以前認識一個女孩，我們是同班同學，她小時候的頭髮跟妳一樣紅，長大後就漸漸變深，變成漂亮的紅褐色。我相信妳也會的。」

「噢，林德太太！」安妮站了起來，深吸了一口氣。「妳給了我希望，妳永遠是我生命中的恩人。如果我長大以後頭髮真的變成漂亮的紅褐色，那我什麼都可以忍。要是有一頭漂亮的紅褐色秀髮，當個乖孩子就簡單多了，不是嗎？現在妳跟瑪莉拉在聊天，我可不可以到妳的花園去，坐在蘋果樹下的長椅上呢？那裡有比較大的想像空間。」

「當然可以，快去吧，孩子。喜歡的話，角落的白水仙可以摘一束回去。」

安妮關上門的那瞬間，林德太太立刻站了起來，點亮一盞燈。

「她真是個奇怪的孩子。坐這張椅子吧，瑪莉拉，這張比較舒服。沒錯，她的確很奇怪，但還是有討人喜歡的地方。當初聽說妳跟馬修要領養她的時候，我好驚訝，也很同情你們，不過現在已經不這麼覺得了。說不定她會變得很乖巧呢。當然啦，她講話的方式有點詭異，妳知道，有點太——太浮誇了，不過跟你們兄妹倆這樣有教養的人住在一起後，應該就會改掉才對。她的脾氣雖然暴躁，但來得快、去得也快，這種個性有個好處，就是絕對不可能騙人或耍心機。我最討厭愛耍心機的小孩了。整體來說，瑪莉拉，我還滿喜歡她的。」

瑪莉拉準備回家的時候，安妮正好從薄暮籠罩、香氣甜美的果園中走出來，手裡還捧著一束白色水仙。

「我的道歉很不錯吧？」安妮在她們倆走上小徑時得意地說。「我想既然要做，不如做得徹底一點。」

「妳的確做得滿徹底的。」一想到剛才的畫面，瑪莉拉就忍不住想笑，同時又為自己的反應感到訝異和不安，覺得自己好像應該責備安妮怎麼這麼會道歉才對，可是這樣做未免太荒謬了！為了安撫自己的良心，她嚴厲地說：「安妮，從現在開始，盡量控制一下自己的脾氣。希望妳以後別再做出什麼需要道歉的事了。」

「只要沒有人嘲笑我的長相，我就不會亂發脾氣。」安妮嘆了一口氣。「其他的事都不會惹火我，可是我真的受夠別人老是嘲笑我的頭髮了，每次我都會氣到冒煙。妳覺得我長大以後，頭髮真的會變成漂亮的紅褐色嗎？」

「妳不應該這麼在意自己的長相，安妮，妳是不是太愛慕虛榮了？」

「我知道自己長得很普通，怎麼會愛慕虛榮？」安妮立刻反駁。「我喜歡漂亮的事物，每次照鏡子看到不漂亮的自己就覺得很討厭、很傷心，這種感覺就跟我看到醜陋的東西時一模一樣。我很同情那些不美麗的一切。」

「心美貌亦美。」瑪莉拉引用了一句諺語。

「之前也有人這麼告訴我，但我不太相信就是了。」安妮一邊語帶懷疑地說，一邊聞著手中的白水仙。「噢，這些花好可愛喔！林德太太人真好，還送花給我，我現在不恨她了。跟別人道歉並得到原諒的感覺真好，對不對？今晚的星星好亮喔，瑪莉拉，如果能住在星星上的話，妳會選哪一顆？我會選黑色山丘上方那顆明亮又美麗的大星星。」

「安妮，別再說了。」瑪莉拉一直努力試著跟上安妮彎來繞去的思緒，簡直累壞了。

安妮乖乖閉上嘴巴，跟著瑪莉拉一起轉進通往翠綠莊園的小路。沁涼的晚風迎面而來，夾雜著被露水沾濕的蕨類植物清香；莊園廚房的燈火穿越樹林，在遠方的暗影裡發出令人愉悅的微光。安妮突然挨近瑪莉拉，把手伸進她粗糙的掌心裡。

「有家可回的感覺真好，」安妮說。「我已經愛上翠綠莊園了。我以前從來沒愛過任何地方，因為那些地方都不像是家。噢，瑪莉拉，我好快樂喔。我現在就可以禱告，而且一點也不覺得難。」

瑪莉拉握著安妮細瘦的小手，心裡頓時湧起一股溫暖與愉悅，也許這就是她先前從來沒有機會付出的母愛吧。這種陌生的甜蜜感讓她心神不寧，急著想恢復平常的淡漠與冷靜，於是便再度開口說教。

「安妮，只要做個好孩子，妳就會一直很快樂，禱告的時候也不會覺得難了。」

「說禱告詞和禱告好像不太一樣，」安妮若有所思地說。「不過，我要想像自己就是輕輕拂過樹梢的微風，等我對樹膩了，就輕輕飄過樹下的羊齒植物，然後飛到林德太太的花園去吹得繁花飛舞，接著俯衝撲向長滿苜蓿的原野，再輕輕掠過閃亮湖，激起閃閃發光的小漣漪。噢，風的想像空間好大喔！所以我還是暫時閉上嘴巴好了，瑪莉拉。」

「太好了，謝天謝地。」瑪莉拉大大鬆了口氣。

# 十一　主日學校

「怎麼樣？還喜歡嗎？」瑪莉拉問道。

安妮站在山牆下的小房間裡，一臉嚴肅地看著攤在床上的三件新洋裝。一件是褐色格紋棉布料，是瑪莉拉去年夏天跟一個小販買的，因為看起來非常耐用；另一件是黑白格子絨布料，是她趁年初特價的時候買的；最後一件是又硬又醜的藍色印染布料，是這禮拜才在卡莫迪一家商店買的。

這三件洋裝都是瑪莉拉親手做的，款式也差不多——樸素的裙子、樸素的腰身，還有樸素的袖子，而且全都緊得要命。

「我會想像自己很喜歡的。」安妮鄭重其事地表示。

「我不要妳用想像的，」瑪莉拉不太高興地說。「喔，我看得出來妳不喜歡！這些洋裝哪裡不好？不乾淨？不整齊？還是不夠新？」

「都不是。」

「那妳為什麼不喜歡？」

「因為它們……它們不……漂亮。」安妮勉為其難地回答。

「漂亮！」瑪莉拉輕蔑地哼了一聲。「安妮，我可沒那個閒工夫傷腦筋想著做漂亮衣服給妳，也不想把妳寵成愛慕虛榮的孩子。這些衣服好穿、實用又耐磨，沒有皺褶、沒有花邊，今年夏天妳就只有這三件能穿了。這件褐色格紋洋裝和藍色印染洋裝給妳上學的時候穿，這件絨布洋裝是上教堂和主日學校穿的，希望妳保持乾淨，別弄破了。妳身上那件繃得要命的法蘭絨洋裝穿了那麼久，現在終於有幾件新衣服可以換，應該心懷感激才對。」

「喔，我很感激啊，」安妮抗議。「可是……可是如果其中一件有燈籠袖的話，我就更感激了。現在很流行燈籠袖耶，瑪莉拉，要是能穿上燈籠袖洋裝，我一定會興奮到全身發抖。」

「興奮到發抖？算了吧。我可沒有多餘的布料浪費在什麼燈籠袖上。反正那種袖子看起來可笑得很，我比較喜歡簡單實用的款式。」

「可是我寧願看起來跟大家一樣可笑，也不想自己一個人穿得簡單實用啊。」安妮可憐兮兮地堅持。

「這我倒是相信！好啦，把衣服掛進衣櫥裡，小心別弄皺了，然後乖乖坐下來預習主日學校的功課。我幫妳跟貝爾校長要了課本，妳明天就去上主日學。」瑪莉拉說完後，便怒氣沖沖地下樓了。

安妮緊握雙手，看著那些洋裝。

「真希望能有一件白色的燈籠袖洋裝，」她難過地低語。「我祈禱上帝能賜我一件，但也不敢指望就是了。我猜上帝大概沒空管孤兒想穿什麼吧，只能靠瑪莉拉了。幸好我可以幻想其中一件是有漂亮蕾絲花邊、三層燈籠袖，而且顏色雪白的平紋細棉洋裝。」

第二天早上，瑪莉拉頭痛的老毛病又犯了，所以沒辦法陪安妮上主日學。

「安妮，妳去找林德太太，」她說。「她會告訴妳要上哪一班的課。記住，要守規矩，留下來聽牧師講道，問林德太太我們平常坐的座位在哪裡。這是捐獻用的錢。不要盯著別人看，也不要在位子上動來動去。等妳回來再把今天的內容說給我聽。」

安妮沒有一句抱怨，直接換上那件硬邦邦的黑白格子絨布洋裝出門。儘管裙子的長度非常得體，合身度也無可挑剔，但整體的剪裁卻讓她看起來更加瘦削；另外，她頭上還戴了一頂新買的水手帽，質地光滑、小小扁扁的，極端樸素的款式同樣讓她非常失望，只好幻想帽子上裝飾了緞帶和鮮花。不過，她才沿著小徑走到一半（都還沒上村莊大街呢），就看見一大片隨風搖曳的金色毛莨花和美麗的野薔薇，於是便立刻停下腳步，隨手摘了幾朵花串成花環戴在帽子上。安妮驕傲地頂著粉紅與金黃交織的裝飾，踩著輕快的步伐往前走，不管別人看了會有什麼想法，她都很滿意自己的傑作。

安妮到了林德太太家時，發現林德太太已經出門了；她毫不畏懼，一個人走到教堂。教堂門口有一群身穿白色、藍色和粉紅色漂亮洋裝的女孩，大家都對這個頭戴奇怪花環的陌生人投以好奇的眼光。艾凡利村的小女孩早就聽說過不少有關安妮的奇怪故事了。林德太太說她的脾氣很差；在翠綠莊園工作的傑利說，她老是對自己啊、樹啊、花啊說個不停，像個瘋子似的。她們看著安妮，躲在主日學課本後面說悄悄話；從禮拜開始到結束，完全沒有人主動跟她打招呼。接著，安妮走進了羅潔森老師的教室。

羅潔森老師是一位中年女士，教了二十年的主日學。她的教學方式是先唸一遍課本上的問題，再抬頭從課本邊緣用嚴峻的目光盯著她認為應該回答的學生。她的眼神時常落在安妮身上，多虧有瑪莉拉幫忙溫習，安妮才能對答如流，不過她對題目和答案的意思了解多少就很難說了。

安妮不太喜歡羅潔森老師，也覺得自己很慘，因為班上其他女生都穿燈籠袖。她覺得人生要是沒有燈籠袖，根本不值得活下去。

「妳喜不喜歡上主日學啊？」瑪莉拉在安妮回家後問道。她已經把頭上的枯萎花環丟在路邊了，所以瑪莉拉當下並不知道這件事。

「一點也不喜歡，討厭死了。」

「安妮．雪利！」瑪莉拉厲聲喝斥。

安妮坐在搖椅上，長嘆了一口氣，然後親了一下邦妮天竺葵的葉子，又對盛開的秋海棠揮揮手。

「說不定我不在的時候，它們覺得很寂寞。」她解釋。「至於主日學嘛……我有照妳說的乖乖上課。我到林德太太家的時候，她已經出門了，所以我就自己走過去。我走進教堂時看見一大群小女生，然後我坐在角落靠窗的位子做禮拜。貝爾校長禱告了好久好久，好險我坐在窗邊，要不然一定撐不到他講完。窗戶外面就是閃亮湖，所以我一邊望著湖水，一邊想像各種美妙的事。」

「那怎麼行呢？妳應該專心聽貝爾校長說話才對呀。」

「他又不是在跟我說話，」安妮立刻反駁。「他是在跟上帝說話，而且好像也沒什麼興趣的樣子。我猜他大概覺得上帝太遙遠了吧。不過我有禱告幾句喔，因為湖畔有長長一排白樺樹，陽光穿透樹葉一直往下、往下，照進湖水深處，噢，瑪莉拉，那畫面好像一場美麗的夢喔！所以我激動地連說了兩、三次『上帝，我為此感謝祢。』」

「希望沒有講得太大聲。」瑪莉拉焦慮地說。

「喔，沒有，我很小聲。後來貝爾校長終於禱告完了，他們就叫我去羅潔森老師的教室，裡面還有另外九個女孩，她們全都穿了燈籠袖。我拚命想像自己也穿了燈籠袖，但是卻失敗了。為什麼會這樣呢？我自己一個人待在房間的時候，一下子就幻想出洋裝上有燈籠袖了，可是跟那些真的穿著燈籠袖的女孩在一起就好難喔。」

「妳不應該在上主日學的時候一直想著袖子，要好好上課才對。希望妳都聽懂了。」

「喔，我懂啊，而且還回答了好多問題。羅潔森老師好愛問問題。我覺得光是老師發問不太公平，我有一大堆問題想問，可是又不想問她，我想我跟她不太合拍。後來其他女孩一起朗誦聖詩，羅潔森老師就問我有沒有讀過聖詩？我說沒有，但如果她想聽的話，我會背三年級課本裡的〈守護主人墳墓的狗〉，這首雖然算不上真正的聖詩，可是卻跟聖詩一樣憂鬱悲情。她說不用，然後要我下禮拜天背第十九首聖詩。後來我在教堂把詩讀了一遍，真的很精采，其中有一句讓我特別激動，『如同被屠殺的戰隊在米甸邪惡之日殞落般迅疾。』

「我不知道『戰隊』和『米甸』是什麼意思，不過聽起來好悲慘喔。希望下禮拜天趕快來，我好想背這首詩，這禮拜我會好好練習。上完主日學後，我請羅潔森老師跟我說你們的座位在哪裡，因為林德太太離得太遠了。我盡可能乖乖坐著不動，今天讀的是《啟示錄》第三章第二節和第三節，這段經文好長好長，我要是牧師，就會選比較簡短活潑的內容。講道也講了好久好久，我猜牧師大概是為了配合經文吧。他是個很無趣的人，問題應該就出在他的想像力不夠。我沒什麼在聽他講話，只顧著讓自己的思緒流動，想些奇妙的事。」

瑪莉拉心裡一陣無力，她覺得自己應該狠狠教訓安妮一頓，同時也不得不承認安妮說得一點也沒錯，她早就認為牧師的講道和貝爾校長的禱告太過冗長，只是一直沒說出口。如今這些深埋心底多年、充滿批判意味的想法和祕密，就這樣突然帶著眼目可見的譴責姿態，從一個有話直說的小女孩身上浮現出來。

# 十二　嚴肅的誓約

瑪莉拉一直到禮拜五才得知帽子和花環的事。她從林德太太那裡回家後，馬上叫安妮過來。

「安妮，林德太太說妳禮拜天上教堂的時候，帽子上戴了可笑的薔薇和毛茛花環。妳到底在想什麼啊？這麼胡鬧！妳一定覺得自己看起來很漂亮吧！」

「喔，我知道黃色和粉紅色不適合我。」安妮說。

「適合才怪！重點是在帽子上插花實在太荒唐了，管它什麼顏色！妳是要氣死我是不是！」

「我不懂為什麼在帽子上插花比在衣服上別花還荒唐？」安妮不服氣地說。「教堂裡有很多女生都在衣服上別鮮花，有什麼不一樣？」

瑪莉拉依然就事論事，不讓安妮把話題轉到不確定的抽象概念。

「安妮，不准這樣頂嘴。妳那麼做真的很蠢，別讓我再抓到妳幹這種好事。林德太太說她看到妳頂著花環走進教堂的時候，恨不得找個地洞鑽進去，而且她又離妳太遠，來不及叫妳把花拿掉。她說大家講得好難聽，他們一定以為是我老糊塗才會把妳打扮成那樣。」

「噢，對不起，」淚水在安妮的眼眶裡打轉。「我沒想到妳會在意。毛茛花和野薔薇好香、好漂亮，我以為插在帽子上一定很美。很多女孩的帽子上都有人造花啊。我怕以後會給妳添很多麻煩，或許妳還是把我送回孤兒院比較好。雖然那樣很慘，我也會受不了，再說我瘦成這樣，很可能會染上肺結核，但總比老是給妳添麻煩好多了。」

「別胡說八道了，」瑪莉拉很氣自己把安妮弄哭了。「我一點也不想把妳送回孤兒院，只希望妳能像其他小女孩一樣乖巧聽話，別再把自己搞得這麼可笑了。別哭了。我跟妳說，黛安娜・巴瑞今天下午回來了，我打算過去一趟，看能不能跟巴瑞太太借個裙子打樣，如果妳想的話就跟我一起去，認識一下黛安娜。」

安妮緊握著雙手站了起來，臉頰上的淚痕仍閃閃發亮；手裡縫著褶邊的擦碗布就這樣默默滑落到地上。

「噢，瑪莉拉，我好怕——現在我是真的害怕了。要是她不喜歡我呢？那就會是我這一生最大的悲劇了！」

「哎，別慌，不過我希望妳講話不要這麼誇張，一個小女孩這樣說話聽起來真的很奇怪。我想黛安娜一定會喜歡妳，重點是她媽媽，如果巴瑞太太不喜歡妳，就算黛安娜再怎麼喜歡妳也沒用。如果她聽說妳對林德太太大發脾氣，又戴著有花環的帽子上教堂，真不知道她會怎麼想。妳一定要有禮貌、要守規矩，別老是語出驚人。天哪，妳怎麼在發抖啊！」

安妮真的在發抖，而且臉色蒼白，一副緊張兮兮的樣子。

「噢，瑪莉拉，要是妳即將認識一個女孩，希望跟她成為心靈相通的好朋友，又怕她媽媽不喜歡妳的話，妳也會很激動的。」她一邊說，一邊跑去拿帽子。

她們沿著小溪對面的捷徑往上走，越過滿是冷杉樹的山丘，來到了果園坡。瑪莉拉敲敲廚房的門，前來應門的正是巴瑞太太。她個子很高，黑髮黑眼，還有一張說一不二的嘴，而且教育孩子的方式出了名的嚴格。

「瑪莉拉，妳好嗎？」巴瑞太太客氣地說。「快請進！我想這位就是妳領養的小女孩吧？」

「對，她叫安妮．雪利。」瑪莉拉說。

「是加了一個妮的安妮。」安妮好不容易擠出這幾個字。雖然激動到發抖，她還是堅持重要的事一定要講清楚。

巴瑞太太不曉得是沒聽到還是沒聽懂，只點點頭親切地說：「妳好嗎？」

「我的身體很好、很健康，可是心裡卻亂成一團。謝謝您，夫人。」安妮嚴肅地回答，隨後轉向一旁的瑪莉拉，用大家都聽得見的音量悄聲說：「瑪莉拉，我這樣應該沒有語出驚人吧？」

她們進門時，原本正在看書的黛安娜把書放了下來。她是個很漂亮的小女孩，有媽媽的黑頭髮、黑眼睛和紅潤的雙頰，臉上愉快的神情則遺傳到爸爸。

「這是我女兒黛安娜，」巴瑞太太說。「黛安娜，帶安妮到外面花園去看看妳的花吧，活動活動對妳比較好，別老是盯著書看。她書看太多了——」這句話是對瑪莉拉說的，此時兩個小女孩正往外走。「——我管不動，她爸爸還拚命鼓勵她。這孩子就知道看書。真高興她有個玩伴了，說不定之後可以讓她有動力常出去走走。」

柔和的暮光穿透陰暗的冷杉樹林，籠罩著巴瑞家的花園；安妮和黛安娜站在美麗的虎皮百合花叢前妳看我、我看妳，兩人都有點不好意思。

若不是安妮此時此刻心情焦慮，巴瑞家林蔭密布、繁花盛開的花園一定會讓她開心得不得了。花園四周環繞著歷史悠久的參天綠柳與高聳的冷杉樹，樹下綻放著各式各樣喜歡陰涼處的花朵。幾條整潔雅致、貝殼鑲邊的小徑有如潤澤的紅色緞帶般縱橫交錯，在爭奇鬥豔的花床間恣意蜿蜒；那裡有紅色的心形荷包牡丹，美麗的緋紅色芍藥花，清香的白水仙，多刺又甜美的蘇格蘭玫瑰，白色、藍色和粉色的夢幻草，淡紫色的石艫花，一簇簇艫蒿、緞帶草和薄荷，紫色的蘭花、黃色的水仙，還有一大片宛如羽毛般細膩芬芳的白色苜蓿花，以及一串串懸掛在白麝香花上方的火紅花球——這是一個陽光流連忘返，蜜蜂嗡嗡飛舞，微風輕輕拂拭，吹得樹葉窸窸窣窣響的燦爛花園。

「噢，黛安娜，」安妮終於開口。她兩手緊握，聲音細得宛如蚊子叫。「妳想……妳想妳會不會有一點點喜歡我……願意成為我的好朋友呢？」

黛安娜笑了。黛安娜總是先笑才說話。

「喔，我想會吧。」她坦率地說。「我真的好高興妳搬到翠綠莊園來了，有人能一起玩真好。附近沒有別的女孩可以跟我玩，我妹妹又太小了。」

「妳願意跟我一起發誓，我們永遠永遠都是好朋友嗎？」安妮熱切地問道。

黛安娜大吃一驚，語帶責備地說：「不太好吧，發誓很可怕耶！」

「喔，我發的這種誓不可怕。妳知道，發誓有兩種啊。」

「我只聽過一種。」黛安娜懷疑地說。

「真的還有另外一種，一點也不可怕，只是莊重地發誓與信守承諾而已。」

「喔，那就沒關係。」黛安娜鬆了一口氣。「要怎麼發誓呢？」

「我們先手牽手——像這樣，」安妮嚴肅地說。「其實應該要在有水流動的地方才對。我們就想像這條小路是小溪好了。我先說誓言。我鄭重發誓，對好友黛安娜．巴瑞的忠誠如日月般永恆不滅。現在換妳了，要加上我的名字喔。」

黛安娜在唸誓言之前和唸完之後都笑了一下，接著說：「安妮，我早就聽說妳很奇怪了，不過我相信，我一定會很喜歡妳。」

瑪莉拉和安妮回家的時候，黛安娜一路送她們到圓木橋。兩個小女孩肩並肩、挽著手一起走，一直到小溪邊準備分離之前，她們又約定了好幾次，第二天下午也要一起玩。

「怎麼樣？妳跟黛安娜很合拍吧？」瑪莉拉在她們穿過翠綠莊園的院子時問道。

「噢，對呀，」安妮嘆了口氣，開心到完全沒聽出瑪莉拉話中帶刺。「瑪莉拉，這一刻，我是愛德華王子島上最幸福的女孩！我保證今天晚上一定會很虔誠禱告。明天黛安娜和我要在威廉．貝爾先生的白樺樹林裡搭一間遊戲屋。放在柴房的碎瓷器可以給我嗎？黛安娜的生日在二月，我是三月，妳不覺得很巧嗎？黛安娜要借我一本書，她說內容很精采又很刺激。她還要帶我去樹林後面看黑百合。妳不覺得黛安娜的眼睛很有靈性嗎？真希望我也有充滿靈性的眼睛。黛安娜要教我唱一首名叫〈榛谷裡的妮莉〉的歌，而且還要送我一幅畫掛在房間，她說那幅畫很美，畫的是一位身穿淡藍色絲質洋裝的漂亮小姐，是個賣縫紉機的商人送她的。真希望我也有東西可以送她。我比黛安娜高兩公分，但她比我胖多了；她說她寧願瘦一點，看起來比較優雅，我想她應該是為了安慰我才這麼說吧。改天我們要去海邊撿貝殼，也說好要把圓木橋邊的泉水取名叫『森林仙女的泡泡』。這個名字很優雅對不對？以前我讀過一個故事，裡面的泉水就叫這個名字。我猜森林仙女應該是個長大成人的仙子吧。」

「唉，我只希望妳別話多到把黛安娜給煩死。」瑪莉拉說。「不過，安妮，不管妳有多少玩樂計畫，記得要先把家事做完才行。」

安妮內心承載著滿滿的幸福，而馬修更讓她的幸福加倍，滿到溢出來了。他剛從卡莫迪的商店回來，怯生生地從口袋裡掏出一小包東西遞給安妮，同時用帶有歉意的眼神看著瑪莉拉。

「我記得妳說喜歡吃巧克力糖，所以買了一些給妳。」馬修說。

「哼，」瑪莉拉不以為然。「糖果只會把她的牙齒和胃搞壞。好了，好了，孩子，別擺一張苦瓜臉。既然是馬修買給妳的，妳當然可以吃。不過要是買薄荷糖更好，比較健康。不要一下子全吃光了，小心吃壞肚子。」

「噢，我不會的，真的不會，」安妮興奮地說。「今天晚上我只吃一顆，瑪莉拉。我能不能分一半給黛安娜？這樣我會覺得剩下的一半吃起來更甜更好吃。一想到有東西可以請她吃，我就好開心喔！」

安妮回房間後，瑪莉拉說：「很好，看來這孩子並不小氣。我最討厭吝嗇的小孩了。天哪，她才來三個禮拜，感覺卻好像她從以前就一直住在這裡似的。我無法想像沒有她的生活會是什麼樣子。喂，馬修！別用那種『我就說吧』的眼神看我！女人這樣已經夠糟了，男人更讓人受不了。我承認，我很慶幸當初同意領養安妮，而且越來越喜歡她了。不過，馬修．卡斯柏，你別老是拿以前的事出來講好不好！」

# 十三 期待的喜悅

「安妮早該回來做針線活了。」瑪莉拉朝時鐘瞥了一眼，接著望向窗外金黃澄澈的八月午後，熾熱的天氣讓萬物昏昏欲睡。「她已經超過規定的時間跟黛安娜多玩了半小時，現在又坐在柴堆上跟馬修聊天，沒完沒了，她明明知道自己該做正事啦。馬修一定像個傻子一樣聽得津津有味。我從來沒見過聽人家說話聽得這麼入迷的男人。她講的東西越多、越奇怪，他就聽得越高興。安妮．雪利！妳現在馬上給我進來！聽見沒有！」

瑪莉拉連敲好幾下窗戶，安妮立刻從院子裡飛奔過來，雙眼閃閃發亮，臉頰紅撲撲的，沒編辮子的長髮漾著活潑鮮豔的光澤在身後飛揚。

「噢，瑪莉拉，」她上氣不接下氣地大喊。「下禮拜主日學校要去野餐，地點是哈蒙．安德魯先生家的牧場，就在閃亮湖附近。貝爾校長夫人和林德太太要做冰淇淋喔，瑪莉拉，冰淇淋耶！喔，還有，瑪莉拉，我可以去嗎？」

「安妮，請妳看一下時鐘。我說要幾點回家？」

「兩點……可是，瑪莉拉，野餐真的很棒對不對？我可以去嗎？拜託？噢，我從來沒野餐過，雖然有夢到過啦，但是我從來沒——」

「對，我說兩點回家，現在已經兩點四十五分了。安妮，妳怎麼這麼不聽話呢？」

「我……我很想聽話啊，瑪莉拉，可是妳不知道，綠野仙境真的太迷人了！再說我當然要跟馬修講野餐的事，他是個很棒的好聽眾。我可不可以去嘛？拜託？」

「妳得學著抗拒妳那個什麼迷人的仙境才行。我叫妳幾點回來就是幾點，沒有什麼晚半小時的，途中也不需要停下來跟什麼很棒的好聽眾聊天。至於野餐嘛，妳當然可以去。妳是主日學校的學生，別的孩子都會去，我不可能不讓妳去的。」

「可是……可是，」安妮結結巴巴地說。「黛安娜說每個人都要帶裝有食物的野餐籃。瑪莉拉，妳也知道我不會煮飯，我……我……我覺得穿沒有燈籠袖的衣服去野餐沒關係，但要是空手去的話真的很丟臉。黛安娜告訴我之後，我心裡就一直很不安，覺得好焦慮。」

「別擔心，我會幫妳準備野餐籃的。」

「噢，親愛的瑪莉拉，妳對我好好喔！噢，真是太感謝妳了！」

安妮一邊「噢」個不停，一邊撲到瑪莉拉懷裡，欣喜若狂地在她蠟黃的臉上親了好幾下。瑪莉拉這輩子第一次碰到有小孩主動親自己的臉，體內頓時湧起一股既驚訝又甜蜜的感受。雖然安妮衝動的親暱表現讓瑪莉拉心裡暗自竊喜，但或許也是因為這樣，她才粗魯地說：「好了，好了，別這樣親個不停。我寧願看到妳趕快乖乖把我交代的事情做好。我本來打算這幾天教妳烹飪的，可是妳這孩子這麼心浮氣躁，我看還是等妳冷靜下來，穩重一點再說吧。做菜的時候一定要專注，不能煮到一半，心思又飛到別的地方去了。現在去把拼布拿出來，午茶前要縫好，縫成一個正方形。」

「我不喜歡拼布，」安妮換上一張苦瓜臉，拿出縫紉工具籃，然後在一小堆紅色和白色菱形碎布前坐下，嘆了一口氣。「我覺得有些針線活還滿好玩的，但拼布完全沒有想像空間，只是一針一針縫個不停，好像永遠縫不完。當然啦，我寧可住在翠綠莊園裡縫拼布，也不要在其他地方沒事做，整天只顧著玩，但如果縫拼布的時間能過得像和黛安娜玩耍時一樣快的話該有多好。噢，瑪莉拉，我們玩得好開心喔！雖然我必須負責大部分幻想，但那是我最拿手的。黛安娜在其他地方都很完美。我們家和巴瑞家中間那條小溪對面不是有一小塊地嗎？那塊地是威廉・貝爾先生家的，就在那個角落有一小圈白樺樹——瑪莉拉，那真是全世界最浪漫的地方了。黛安娜和我把遊戲屋蓋在那裡，取名叫綠野仙境。很詩情畫意的名字吧？我花了好多時間才想到的，幾乎想了一整個晚上，想著想著，想到快要睡著的時候，突然靈機一動，腦子裡就跳出了這個名字。黛安娜聽到的時候樂瘋了。我們把遊戲屋蓋得很漂亮，瑪莉拉，妳一定要來看看才行，好不好？我們搬了幾塊長滿青苔的大石頭當椅子，樹和樹之間搭了木板當架子，然後把盤子放在上面，雖然都是破的，但把它們想像成完美無缺的樣子，對我來說輕而易舉。對了，其中有個盤子特別漂亮，上面有紅色和黃色的常春藤花樣，我們把它跟仙子玻璃一起放在客廳。仙子玻璃美得像夢境一樣，是黛安娜在她家雞舍後面的樹林裡找到的，整片都是彩虹的顏色喔——算是還沒長大的小彩虹啦——黛安娜的媽媽說那是她們家以前的舊吊燈碎片，不過把它想像成仙子在某個晚上舉行舞會時弄丟的也不錯，所以我們才叫它仙子玻璃。馬修還要幫我們做一張桌子喔！啊，還有，我們把貝爾先生田地上的圓形小池塘取名叫『柳池』，那是我在黛安娜借我的書上看到的。瑪莉拉，那本書好精采喔，女主角有五個情人耶，我只要有一個就滿意了。她是個歷盡滄桑的大美人，動不動就暈倒，好浪漫，我也好希望自己會暈倒，那妳呢，瑪莉拉？我雖然瘦，身體卻很健康，不過現在好像長胖一點了，妳不覺得嗎？我每天早上起床都會看看手肘有沒有長出肉窩。黛安娜的媽媽正在幫她做一件五分袖洋裝，打算野餐那天穿。噢，希望下禮拜三一切都很好，要是臨時出了什麼事讓我不能去野餐，那我一定會失望到受不了。我想我應該撐得過去，但絕對會難過一輩子，就算之後野餐一百次也無法彌補這個缺憾。到時候我們會在閃亮湖上划船，還有我之前跟妳說過的冰淇淋。我從來沒吃過冰淇淋。黛安娜有試著解釋，但我想冰淇淋是某種超越想像的東西。」

「安妮，妳已經嘰嘰喳喳說了十分鐘了。」瑪莉拉說。「我真的很好奇，妳到底能不能安靜十分鐘。」

安妮乖乖閉上嘴巴，安靜了十分鐘。可是接下來幾天她講的是野餐、想的是野餐，作夢夢到的也是野餐。禮拜六下雨了，她擔心會一直下到禮拜三，整個人緊張到快抓狂，於是瑪莉拉便叫她多縫一塊拼布，緩和一下心情。

禮拜天，安妮在從教堂回家的路上對瑪莉拉吐露心事，說牧師在講壇上宣布野餐的消息時，她興奮到全身上下都在打冷顫。

「瑪莉拉，我整個人都在發抖耶！之前我一直不敢相信野餐這件事是真的，好怕只是我的想像而已。一直到牧師在講壇上說了，我才相信是真的。」

「安妮，妳的心情太容易受外界影響了。」瑪莉拉嘆了口氣。「只怕人生會讓妳失望的事還多著呢。」

「噢，瑪莉拉，抱著期待本身也很有趣啊！」安妮大喊。「就算得不到想要的東西，還是能享受期待好事成真的樂趣。林德太太說：『不抱期待的人有福了，因為他們不會失望。』但是我覺得不抱期待比失望更糟呢。」

那天瑪莉拉就跟平常一樣，戴著她的紫水晶胸針上教堂。她一直以來都是如此，甚至覺得沒戴胸針就跟忘了帶聖經或奉獻金一樣，完全是褻瀆神的行為。那枚紫水晶胸針是瑪莉拉最珍愛的寶貝，也是當船員的舅舅送給她母親的禮物；後來她母親把這個樣式老舊、邊緣鑲了一圈精緻紫水晶的橢圓形胸針留給她，裡面還有一綹她母親的頭髮。瑪莉拉對寶石一竅不通，不太清楚那些紫水晶到底有多高級，只覺得非常美麗，而且穿上體面的褐色絲質洋裝、戴上胸針時，雖然肉眼看不見，卻能感覺到那圈紫羅蘭色的光芒在頸前閃爍，讓她心情很好。

安妮第一次看到那枚胸針時就非常喜歡，不斷讚美。「哇，瑪莉拉，這個胸針好優雅喔！我不懂妳別著它的時候怎麼還有辦法專心聽牧師講道或禱告，換作是我肯定做不到。我覺得紫水晶真的好美，以前我還以為鑽石就是紫水晶呢。很久很久以前，那時我還沒看過鑽石，不過只要讀到有關鑽石的文章，我就會試著想像，覺得它們就是閃閃發亮的紫色寶石。有一天我在一位小姐的戒指上看到真正的鑽石，失望得哭了出來。鑽石當然很漂亮，但不是我心目中的樣子。瑪莉拉，妳的胸針可以借我拿一下嗎？妳想紫水晶會不會就是紫羅蘭的靈魂呀？」

# 十四　安妮的自白

禮拜一傍晚，也就是野餐前兩天，瑪莉拉一臉不安地從樓上房間走下來。

「安妮，」她叫了一聲。安妮正坐在一塵不染的桌子前一邊剝豆莢，一邊唱著〈榛谷裡的妮莉〉，不但氣勢十足，表情也很豐富（這都要感謝黛安娜教導有方）。「妳有看到我的紫水晶胸針嗎？我以為昨天做完禮拜回家就插在針包上了，可是現在怎麼找也找不到。」

「今……今天下午妳去教會救助協會的時候我還有看到啊，」安妮說得有點慢。「我經過妳房間門口，看見它插在針包上，我就進去看了一下。」

「妳有摸嗎？」瑪莉拉厲聲問道。

「呃……有，」安妮承認。「我有拿起來別在身上，想看看好不好看。」

「妳這麼做真的很不應該。一個小女孩怎麼能擅自亂翻別人的東西呢？第一，妳不該進我房間；第二，妳不該碰不屬於妳的胸針。妳把它放在哪裡了？」

「喔，放回五斗櫃上了。我只戴了一分鐘而已，真的，瑪莉拉，我沒有要翻妳東西的意思。我不知道走進房間試戴別針是不對的，現在我知道了，以後也絕對不會再犯。我從來不犯同樣的錯，這算是我其中一個優點。」

「妳沒有放回去，」瑪莉拉說。「胸針不在櫃子上。安妮，妳一定是拿出去還是什麼的。」

「我真的有放回去，」安妮飛快地回答，瑪莉拉覺得她的反應很沒禮貌。「我不記得是插回針包還是擺在瓷盤上了，但我很確定我有放回去。」

「我再去找一次，」瑪莉拉決定公平處理。「如果妳放回去了，胸針一定還在。要是找不到，就是妳沒放回去，就這樣！」

瑪莉拉回到房間徹頭徹尾找了一遍，不僅翻遍了五斗櫃，就連其他可能的地方也沒放過，但還是沒找到，於是她又回到廚房。

「安妮，胸針不見了。妳也承認妳是最後一個碰過胸針的人。妳說，妳到底拿到哪裡去了？立刻給我說實話。是不是拿到外面弄丟了？」

「沒有，我沒有。」安妮鄭重其事地說，兩隻大眼睛坦然地迎上瑪莉拉憤怒的目光。「我沒有把胸針拿出妳的房間，真的，就算把我送上斷頭臺，我也還是這句話，雖然我不太清楚什麼是斷頭臺啦。反正就是這樣，瑪莉拉。」

安妮的「就是這樣」只是想加強語氣，但聽在瑪莉拉耳裡卻是明目張膽的藐視與叛逆。

「我覺得妳在說謊，安妮，」瑪莉拉尖刻地說。「我知道妳在說謊。好了，除非妳打算說實話，否則一個字也不用說了。現在回房間去，等到妳想認錯的時候再出來。」

「要帶著豆莢嗎？」安妮唯唯諾諾地問。

「不用，我來就好。上樓去吧。」

安妮離開後，瑪莉拉心神不寧地做著家事，很擔心她的寶貝胸針。要是安妮真的把胸針弄丟了呢？這孩子明明拿了居然還不承認！還擺出一臉無辜的樣子！

「真沒想到會發生這樣的事，」瑪莉拉心想，手裡焦躁地撥著豆莢。「其實我也不認為她會存心偷走，應該只是拿起來玩，或是充當什麼幻想的道具罷了。很顯然東西就是她拿的，因為按照她的說詞，從她走進房間一直到我上樓，根本沒有別人進去過。然後胸針就不見了。我猜她應該是搞丟了，只是害怕受罰才不敢承認。一想到她會說謊就很令人擔憂，這比脾氣暴躁更糟糕。

家裡有個不能信任的孩子實在太可怕了。她剛才的反應明顯就是狡猾和欺騙，我覺得這比胸針不見還要難受。如果她老實承認的話，我還不會這麼在意。」

整個晚上，瑪莉拉只要一有空就回房間找胸針，可是都沒找到。睡覺之前，她又去了安妮的房間，仍然問不出結果。安妮堅決否認，一直說她不知道胸針的下落，這反而讓瑪莉拉更篤定是她拿的。

隔天早上，瑪莉拉把整個經過告訴馬修。馬修既震驚又困惑；雖然他沒有立刻對安妮失去信心，但也承認情況確實對她很不利。

「妳確定沒有掉到櫃子後面嗎？」馬修只想得到這個問題。

「我把櫃子移開，抽屜也一個個拿出來，連每一道縫隙和裂痕都檢查過了。」瑪莉拉很有把握地說。「胸針不見了，是那孩子拿的，而且還說謊。這就是醜陋的真相，馬修．卡斯柏，我們也只能面對事實了。」

「嗯……那妳打算怎麼辦？」馬修難過地問，同時內心暗自感激，因為是瑪莉拉得處理這個狀況，不是他。這次他完全不想插手。

「我叫她待在房間裡，等到想認錯的時候才准出來，」瑪莉拉陰鬱地說，記得上次用這個方法還滿成功的。「然後我們再看著辦。只要她說出胸針拿到哪裡去了，或許就能找回來也說不定。但不管怎樣，馬修，這次一定要好好處罰她才行。」

「呃，好，是妳一定得好好處罰她才行，」馬修一邊說，一邊伸手拿帽子。「不關我的事。記得，是妳要我不准干涉的。」

瑪莉拉有種被大家拋棄的感覺，可是又不敢去請教林德太太。她板著一張嚴肅的臉走到東廂房，離開的時候神情更加凝重。安妮說什麼也不肯承認，不斷堅持自己沒有拿胸針，而且很明顯就是哭過的樣子，瑪莉拉覺得她很可憐，但也只能努力壓抑內心洶湧的情緒；到了晚上，她已經累癱了。

「安妮，妳就待在房間裡直到說出實話為止。妳自己決定吧。」瑪莉拉的語氣非常堅定。

「可是明天就要去野餐了，瑪莉拉，」安妮大聲地說。「妳不會不讓我去吧？只要明天下午放我出去就好，之後妳要我待在房間裡多久，我都會開開心心地照做。可是我一定要去野餐。」

「安妮，除非妳說實話，否則不但不能去野餐，妳哪裡都不能去。」

「噢，瑪莉拉！」安妮倒抽了一口氣。

可是瑪莉拉已經關上門離開了。

禮拜三早上，天空既清澈又晴朗，就像是專為野餐量身訂做的好天氣。鳥兒繞著山牆下的東廂房啁啾鳴唱；花園裡的百合花香宛如賜福的聖靈般，隨著透明的風飄進每一道門、每一扇窗，在走廊和房間裡恣意遊蕩；窪地上的白樺樹開心地揮手，彷彿在等安妮像平常一樣從東廂房跟它們打招呼。瑪莉拉端著早餐到安妮房間的時候，發現她一本正經地坐在床上，雙唇緊閉，臉色蒼白卻充滿決心，兩隻大眼睛閃閃發亮。

「瑪莉拉，我準備說實話了。」

「啊！」瑪莉拉放下托盤。她的方法再一次奏效，可是成功的滋味嘗起來卻很苦澀。「說給我聽聽吧，安妮。」

「我拿了紫水晶胸針，」安妮的語氣好像在背書一樣。「妳說得沒錯，是我拿的。我走進房間時並沒有想要拿走，可是把它別在身上之後，看到它那麼漂亮，瑪莉拉，我抗拒不了誘惑。我開始想像自己要是能戴著胸針到綠野仙境去扮演柯蒂莉亞小姐該有多好，有了真正的紫水晶胸針，要幻想自己是柯蒂莉亞就更容易了。雖然黛安娜和我會用莓果串成項鍊，但莓果怎麼比得上紫水晶呢？所以我就拿了胸針，想在妳回家之前把它放回去，而且還故意繞路拖時間。我在走過閃亮湖上的圓木橋時，把胸針拿下來再看一眼。噢，它在陽光下多耀眼啊！然後，我靠在橋上的時候，一不小心，它就從我指間滑落——那些閃亮的紫色寶石就這樣掉啊掉啊，掉進閃亮湖裡。這就是真相，瑪莉拉。」

瑪莉拉覺得心中燃起一把熊熊怒火。這孩子擅自拿了她的寶貝紫水晶胸針，搞丟了不說，現在居然還冷靜地坐在那裡敘述事情的細節和經過，完全沒有懊悔或內疚的意思。

「安妮，太可怕了，」瑪莉拉試著用沉著的態度面對。「妳是我聽過最壞的小女孩。」

「嗯，大概吧，」安妮平靜地說。「而且我知道自己非受罰不可。妳有義務要處罰我，瑪莉拉。拜託妳快點處罰，然後我才能無憂無慮地去野餐。」

「野餐個頭！安妮．雪利，妳今天別想去野餐了，這就是處罰。跟妳幹的好事比起來，這處罰還太輕了呢！」

「不能去野餐！」安妮跳了起來，抓住瑪莉拉的手。「可是妳答應過我了！噢，瑪莉拉，我一定要去野餐，所以才承認的。除了不讓我去野餐，妳想怎麼處罰我都行。噢，瑪莉拉，拜託——拜託讓我去野餐好不好？想想冰淇淋！說不定我以後再也沒機會吃到冰淇淋了。」

瑪莉拉冷冷地甩掉安妮的手。

「不用求我，安妮。妳不准去野餐，就這樣。不用再說了。」

安妮意識到瑪莉拉不打算改變心意，於是便緊握雙手，發出一聲刺耳的尖叫，然後撲到床上趴著大哭起來，小小的身體在極度的失望和絕望籠罩下不停扭來扭去。

「天哪！」瑪莉拉倒抽了一口氣，急忙走出房間。「這孩子瘋了。哪個正常的小孩會像她這樣？她要不是瘋了，就是壞透了。噢，老天，恐怕瑞秋說得沒錯。可是既然已經收養，就沒有回頭路了。」

那是個氣氛低迷、暗淡陰沉的早上。瑪莉拉只要發現自己閒下來，就拚命開始找事做，刷洗其實根本不用刷洗的門廊地板和製乳間的架子，接著又到外面去打掃庭院。

午餐準備好之後，她站在樓梯口叫安妮下樓，只見滿臉淚痕的安妮靠著欄杆，看起來非常淒慘。

「安妮，下來吃午餐了。」

「瑪莉拉，我不想吃，」安妮哭噎著說。「我吃不下。我的心都碎了。總有一天妳會良心不安的，瑪莉拉，因為妳傷了我的心，但是我原諒妳，到時候請記得，我原諒妳了。不過別叫我吃東西，尤其是清燙豬肉和蔬菜。痛苦的人吃清燙豬肉和蔬菜一點都不浪漫。」

瑪莉拉氣急敗壞地回到廚房對馬修大吐苦水，害得他左右為難，既想做對的事，又忍不住同情安妮。

「呃，瑪莉拉，她是不該拿妳的胸針，也不應該說謊。」馬修承認，同時悲傷地看著眼前那盤一點也不浪漫的清燙豬肉和蔬菜，彷彿他也跟安妮一樣，覺得這些食物跟難過的情緒完全不搭。「可是她還小，又那麼有趣。她一心想去野餐，妳卻不准她去，這樣會不會太狠了一點？」

「馬修．卡斯柏，我真服了你。我還覺得我對她太客氣了，而且她好像完全不明白自己的行為有多可惡，那才是我最擔心的，如果她真心悔改也就算了。我看你好像也不明白這有多嚴重，還老是幫她找藉口。」

「好了，她還小嘛，」馬修有氣無力地重申。「應該多包容她一點，瑪莉拉，妳也知道，從來沒有人好好管教過她。」

「我現在就在教她啊。」瑪莉拉反駁。

這句話就算沒說服馬修，也讓他默默閉上嘴巴。午餐吃得非常沉悶，只有雇工傑利一個人開開心心的，可是瑪莉拉很討厭他這麼開心，覺得是對她個人的侮辱。

瑪莉拉洗完碗盤、餵好雞之後，突然想起她質料最好的黑色蕾絲披肩有個小裂口，那是她禮拜一下午從教會救助協會回家，脫下披肩時發現的。

於是她決定回房間補披肩。披肩收在大皮箱的一個小盒子裡，瑪莉拉拿起披肩的時候，陽光穿透窗外濃密的藤蔓灑進屋裡，正好照亮了纏在披肩裡的某個東西——而且還閃著紫羅蘭色的燦爛光芒。瑪莉拉一把抓起那個神祕物體，仔細一看，是她的紫水晶胸針！原來胸針後面的搭扣勾到披肩上的蕾絲了！

「我的天哪！」瑪莉拉一臉茫然。「怎麼搞的？我還以為胸針掉進巴瑞家的池塘了，結果好端端的在這裡啊。這孩子幹嘛說她拿走而且弄丟了呢？難道翠綠莊園被下咒了嗎？啊，我想起來了，禮拜一下午脫掉披肩後，我有把它放在五斗櫃上一下。大概是那時候勾到的。唉！」

瑪莉拉拿著胸針走到東廂房。哭累的安妮正無精打采地坐在窗邊。

「安妮．雪利，」瑪莉拉嚴肅地說。「我剛剛發現胸針勾在我的黑色蕾絲披肩上。我想知道妳早上編那個故事到底是什麼意思。」

「喔，因為妳說除非我承認，否則不准出去，」安妮的語氣中滿是疲憊。「所以我決定承認，因為我說什麼也要去野餐。昨天晚上上床後，我想好一套說詞，而且盡可能編得有趣一點。我怕忘記，所以練習了好多遍。可是後來妳還是不讓我去野餐，害我白費力氣。」

瑪莉拉忍不住笑了出來，但又覺得良心不安。

「安妮，真有妳的！現在我知道了，是我不好，妳沒說謊，我不該懷疑妳的。可是沒做的事妳也不應該承認，這樣是不對的。但我更不應該逼妳。安妮，如果妳願意原諒我，我就原諒妳，我們重新開始。現在趕快準備一下，去野餐吧。」

安妮像火箭一樣從椅子上彈了起來。

「噢，瑪莉拉，還來得及嗎？」

「來得及，現在才兩點，大家才剛集合而已，離午茶時間還有一個小時。快去洗洗臉、梳梳頭，換上那件格紋洋裝。我幫妳準備野餐籃，家裡有很多烘焙好的小點心。我叫傑利把馬車弄好，送妳去野餐的地方。」

「噢，瑪莉拉，」安妮興奮地大叫，飛也似的跑向洗臉臺。「五分鐘前我還覺得好慘，真希望自己沒出生，現在就算讓我當天使我也不要！」

傍晚時分，玩得好開心又疲憊不堪的安妮回到翠綠莊園，心裡洋溢著難以形容的幸福。

「噢，瑪莉拉，我玩得好痛快！痛快是我今天才學到的新詞彙，我聽見瑪麗・愛麗絲・貝爾說了這個字，就記起來了，很生動對不對？一切的一切都好美。我們度過了愉快的午茶時光，哈蒙・安德魯先生帶大家到閃亮湖划船，一次載六個人，珍・安德魯還差點掉進湖裡！她把身體探出船外想摘睡蓮，要不是安德魯先生及時抓住她的腰帶，她說不定早就掉進湖裡淹死了。真希望差點溺水的人是我，這種經驗一定很浪漫，講給別人聽又很刺激。然後我們吃了冰淇淋，那種美味完全無法用言語形容，瑪莉拉，好吃到了極點。」

那天晚上，瑪莉拉一邊補襪子，一邊把整件事說給馬修聽。

「我承認是我錯了，」她老實地說。「但我也學到了教訓。一想到安妮的『自白』，我就忍不住大笑，雖然我不應該笑的，畢竟那是謊話嘛，但總比她拿了胸針卻死不承認來得好，而且不管怎樣我都有責任。這孩子某些方面還滿難懂的，不過我相信她會是個好孩子。可以確定的是，這個家只要有她在，永遠不無聊。」

# 十五　校園風波

「真是美好的一天！」安妮深吸了一口氣。「光是能活著看見今天這麼美麗的日子就夠棒了。我覺得那些還沒出生的人好可憐，錯過了這一切。當然啦，他們也會有美好的日子，可是永遠享受不到現在這個今天。而且走這麼漂亮的路去上學也很棒，對不對？」

「比走都是灰塵又熱得要命的大街好多了。」黛安娜一邊實事求是地說，一邊往午餐籃瞄了一眼，心想，籃子裡那三個美味多汁的覆盆子塔如果分給十個人吃，每個人能吃幾口。

艾凡利學校的女孩向來都會一起分享午餐，要是一個人獨吞三個覆盆子塔，甚至只分給要好的朋友，就會一輩子被貼上「小氣鬼」的標籤。不過分給十個人的話，每個人就只能淺嘗幾口吃吃味道而已。

安妮和黛安娜上學走的那條路真的很漂亮。安妮覺得她們倆往返學校的小路美到不能再美了，就連幻想也無法為之增色。村莊大街走起來一點也不浪漫，戀人小徑、柳池、紫羅蘭谷和白樺步道才叫浪漫。

戀人小徑的起點就在翠綠莊園下方，一路延伸到樹林，直至卡斯柏家的農場盡頭；牛群就是沿著這條路趕到屋子後面的草地，冬天的木柴也是經由這條路運回家的。安妮才住在翠綠莊園不到一個月，就把這條路取名為「戀人小徑」。

「沒有戀人真的走過啦，」安妮解釋給瑪莉拉聽。「是我和黛安娜正在讀一本很好看的書，裡面講到戀人小徑，所以我們也想要一條戀人小徑。妳不覺得這個名字很美嗎？很浪漫耶！但妳知道，我們想像不出來要是戀人走在那條路上會是什麼樣子。我很喜歡那條路，因為可以大聲說出自己的想像，沒有人會罵妳瘋子。」

每天早上，安妮會先自己沿著戀人小徑走到小溪跟黛安娜會合，接著兩個女孩再一起踏上小路，穿過枝葉繁茂的楓樹拱門。「楓樹真是愛交朋友的樹，」安妮說。「總是窸窸窣窣地對別人說悄悄話。」走過質樸的木橋後，她們離開小路，穿越巴瑞家後面的田地，經過柳池；柳池再過去是紫羅蘭谷，也就是安德魯．貝爾家樹林林蔭下的一小塊綠色窪地。「當然啦，現在紫羅蘭還沒開花，」安妮告訴瑪莉拉。「不過黛安娜說，春天一到，就會有成千上萬朵紫羅蘭喔！噢，瑪莉拉，妳能想像花兒盛開的模樣嗎？我只要一想到那個畫面，就興奮得快不能呼吸了。我把那裡取名叫紫羅蘭谷。黛安娜說我很會取漂亮又好聽的地名。有拿手的事真好，對不對？不過白樺步道是黛安娜想的，她說她想取，我就隨便她了。如果是我取的話，應該能想出比白樺步道更有詩意的名字。但是，瑪莉拉，我覺得白樺步道是全世界最漂亮的小路之一。」

安妮說得沒錯，無意間走到這裡的人也都跟她有一樣的感受。細狹的小徑沿著長長的山坡蜿蜒而下，穿過貝爾先生的樹林，陽光篩透一層層翠綠的葉幕灑在地上，宛如鑽石般璀璨無瑕。整條步道兩側全都種滿了高高瘦瘦、樹幹潔白，枝條纖細柔美的小白樺樹，濃密的羊齒草、美人衿、鈴蘭與鮮紅的野漿果點綴其間，空氣中總是瀰漫著一股怡人的馨香，鳥兒自在歡唱，林間的微風帶著笑聲和低語拂過樹梢。如果夠安靜的話，還能看見兔子時不時蹦蹦跳跳地經過，但安妮與黛安娜很難得才能看到一次。步道一直延伸至底下的山谷，與村莊大街交會，接著再爬上雲杉山丘，然後就到學校了。

艾凡利學校是一棟有著刷白粉牆的建築，屋簷低矮、窗子寬敞，教室裡擺著舒適又堅固的老式書桌，桌面上刻滿了三個世代的學生姓名縮寫和塗鴉。學校建物本身離道路很遠，後方有片陰暗的冷杉樹林和一條小溪，每天早上學生們都會把牛奶瓶泡在溪水裡冰鎮，這樣午餐時就能喝到沁涼又香甜的牛奶了。

九月一日開學當天，瑪莉拉目送安妮去上學，心裡不禁暗暗擔憂。安妮的個性那麼古怪，她跟別的孩子合得來嗎？她上課的時候能閉上嘴巴不講話嗎？

幸好情況似乎沒有瑪莉拉想的那麼糟。當天傍晚，安妮開開心心地從學校回來。

「我想我應該會喜歡這間學校，」安妮說。「但我不太喜歡老師就是了。他動不動就捻鬍子，還對普莉西．安德魯拋媚眼。妳知道，普莉西已經是大人了。她今年十六歲，正在準備明年夏洛特鎮皇后學院的入學考試。緹莉．布特說老師對她情有獨鍾。她的皮膚好漂亮，還有一頭褐色鬈髮，總是優雅地挽起來。她的座位在教室後面，老師大多時間也都坐在那裡，說是方便教她功課。可是露比．吉利斯說她曾經看過老師在普莉西的寫字板上寫了幾個字，普莉西看了之後臉紅得像甜菜一樣，還咯咯傻笑。露比說她才不相信那幾個字跟功課有關。」

「安妮．雪利，別再讓我聽到妳這樣講老師，」瑪莉拉厲聲斥責。「上學不是為了批評老師。我想他還是可以教妳一些東西的，妳的責任就是好好學習。聽好了，以後回家不准聊老師的是非，我不喜歡這樣。我希望妳做個乖孩子。」

「我很乖啊，」安妮一派輕鬆地說。「其實當個好孩子也沒有想像中那麼難。我跟黛安娜一起坐在窗邊的位子，一眼就能看見下面的閃亮湖。學校裡有好多好棒的女生，我們吃午餐的時候玩得好痛快，有那麼多玩伴真好。當然啦，黛安娜還是我最要好的朋友，這點永遠不會改變。我愛死黛安娜了。我落後大家好多，他們全都開始讀五年級的課本了，可是我才在讀四年級，覺得有點丟臉，不過我很快就發現他們的想像力沒有我那麼豐富。今天我們上了閱讀、地理、加拿大歷史和聽寫課。菲利普老師說我拼字拼得亂七八糟，還把我的寫字板舉得高高的，讓大家看上面密密麻麻的批改紅字。我覺得好羞愧，瑪莉拉。我猜菲利普老師對陌生人應該還比較有禮貌吧。喔，露比有請我吃蘋果，然後蘇菲亞．史隆借了我一張很可愛的粉紅色卡片，上面寫著『我送妳回家好嗎？』我們說好明天再把卡片還給她。還有，緹莉把她的珠珠戒指借我戴了一個下午。閣樓那個舊針包上的珍珠可不可以給我幾顆拿來做戒指呢？喔，對了，瑪莉拉，珍．安德魯跟我說米妮．麥克佛森跟她說，她聽見普莉西跟莎拉．吉利斯說我的鼻子很漂亮。瑪莉拉，我這輩子第一次有人讚美我耶，感覺好奇怪喔。瑪莉拉，我的鼻子真的很漂亮嗎？我知道妳一定會說實話的。」

「不難看啦。」瑪莉拉有點不耐煩。其實她覺得安妮的鼻子非常漂亮，只是不想這麼說而已。

這是三個禮拜前的事了，到目前為止一切都很順利。現在，在這個清新的九月早晨，安妮和黛安娜開心地沿著白樺步道往學校走去。她們兩個可說是艾凡利最快樂的小女孩了。

「我猜今天吉伯特．布萊斯應該會來上學，」黛安娜說。「他整個暑假都待在新布藍茲維的親戚家，上禮拜六晚上才回來。安妮，他長得好帥，而且很愛捉弄女生。我們都被他整得半死。」

黛安娜的口氣聽起來好像滿喜歡被整得半死的樣子。

「吉伯特．布萊斯？」安妮說。「他的名字是不是被寫在走廊牆上，跟茱莉亞．貝爾一起，上面還有大大的『注意』兩個字？」

「對，」黛安娜甩甩頭。「不過我很確定他沒那麼喜歡茱莉亞。他說他是用茱莉亞臉上的雀斑來背九九乘法表的。」

「噢，別跟我提雀斑好嗎？」安妮懇求。「這樣好傷人喔，我的雀斑也很多耶！但我認為把男生女生的名字寫在牆上引起大家注意，真是再愚蠢不過了。我倒想看看誰敢把我的名字和男生的名字寫在一起。不過，當然啦，」她很快地補上一句。「應該沒有人會這麼做吧。」

安妮嘆了口氣。雖然她不希望自己的名字被寫在牆上，但若完全不用擔心這種事發生，她又覺得很沒面子。

「誰說不會？」黛安娜說。她那雙水汪汪的黑色大眼睛和一頭滑順秀髮，早就讓艾凡利的男學生春心蕩漾，她的名字已經在走廊牆上出現過好幾次了。「但那些也只是開玩笑罷了。別太有把握，以為妳的名字真的不會被寫上去。查理．史隆很喜歡妳呢！他跟他媽媽說——聽好，他媽媽喔——說妳是全校最聰明的女生。這比說妳漂亮更好。」

「才不呢，」安妮徹底展現出女孩子的一面。「我寧願漂亮也不要聰明。而且我討厭查理．史隆，我受不了金魚眼的男生。黛安娜，要是有人把我的名字跟他寫在一起，我一輩子都無法釋懷。不過全班第一名的感覺真的滿好的。」

「吉伯特跟妳同年級，」黛安娜說。「以前他都是第一名。他快十四歲了，可是才讀四年級，因為四年前他爸爸生病，不得不去亞伯達省休養，他也跟著去了三年，直到回艾凡利後才又開始上學。安妮，跟他同班，想拿第一名可不簡單。」

「太好了，」安妮飛快地說。「反正跟班上九歲、十歲的小孩爭第一也沒什麼好驕傲的。昨天我舉手想拼 ebullition（迸發）這個字，結果被喬西．派伊搶先一步，可是我跟妳說，我看見她偷瞄課本，不過菲利普老師沒看到，因為他在看普莉西。我冷冷瞪她一眼，她的臉立刻漲紅，最後還是拼錯了。」

「派伊家那幾個女生最愛作弊了。」黛安娜憤憤不平地說，同時跟安妮一起翻過村莊大街的籬笆。「昨天葛蒂．派伊把牛奶瓶放在小溪裡的時候，居然放在我平常放的位置。很過分吧？我氣到不想跟她講話。」

菲利普老師在教室後面聽普莉西唸拉丁文的時候，黛安娜輕聲對安妮說：「安妮，隔著走道坐在妳旁邊的就是吉伯特．布萊斯。妳看妳覺得他帥不帥。」

於是安妮轉過頭，恰巧抓到一個好時機，因為坐在露比後面的吉伯特，正忙著偷偷用大頭針把露比的黃色長辮子釘在她椅背上。他長得很高，有一頭褐色鬈髮，一雙淘氣的淡棕色眼睛，揚起的嘴唇上總掛著一絲促狹的笑意。過沒多久，露比想拿算術題去問老師；她才剛要站起來，就立刻發出一聲微弱的尖叫，跌坐在椅子上，以為自己的頭髮被連根扯掉了。大家都在看她，菲利普老師則滿臉怒容、目露凶光，害得露比開始哭了起來。吉伯特連忙把大頭針藏好，接著擺出一副全世界最冷靜的態度，假裝研讀眼前的歷史課本；等到混亂過去，恢復平靜後，他看了安妮一眼，同時以一種難以形容的幽默眨眨眼睛。

「妳的吉伯特．布萊斯是很帥沒錯，」安妮老實地對黛安娜說。「可是他膽子未免太大了，竟然敢對不認識的女生眨眼睛，真是沒禮貌。」

然而真正的風波一直到下午才爆發。

菲利普老師在教室後方的角落教普莉西代數，其他學生愛做什麼就做什麼，像是吃青蘋果、說悄悄話、在寫字板上畫畫、用線綁住蟋蟀到處蹓躂，或是在走廊上跑來跑去之類的。吉伯特想盡辦法希望安妮能看他一眼，可是卻失敗了，因為此時此刻，安妮正雙手托腮，盯著窗外湛藍的閃亮湖，不僅感受不到吉伯特的存在，學校裡所有學生對她來說都是隱形人；安妮的心思早就飛到遙遠的美麗夢境，除了自己的奇思妙想，她什麼都聽不到，什麼都看不到。

吉伯特很不習慣自己大費周章吸引女生的目光，結果卻完全被忽略，以失敗收場。這個下巴尖尖、眼睛大大，跟學校裡其他女生不太一樣的紅髮女孩，怎麼說都應該看他一眼才對啊。

吉伯特隔著走道伸出手，抓住安妮長長的紅辮子尾端，湊到眼前一看，接著用刺耳的語調低聲說：「胡蘿蔔！胡蘿蔔！」

安妮立刻怒火中燒地看著他！

不只是看他而已，她猛然從椅子上跳起來，腦海中綺麗的幻想瞬間崩解，化成無藥可救的廢墟。她惡狠狠地瞪了他一眼，然而眼中憤怒的火花很快就被同樣憤怒的眼淚澆熄了。

「你好過分！討厭的傢伙！」安妮激動地大叫。「你好大的膽子！」

接著——啪！安妮抓起她的寫字板往吉伯特的頭用力一敲，把它敲裂了（裂的是寫字板，不是吉伯特的腦袋），從中間裂成兩半。

艾凡利學校向來很喜歡看熱鬧，尤其今天這一幕特別精采。大家全都「啊」了一聲，語氣既害怕又開心；黛安娜倒抽了一口氣；有點歇斯底里的露比又開始哭了起來，湯米・史隆則看得目瞪口呆，完全沒發現他的蟋蟀大軍已經逃走了。
菲利普老師氣呼呼地沿著走道趕過來，一隻手沈甸甸地按在安妮肩上。
「安妮．雪利，這是怎麼回事？」他生氣地大吼。安妮沒有回答。要她當著全班的面講出自己被叫「胡蘿蔔」這件事未免太過分了，她死也不說。不過，吉伯特卻勇敢地跳出來承認。
「是我的錯，菲利普老師。是我先捉弄她的。」
菲利普老師完全不理會吉伯特。
「看到我的學生發這麼大的脾氣，報復心這麼強，我真的很痛心。」他的口氣非常嚴峻，彷彿只要是他的學生，就應該把所有壞念頭從不完美的小小心靈中連根拔起才對。「安妮，妳去黑板前面罰站到放學為止。」
安妮寧願挨鞭子，也不想在大家面前罰站，這種處罰方式讓她敏感的靈魂宛如被鞭笞般不停顫抖。她板著一張蒼白的臉，乖乖走到黑板前面。菲利普老師用粉筆在她頭頂上方的黑板上寫「安．雪利的脾氣很差。安．雪利必須學著控制脾氣」，然後大聲唸出來，好讓那些還不太認識字的低年級學生也能理解。
安妮就這樣頂著那兩句話罰站到放學。她沒有哭，也沒有低頭，心中的怒火熾熱到讓她足以承受羞辱的痛苦。兩頰漲紅的她睜著一雙滿是憤恨的大眼睛，迎上黛安娜同情的目光、查理．史隆氣憤的點頭支持，以及喬西．派伊幸災樂禍的笑容，可是卻完全沒看吉伯特一眼。她再也不要看他了！再也不想跟他說話了！
放學時間一到，安妮便頂著豔紅的頭髮，抬頭挺胸地走出教室。吉伯特匆匆忙忙跑到走廊門口，試著攔住她。

「安妮，真的很對不起，我不應該嘲笑妳的頭髮。」吉伯特小聲地說，語氣裡滿是懊悔。「真的很抱歉。請妳不要生氣。」

安妮看也沒看他一眼，好像什麼都沒聽見的樣子，高傲地大步離開。「噢，安妮，妳怎麼能不理他呢？」黛安娜在她們倆一起走上村莊大街時，半指責半佩服地輕聲說道，因為她覺得自己絕對抗拒不了吉伯特的求饒攻勢。

「我永遠不會原諒吉伯特．布萊斯，」安妮的口氣非常堅決。「而且菲利普老師還寫錯我的名字，少寫一個妮。這個錯誤已經深深烙印在我的靈魂上了，黛安娜。」

黛安娜完全聽不懂安妮在說什麼，她只知道事情一定很嚴重。

「吉伯特取笑妳的頭髮這件事，別放在心上，」黛安娜安慰道。「每個女生都被他捉弄過。他笑我的頭髮太黑，還叫我烏鴉好幾次，可是我從來沒聽他道歉過。」

「烏鴉和胡蘿蔔完全是兩回事，黛安娜，」安妮努力捍衛自己的尊嚴。「吉伯特．布萊斯狠狠傷了我的心。」

假如一切就此風平浪靜，或許還不會那麼糟；然而屋漏偏逢連夜雨，壞事總是接踵而至。

艾凡利的學生經常利用午休時間跑去山上，到貝爾先生的松樹林和遼闊的牧場採松脂，而且還可以從那裡偷偷觀察伊本．萊特的房子，也就是老師的宿舍。只要一看到菲利普老師出門，大家就立刻跑回學校；但是松樹林到學校的距離，大概是教師宿舍到學校的三倍，所以當他們氣喘吁吁地跑進教室時，通常都已經遲到了三分鐘左右。

安妮罰站後隔天，菲利普老師突然心血來潮，決定好好整頓一下班上的秩序，因此特地在午休之前宣布，等他吃完午餐回來，大家都得乖乖進教室坐好，不准遲到，否則就要受罰。

所有男生和幾個女生照常到貝爾先生的松樹林去玩，打算採一塊松脂嚼嚼就好。可是松樹林和黃澄澄的松脂太誘人了，他們邊採邊找，越走越遠，完全沒有意識到時光飛逝，直到攀上老松樹頂端的吉米．葛洛弗大喊：「老師來了！」他們才想起來該回學校了。

地上的女生拔腿就跑，總算及時趕到教室，而那些急急忙忙從樹上跳下來的男生稍微晚了一點；至於對松脂不感興趣的安妮則是最後一個，她在松樹林深處開心地遊蕩，頭上戴著黑百合花環，於草高及腰的羊齒植叢中自在漫步，宛如樹蔭下的自然女神。不過，安妮跑步的速度就像鹿一樣快，因此在門口就超越了那些男生，正好趕在菲利普老師掛帽子的時候跟其他人一起衝進教室。

菲利普老師整頓風紀的決心只有三分鐘熱度，他懶得處罰十幾個學生，但又得展現出說話算話的態勢，所以決定挑安妮當替死鬼；上氣不接下氣的她才剛一屁股坐下，歪了一邊的百合花環蓋著一隻耳朵，看起來格外凌亂，狼狽不堪。

「安妮．雪利，既然妳這麼喜歡跟男生混在一起，今天下午就順妳的意吧。」菲利普老師冷嘲熱諷地說。「把頭上的花拿掉，跟吉伯特．布萊斯坐在一起。」

其他男生聽了紛紛竊笑。黛安娜的臉色瞬間慘白，覺得安妮好可憐，趕緊幫忙拿掉她頭上的花環，捏捏她的手。安妮彷彿石化般僵硬地盯著老師看。

「安妮，聽見我說的話沒有？」菲利普老師厲聲追問。

「聽見了，老師，」安妮慢吞吞地說。「但我想你應該不是認真的。」

「我敢保證，我很認真，」菲利普老師依然用那種讓所有學生（尤其是安妮）厭惡的嘲諷口吻回應，儼然是火上加油。「立刻照我的話去做。」

有那麼一瞬間，安妮看起來似乎不打算乖乖聽話，後來她明白反抗也沒用，於是便傲慢地站了起來，跨過走道，在吉伯特旁邊坐下，然後趴在桌上，把臉埋進手臂裡。露比在回家的路上告訴其他同學，說她趁安妮趴下之前偷瞄了一眼，而且「從來沒看過這麼白的臉，上面還冒出恐怖的小紅斑。」

安妮覺得一切都毀了。獨自一人替十幾個同樣犯錯的同學受罰已經夠倒楣了，更慘的是居然還得坐在男生旁邊，而且還偏偏是那個在她傷口上撒鹽、讓她飽受侮辱又痛到難以承受的吉伯特．布萊斯。羞愧、氣憤和恥辱在安妮體內不斷翻騰，她覺得自己已經到了臨界點，連試著撐過去都做不到。

一開始，其他同學還不停偷看，有人講悄悄話，有人吃吃傻笑，或是用手肘互相戳來戳去。可是安妮一直沒抬頭，吉伯特又全神貫注地算數學，彷彿整個靈魂都傾注在數字裡似的，於是大家很快就回去做自己的事，把安妮忘得一乾二淨。當菲利普老師要大家去上歷史課時，本來應該離開教室的安妮卻一動也不動，老師自己則專注在剛才寫的詩〈獻給普莉西〉，思考該怎麼解決棘手的韻腳問題，根本沒時間管她。吉伯特趁大家不注意的時候，從書桌裡拿出一顆印有「妳好甜」幾個金色小字的粉紅色糖果，塞到安妮的臂彎下。安妮立刻抬頭，用指尖小心翼翼地捏起那顆糖往地上丟，再用腳跟踩得粉碎，然後又趴回桌上，不屑看吉伯特一眼。

放學後，安妮走到自己的書桌前，以一種招搖又戲劇化的方式把裡面的東西全都拿出來，包括教科書、筆記本、筆、墨水、聖經和算術簿等，然後整整齊齊地堆在裂成兩半的寫字板上。

「安妮，妳把東西通通帶回家幹嘛？」黛安娜在她們走上大街後問道。她其實早就想知道了，只是剛才不敢問。

「我不去上學了。」安妮回答。黛安娜倒抽了一口氣，驚訝地看著安妮，不知道她是不是說真的。

「瑪莉拉會讓妳待在家裡嗎？」黛安娜問道。

「不讓也不行，」安妮說。「只要有那個人在，我絕對不去上學。」

「噢，安妮！」黛安娜一副快要哭出來的樣子。「妳太狠心了！那我怎麼辦？菲利普老師一定會逼我跟那個討人厭的葛蒂・派伊坐在一起……一定會的，因為她一個人坐啊。安妮，拜託妳來上課好不好？」

「黛安娜，為了妳，我什麼都願意做，」安妮難過地說。「為了妳，就算斷手斷腳我也在所不惜。可是請不要求我去上學，因為我真的做不到。妳這樣說只會讓我心痛而已。」

「想想妳會錯過多少好玩的事……」黛安娜哀傷地說。「我們要在小溪那邊蓋一棟漂亮的小屋，下禮拜還要一起玩球，安妮，妳還沒玩過球呢，很刺激喔。然後我們要學唱一首新歌，珍・安德魯正在加緊練習；愛麗絲・安德魯下禮拜會帶一本新書到學校，我們要去溪邊，大家輪流一人朗讀一章。安妮，妳最喜歡朗讀了不是嗎？」

任何事物都無法動搖安妮的意願。她已經下定決心，再也不回學校上菲利普老師的課。一回到家，安妮立刻告知瑪莉拉這個決定。

「別胡說了。」瑪莉拉回答。

「我才沒有胡說，」安妮用嚴肅中帶點譴責的目光看著瑪莉拉。「妳還不懂嗎，瑪莉拉？我在學校被羞辱了。」

「羞辱個頭！妳明天照樣給我去上學！」

「嗯，不要，」安妮輕輕搖頭。「我不去。我要在家裡自學，瑪莉拉。我會盡量乖乖聽話、閉上嘴巴，但我絕對不會去學校。」

安妮小小的臉蛋上寫著絕不讓步的堅決。瑪莉拉知道，要說服安妮不是件容易的事，於是便做了一個明智的決定，當下什麼也不說。「不如傍晚去找瑞秋商量看看，」她暗自心想。「畢竟現在跟安妮講道理也沒用，她正在氣頭上，個性又固執得要命。聽她的說法，菲利普老師管教學生的方式好像滿專橫的，但應該不至於對學生說這種話吧？我還是問一下瑞秋好了，她十個孩子都上過學，多少知道些什麼。而且這時候她大概已經聽說這件事了。」

瑪莉拉到林德太太家時，發現她和往常一樣勤奮又開心地織著毯子。

「妳應該知道我為什麼來吧？」瑪莉拉有點不好意思地說。

林德太太點點頭。

「我猜是安妮在學校惹的風波吧。」她說。「緹莉・布特放學後路過我家，把事情都告訴我了。」

「我不知道該拿她怎麼辦才好，」瑪莉拉說。「她說她不想去上學了。我從沒見過這麼倔強的孩子。自從開學以來，我就一直擔心她會在學校惹麻煩，果然平靜的生活維持不了多久。她太敏感了。瑞秋，妳有什麼建議嗎？」

「嗯，既然妳問我有什麼建議，瑪莉拉，」林德太太和藹可親地說（她最喜歡人家問她意見了）。「一開始我會順著她，因為我認為菲利普老師的確有不對的地方。當然啦，妳知道，這些話不好當著孩子的面說。昨天他處罰安妮亂發脾氣並沒有錯，但今天可不一樣了，其他遲到的學生也都該受罰才對，不應該只罰安妮一個，而且叫女生跟男生坐在一起更離譜，這哪門子的處罰嘛！緹莉很生氣，她從頭到尾都站在安妮那邊，還說全班同學都很支持她。安妮在學校好像很受歡迎，我沒想到她人緣這麼好。」

「所以妳覺得我最好讓她待在家裡嗎？」瑪莉拉大吃一驚。

「對，而且除非她先開口，否則千萬別提到上學的事。相信我，瑪莉拉，過了一、兩個禮拜之後，她冷靜下來、準備好，自己就會想上學了。要是妳現在逼她，天知道她接下來又會鬧什麼樣的脾氣，惹出更多更大的麻煩。我認為暫時順她的意，不要再爭執比較好，反正事情已經這樣了，不去上學也沒什麼損失。菲利普先生算不上什麼好老師，不但班上的秩序亂七八糟，他還放著年紀小的學生不管，只顧著教那些要考皇后學院的大孩子。要不是他叔叔是學校的董事，而且還是三位董事中的領導者，我看根本沒有他教書的分。唉，真不知道島上的教育未來在哪裡。」

林德太太搖搖頭，彷彿在說如果島上的教育體系由她來管理，一定會更加完善。

瑪莉拉聽了林德太太的建議，再也沒有跟安妮提起上學的事。安妮白天在家裡自學、讀書、做家事，黃昏時就和黛安娜在秋天舒適涼爽的紫色暮靄中玩耍；但要是在路上或主日學校碰到吉伯特．布萊斯，她一律板著臉從他身邊走過，即便他拚了命想討好，還是無法融化她那冷若冰霜的鄙視態度，就連努力當和事佬的黛安娜也一樣沒轍。安妮顯然已經下定決心要恨吉伯特．布萊斯一生一世。

然而，她那充滿激情的小小心靈愛恨分明，對吉伯特的恨就跟對黛安娜的愛一樣熾烈。有天傍晚，瑪莉拉從果園摘了一籃蘋果回來，卻發現安妮正坐在窗前的夕陽餘暉裡哭得好傷心。

「安妮，又怎麼啦？」瑪莉拉問道。

「是黛安娜。」安妮抽抽噎噎地說。「瑪莉拉，我真的好愛她，沒有她我活不下去。可是我知道，等我們長大以後，黛安娜就會結婚離開我了。噢，到時候我該怎麼辦？我恨她先生，好恨好恨，恨透了。我把婚禮什麼的全都想像了一遍——黛安娜身穿雪白的結婚禮服，頭戴白紗，像皇后一樣美麗又尊貴，當伴娘的我也穿著漂亮的洋裝，當然是有燈籠袖那種，可是在我的笑容底下卻藏著一顆破碎的心。然後就要跟黛安娜說再……再……見了……」說到這裡，安妮整個人徹底崩潰，哭得死去活來。

瑪莉拉連忙把頭轉開，可是已經來不及了——她跌坐在旁邊的椅子上放聲大笑，笑聲聽起來發自肺腑，跟平常完全不一樣，就連外面院子裡的馬修聽了都驚訝地停下腳步。他上一次聽見瑪莉拉這樣開懷大笑，不知道是什麼時候了？

「哎，安妮．雪利，」瑪莉拉好不容易止住笑。「如果妳非自尋煩惱不可，拜託妳就留在家裡煩惱吧。妳的想像力實在是太豐富了。」

# 十六　下午茶慘劇

翠綠莊園的十月真的好美。窪地上的白樺樹染上如陽光般金黃的色彩，果園後方的楓樹呈現飽滿的緋紅，小路兩旁的野櫻桃樹則點綴著迷人燦爛、深淺不同的深紅和銅綠，收割後的田野沐浴在秋陽裡——安妮沉浸在周遭的繽紛世界中難以自拔。

「噢，瑪莉拉，」週六早晨，她一邊大聲嚷嚷，一邊抱著滿懷的漂亮樹枝蹦蹦跳跳地進門。「能活在一個有十月的世界裡真好，假如我們直接從九月跳到十一月不是很慘嗎？妳看這些楓樹枝，是不是美到讓人打個冷顫，應該說，好幾個冷顫？我要用它們來布置我的房間。」

「亂七八糟，」瑪莉拉的審美觀一直沒什麼長進。「安妮，妳房間裡堆了太多從外面撿回來的東西。臥室是用來睡覺的。」

「喔，瑪莉拉，臥室也是用來作夢的啊，而且睡在有漂亮裝飾的房間裡，可以作出很多很棒的夢喔！我要把這些楓樹枝插在那個藍色的舊罐子裡，擺在桌子上。」

「小心別讓葉子掉得整個樓梯上都是。今天下午我要去卡莫迪鎮參加教會救助協會的聚會，可能要天黑後才會回來。安妮，妳得幫馬修和傑利準備晚餐。記住，別像上次一樣等大家坐上餐桌，才想起來要泡茶。」

「上次我忘了，真的很糟糕，」安妮的語氣裡滿是抱歉。「可是那天下午我一直在想要幫紫羅蘭谷取什麼名字，沒時間想其他的事。馬修人好好，完全沒怪我。他自己泡了茶，還說等一下也沒關係，於是我就趁等待的時候講了一個可愛的仙子故事給他聽，這樣他就不會覺得時間過得很慢了。那是個很美的故事喔，瑪莉拉，不過我忘了故事的結尾，所以就自己亂編，馬修說他完全聽不出來有哪裡不對勁。」

「安妮，就算妳心血來潮想在半夜吃午餐，馬修也會覺得很棒。不過，這次一定要記清楚，別忘了自己該做的事。還有……不知道我這麼做對不對，搞不好會讓妳更昏頭也說不定……妳可以邀請黛安娜來家裡玩，一起喝下午茶。」

「噢，瑪莉拉！」安妮興奮地拍拍手。「太棒了！原來妳也很有想像力嘛，要不然怎麼知道我一直很想做這件事呢！邀請朋友來喝茶感覺真不錯，好像大人一樣。妳放心，只要有人陪，我就不會忘記泡茶了。喔，瑪莉拉，我可以用那組有玫瑰蓓蕾花樣的茶具嗎？」

「不准碰我的玫瑰蓓蕾茶具！太得寸進尺了吧？妳明知道我只有在招待牧師或救助協會成員時才會用那套茶具。用那組棕色的舊茶具就好。不過妳可以開一小罐櫻桃蜜餞，我想應該已經可以吃了，然後再切點水果蛋糕、拿幾塊餅乾和小點心就行了。」

「我已經可以幻想自己坐在餐桌前倒茶的樣子了，」安妮開心地閉上眼睛。「而且還問黛安娜要不要加糖！其實她不加糖啦，但我當然要假裝不知道，問她一下，然後再逼她多吃一塊水果蛋糕和蜜餞。噢，瑪莉拉，光是用想的就好棒喔！對了，她來的時候，我可不可以帶她去客房放帽子，再到客廳坐坐？」

「不行，妳們在起居室坐坐就好。上次教會聚會招待客人的覆盆子果汁還剩半瓶，就放在起居室櫃子第二層架子上，下午妳和黛安娜想喝的話可以喝，也可以配著餅乾吃。馬修現在正忙著送馬鈴薯去裝船，回來喝茶的時候應該已經很晚了。」

安妮聽完立刻飛奔到下方的窪地，經過「森林仙女的泡泡」，然後穿越松樹林到果園坡邀請黛安娜喝下午茶。因此，瑪莉拉前腳才剛上馬車前往卡莫迪，黛安娜後腳就走到翠綠莊園門口，身上還穿著她第二漂亮的洋裝，看起來完全就是受邀喝茶時應有的得體打扮。以前她每次都直接跑進廚房，今天卻一本正經地敲敲大門；安妮也穿著自己第二漂亮的衣服，有模有樣地把門打開，兩個小女孩宛如初次見面般嚴肅地握握手。一直到黛安娜把帽子放在東廂房，兩人在起居室坐了十分鐘後，這種不自然的莊重氣氛才逐漸消散。

「令堂還好嗎？」安妮客氣地問道。其實她早上才看見巴瑞太太精神奕奕地摘蘋果呢。

「她很好，謝謝關心。我想卡斯柏先生今天下午正忙著送馬鈴薯去裝船吧？」黛安娜說。其實她早上才搭過馬修的便車到哈蒙・安德魯先生家去。

「是的，今年我們的馬鈴薯大豐收。希望令尊的收成也不錯。」

「是不錯，謝謝。妳摘了很多蘋果嗎？」

「喔，摘了好多喔！」安妮從椅子上跳了起來，把客套忘得一乾二淨。「我們到果園摘些蘋果吧，黛安娜。瑪莉拉是個很大方的人，她說還在樹上的通通可以摘下來吃，而且我們喝下午茶的時候可以配櫻桃蜜餞和水果蛋糕。不過把宴客的點心告訴客人有點失禮，所以我就不說她準備了什麼飲料了，只能透露是鮮紅色的。我很喜歡鮮紅色的飲料，比其他顏色好喝兩倍。」

果園中佇立著滿滿的蘋果樹，結實纍纍的繁茂枝幹彎彎地垂向大地，看起來非常賞心悅目。兩個小女孩坐在碧草如茵、尚未受到寒霜浸透的園子角落邊吃蘋果邊聊天，暖暖的秋天陽光溫柔地灑在她們身上，就這樣度過了大半個下午。黛安娜把學校裡發生的事一五一十地告訴安妮：她不得不和葛蒂・派伊坐在一起，討厭死了；葛蒂老是把鉛筆弄得吱吱嘎嘎響，刺耳的聲音害她寒毛直豎；住在溪邊的瑪麗喬老太太送給露比・吉利斯一顆魔法石，那顆石頭把她身上的疣全都變不見了，而且一定要在新月升起的夜晚用魔法石摩擦身上的疣，再越過左肩把石頭丟掉，那些疣就會通通消失喔，信不信由妳；有人把查理．史隆和艾瑪．懷特的名字一起寫在牆上，艾瑪氣炸了；山姆．布特在課堂上和菲利普老師頂嘴，挨了一頓鞭子，結果山姆的爸爸跑來學校警告菲利普老師，說他要是敢再動手打他的兒子試試看；麥蒂．安德魯有一頂新的紅色兜帽和一件有流蘇裝飾的藍色披肩，她那副得意的嘴臉讓人看了就想吐；莉茲．萊特不跟梅米．威爾森說話，因為梅米的姊姊把莉茲姊姊的男友搶走了；大家都很想念安妮，希望她能回去上學；還有吉伯特．布萊斯——

可是安妮不想聽吉伯特的事。她急急忙忙從草地上跳起來，說她們應該進去喝點覆盆子果汁了。

安妮看了一下起居室櫃子的第二層架子，上面完全沒有覆盆子果汁的蹤影。她找了老半天，才發現原來果汁放在頂層架子的最裡面。安妮把果汁放在托盤上，然後跟玻璃杯一起擺在桌上。

「黛安娜，請自己來吧，多喝點，」她客氣地說。「我剛剛吃太多蘋果了，現在喝不太下。」

黛安娜倒了滿滿一杯，仔細欣賞果汁美麗的鮮紅色調，然後優雅地啜了幾口。

「哇，安妮，這覆盆子果汁好好喝喔，」她說。「沒想到覆盆子果汁這麼好喝！」

「太好了，妳喜歡就好，盡量喝，別客氣。我去添些木柴，把火撥旺一點。看家的責任真的好大喔，對不對？」

安妮從廚房回來的時候，黛安娜正在喝第二杯果汁；後來安妮要她多喝一點，她自己也不反對，於是又喝了第三杯。那些玻璃杯其實不小，可是覆盆子果汁真的太好喝了。

「我沒喝過這麼好喝的覆盆子果汁，」黛安娜說。「比林德太太做的還好喝。雖然她常說自己家的果汁最棒，可是這個喝起來的味道跟她的完全不一樣。」

「我相信瑪莉拉的覆盆子果汁一定比林德太太的好喝多了，」安妮忠心耿耿地說。「瑪莉拉也是出了名的烹飪高手。她想教我做菜，可是，黛安娜，我向妳保證，想學會那些手藝可不容易。做菜要按照規矩一步一步來，沒什麼想像空間。上次我學做蛋糕，可是因為幻想有關我們兩個的精采故事想得太入神，結果忘了摻麵粉進去。我想像妳得了天花，病得很嚴重，大家都拋棄妳，只有我勇敢飛奔到病榻前照顧妳，直到妳從鬼門關前回來、恢復健康，可是我卻被妳傳染天花病死了，最後葬在墓地的白楊樹下；妳在我墳前種了一叢玫瑰，用自己的淚水澆灌花蕾，而且永遠、永遠不會忘記小時候為妳犧牲生命的知心好友。噢，黛安娜，這真是個淒涼又感人的故事。我攪拌蛋糕材料的時候，眼淚撲簌簌地從臉上流下來，滴進麵糊裡，可是卻忘了加麵粉，結果蛋糕做得好失敗。妳知道，麵粉是蛋糕不可或缺的基本元素嘛。難怪瑪莉拉那麼生氣，因為我就是個讓她傷透腦筋的大麻煩。上禮拜她才因為布丁淋醬的事覺得很丟臉。我們禮拜二中午吃的李子布丁剩下一半，淋醬也剩一罐，瑪莉拉說這些還夠再吃一餐，於是就叫我把東西放到食物儲藏室的架子上蓋好。我本來也想蓋好的，黛安娜，可是我一邊走去儲藏室，一邊幻想自己是修女——我當然是基督徒啦，只是想像自己是天主教徒而已——為了埋葬破碎的心才決定遁入宗教，過著與世隔絕的生活；想著想著，我就忘了蓋上布丁淋醬的蓋子，一直到第二天早上才想起來，趕快跑去儲藏室。黛安娜，妳能想像我發現布丁淋醬裡有隻死老鼠的時候嚇成什麼樣子嗎！

我用湯匙把死老鼠撈出來丟到院子裡，然後洗了三次湯匙。當時瑪莉拉在外面擠牛奶，我打算等她回來再問她要不要把淋醬拿去餵豬；可是她進門的時候，我又幻想自己是在森林裡恣意穿梭、把樹木變成紅色和黃色的冰霜仙子，就這樣完全忘了淋醬的事。後來瑪莉拉叫我去摘蘋果，因為那天早上羅斯先生和他太太來我們家作客。他們真的很高雅時尚，尤其是羅斯太太。瑪莉拉叫我進去的時候，午餐已經好了，大家也都坐在餐桌前準備吃飯。雖然我長得不漂亮，但還是希望羅斯太太覺得我是個小淑女，所以我很努力表現出端莊又有禮貌的樣子。剛開始一切都很順利，直到看見瑪莉拉一手拿著李子布丁，另一手拿著加熱過的布丁淋醬走進來。真的好恐怖喔，黛安娜，我一下子全都想起來了，於是立刻從座位上站起來尖叫說：『瑪莉拉，那個淋醬不能吃，有隻老鼠在裡面淹死了，我忘了告訴妳。』噢，黛安娜，就算我活到一百歲，也永遠忘不了那可怕的一刻。羅斯太太睜大眼睛死盯著我看，我羞愧到好想挖個地洞鑽進去。她是個優雅又完美的家庭主婦，妳想她這下子會怎麼看我們。瑪莉拉的臉紅得跟火焰一樣，可是她當下什麼也沒說，只把布丁和淋醬拿出去，再拿一些草莓蜜餞回來，甚至還問我要不要吃，但我完全吃不下，感覺好像有人把一堆燒紅的木炭堆在我頭上似的。羅斯太太離開後，瑪莉拉把我臭罵一頓。咦，黛安娜，妳怎麼了？」

黛安娜搖搖晃晃地站了起來，然後又坐下，兩隻手扶著頭。

「我……我覺得很不舒服，」她有點口齒不清地說。「我……我……要回家了。」

「噢，可是妳還沒喝茶耶，怎麼可以回家？」安妮苦惱地說。「我現在就去泡茶，馬上就去。」

「我要回家。」黛安娜又說了一次，笨拙的語調中滿是堅決。

「我幫妳拿點吃的好不好？」安妮懇求地說。「我去拿一些水果蛋糕和櫻桃蜜餞。妳先在沙發上躺一下，應該會好一點。妳哪裡不舒服？」

「我要回家。」黛安娜不斷重複這四個字，安妮怎麼勸都沒用。

「我從來沒聽過喝下午茶的客人連茶都沒喝就要回家。」安妮難過地說。「噢，黛安娜，妳會不會真的得了天花啊？沒關係，我一定會好好照顧妳，絕對不會拋棄妳的。但是我真的很希望妳能喝杯茶再走。妳到底哪裡不舒服？」

「我的頭好暈。」黛安娜說。

她走起路來確實搖搖晃晃的。安妮眼中含著失望的淚水，拿了黛安娜的帽子，把她送回巴瑞家的院子裡，然後再哭著回到翠綠莊園。她難過地把剩下的覆盆子果汁放進儲藏室，接著無精打采地泡茶、準備馬修和傑利的晚餐，先前洋溢的熱情蕩然無存。

隔天是禮拜天，外面滂沱大雨，一直從清晨下到黃昏；安妮沒有出門，就這樣靜靜地待在翠綠莊園。禮拜一下午，瑪莉拉要她去林德太太家一趟；過沒多久，安妮就哭著跑回來，衝進廚房，然後把頭埋在沙發裡，看起來非常痛苦。

「安妮，又怎麼啦？」瑪莉拉的語氣既訝異又疑惑。「不會是又對林德太太亂發脾氣了吧？」

安妮沒有回答，只是哭得更厲害、更大聲了。

「安妮．雪利，我問妳話的時候，妳要好好回答。快點坐好，告訴我妳到底在哭什麼。」

安妮坐了起來，整個人宛如悲劇的化身。

「林德太太今天去巴瑞太太家，發現巴瑞太太很生氣，」她嗚咽地說。「她說我禮拜六把黛安娜灌醉，害她醉醺醺地回家、丟人現眼，還說我是個徹頭徹尾的壞孩子，她這輩子再也不准黛安娜跟我一起玩了。噢，瑪莉拉，我的心好痛、好苦喔。」

瑪莉拉目瞪口呆，腦子裡一片空白。

「把黛安娜灌醉！」她好不容易恢復了說話的能力。「安妮，是妳還是巴瑞太太瘋啦？妳到底給她喝了什麼？」

「只有喝覆盆子果汁啊。」安妮哽咽地說。「沒想到覆盆子果汁也會把人灌醉，瑪莉拉，就算跟黛安娜一樣喝了三大杯也不會醉啊。噢，這聽起來好像……好像湯瑪斯太太的酒鬼先生會說的話！我不是故意要把她灌醉的。」

「灌醉個頭！」瑪莉拉邁開大步，走向起居室的櫃子。她立刻認出架子上有一瓶釀了三年的紅醋栗酒，雖然像巴瑞太太那種恪守信條的嚴謹村民不贊同飲酒的行為，但她釀的紅醋栗酒在艾凡利可是家喻戶曉、出了名的好喝。就在這個時候，瑪莉拉猛然想起，自己其實是把覆盆子果汁放在地窖，而不是她之前說的櫃子裡。

她拿著那瓶酒回到廚房，臉不禁抽搐了一下。

「安妮，妳還真會惹麻煩。妳給黛安娜喝的是紅醋栗酒，不是覆盆子果汁。妳喝不出來嗎？」

「我一口也沒喝啊，」安妮說。「我以為是覆盆子果汁，所以就要她多喝一點，不用客氣，後來黛安娜覺得很難受，非回家不可。巴瑞太太跟林德太太說，黛安娜爛醉如泥，問她哪裡不舒服，她也只會哈哈傻笑，然後倒在床上睡了好幾個小時。巴瑞太太聞到她嘴巴裡的酒氣，才知道是喝醉了，昨天還頭痛了一整天。巴瑞太太氣得要命，完全不相信我不是故意的。」

「我倒覺得她應該處罰黛安娜才對，不管喝什麼，連灌三杯都太貪心了，」瑪莉拉說。「就算是喝三大杯果汁也會不舒服的。其實早在三年前聽說牧師反對後我就沒再釀酒，只留這一瓶可以在身體不適的時候喝，這下子那些不贊成我私釀的人又要借題發揮了。好啦，孩子，別哭了。很遺憾事情演變到這個地步，但這不是妳的錯。」

「我要大哭一場，」安妮說。「我的心都碎了。命運就是要跟我作對，瑪莉拉，黛安娜和我就這樣永遠分開了。噢，瑪莉拉，當初我們兩人發誓友誼恆久不變，作夢也沒想到會有今天。」

「別說傻話了，安妮，等巴瑞太太發現其實錯不在妳，一定會改變心意的。我想她大概以為這是妳故意開的蠢玩笑之類的吧。妳最好還是傍晚時去她家當面解釋清楚。」

「黛安娜的媽媽正在氣頭上，我不敢去。」安妮嘆了口氣。「我希望妳去，瑪莉拉，妳比我莊重多了，她應該會比較願意聽妳的。」

「喔，好吧。」瑪莉拉說，同時思考這可能是比較明智的做法。「不要再哭了，安妮。一切都會沒事的。」

然而，瑪莉拉去了一趟果園坡之後，想法大幅轉變，不再覺得一切都會沒事了。殷殷期盼的安妮一看見她回來，立刻飛奔到前廊門口迎接。

「噢，瑪莉拉，看妳的表情就知道沒用。」安妮傷心地說。「巴瑞太太不肯原諒我，對不對？」

「巴瑞太太也真是的！」瑪莉拉氣沖沖地說。「從來沒見過比她更不講理的人。我跟她說一切都是誤會，不是妳的錯，可是她就是不信，還不停責怪我總是說紅醋栗酒只是淡酒，絕對不會喝醉。我就很坦白地跟她說，就算是我的紅醋栗酒，也不能連灌三大杯，而且要是我的小孩這麼貪心，我一定會好好打她屁股，把她打醒。」

心煩意亂的瑪莉拉快步走進廚房，留下安妮那難過的小身影獨自站在門口。安妮連帽子也沒戴，直接轉身踏進清冷微寒的秋天暮色，邁著穩定又堅決的腳步橫跨枯萎的苜蓿草原，走過圓木橋，穿越西邊的松樹林，皎潔的月亮低掛在樹梢上，發出朦朧的微光。

這時，一陣怯生生的敲門聲傳來，巴瑞太太上前應門，結果發現嘴唇泛白、眼神渴慕的安妮站在門口。

巴瑞太太立刻繃起一張臉。她是個滿懷偏見、好惡分明的人，生起氣來冷若冰霜，態度陰鬱，很難回心轉意。不過，說句公道話，她是真的以為安妮灌醉黛安娜完全出於惡意，護女心切的她擔心孩子會被帶壞，所以才不准她們繼續來往。

「妳來幹嘛？」巴瑞太太冷冷地說。

安妮緊握住雙手。

「巴瑞太太，請妳原諒我。我不是故意要……要讓黛安娜喝醉的。我怎麼會這麼做呢？請想想看，假如妳是好心人收養的孤兒，在這個世界上只有一個知心朋友，妳還會故意灌醉她嗎？我以為瓶子裡裝的只是覆盆子果汁。我真的以為那是果汁。噢，求求妳，不要不准黛安娜跟我玩好不好？這樣的話，我這一生都會活在痛苦的悲慘世界裡。」

這番感人肺腑的發言肯定會讓林德太太瞬間心軟，可是對巴瑞太太卻一點也不管用，反而讓她更生氣。她懷疑安妮華麗的言語和誇張的手勢是不是在嘲笑她，於是便冷淡又殘酷地說：「我覺得黛安娜不適合跟妳這種女孩子做朋友。妳還是回家學點規矩吧。」

安妮的嘴唇不停顫抖。

「可不可以讓我跟黛安娜說再見？」她央求道。

「黛安娜跟她爸爸去卡莫迪鎮了。」話一說完，巴瑞太太便轉身進屋，關上了門。

安妮帶著絕望的心，平靜地回到翠綠莊園。

「最後的希望也沒了，」她對瑪莉拉說。「我去找巴瑞太太，她對我非常沒禮貌，簡直是侮辱，瑪莉拉，我覺得她不是很有教養。現在除了禱告，什麼也不能做，但禱告可能也沒什麼用，因為巴瑞太太那麼固執，大概連上帝也沒辦法吧。」

「安妮，不可以這麼說。」瑪莉拉嘴上駁斥，心裡卻努力憋住想笑的衝動，同時很訝異這種衝動居然越來越頻繁了。當天晚上她把事情的經過告訴馬修時，忍不住笑著談論安妮的苦難。

然而睡覺之前，瑪莉拉悄悄走進東廂房，發現安妮已經哭到睡著了；此時她臉上浮現出難得一見的溫柔。

「可憐的孩子。」她喃喃自語，撥開覆在安妮臉上的一綹頭髮，接著俯身親吻枕頭上那張爬滿淚痕、哭得漲紅的臉蛋。

# 十七　生活中的新樂趣

第二天下午，安妮低著頭在廚房窗邊縫拼布，眼神無意間飄向窗外，結果居然看見黛安娜在下方「森林仙女的泡泡」旁，神祕兮兮地對她招手。安妮飛也似的衝出家門，跑向窪地，活潑的大眼睛裡夾雜著驚訝和希望，可是一看到黛安娜沮喪的表情，希望又破滅了。

「妳媽媽還是不肯原諒我？」安妮氣喘吁吁地說。

黛安娜難過地點點頭。

「對，安妮，她說我不准再跟妳一起玩了。我一直哭、一直哭，說這件事不是妳的錯，可是一點用也沒有。我花了好大的力氣、說了很多好話，她才答應讓我過來跟妳道別。她說只給我十分鐘，她會盯著時鐘計時。」

「要做永遠的道別，十分鐘怎麼夠！」安妮淚眼汪汪地說。「噢，黛安娜，妳願意答應我，就算妳以後交了更多愛妳的朋友，也不會忘記我這個少女時期的知心好友嗎？」

「當然，我絕對不會忘記，」黛安娜抽抽噎噎地說。「而且我永遠不會交別的知心好友，我才不要。我再也沒辦法像愛妳那樣去愛別人了。」

「噢，黛安娜，」安妮緊握雙手大聲哭喊。「妳愛我嗎？」

「我當然愛妳，妳不知道嗎？」

「不知道。」安妮深吸一口氣。「我當然知道妳喜歡我，但我從來不敢指望妳愛我。哇，黛安娜，我以為沒有人會愛我，從我有記憶以來就沒有人愛過我。噢，這真是太美妙了！黛安娜，妳的愛就像一道光，會永遠照亮我人生道路上的無盡黑暗。妳可以再說一次嗎？」

「安妮，我全心全意地愛妳，」黛安娜堅定地說。「永遠都是。妳放心吧。」

「我也永遠愛妳，黛安娜。」安妮嚴肅地伸出手。「自此之後，與妳共度的回憶將有如星辰般照亮我寂寞的生命，我們讀的最後一個故事就是這麼寫的。黛安娜，妳可以給我一束烏黑的頭髮當作別離的永恆紀念嗎？」

安妮這番感人的話語又把黛安娜弄哭了，等到好不容易恢復理性後，她便抹抹眼淚問道：

「妳有沒有剪頭髮的東西？」

「有，幸好我圍裙口袋裡有把剪刀。」安妮一邊說，一邊莊重地剪下一束黛安娜的頭髮。「再見了，我親愛的朋友。從今以後，雖然我們近在咫尺，卻不得不像兩個陌生人，但是我的心永遠屬於妳。」

安妮站著目送黛安娜離開，黛安娜每回頭看她一次，她就難過地揮揮手。黛安娜的身影消失後，安妮默默回到翠綠莊園，完全沒有從這場浪漫告別中得到一絲安慰。

「一切都結束了，」她對瑪莉拉說。「我再也交不到別的朋友了。現在我比以前更可憐，因為我連凱蒂和紫羅蘭這種幻想的朋友都沒有，就算有，情況也不一樣了。不知道為什麼，幻想中的朋友就是比不上真實的朋友。剛才我和黛安娜在泉水邊道別，那幅場景永遠都會是我回憶中最神聖的一部分。我用了自己能想到的最淒慘的言語，還說了很多文言文，聽起來比白話文浪漫多了。黛安娜送我一束她的頭髮，我要縫個小包包把它裝在裡面，一輩子掛在脖子上。我覺得自己活不了多久，我死了之後，請把她的頭髮跟我葬在一起。巴瑞太太看到我變成冷冰冰的屍體躺在她面前，說不定就會後悔自己的所作所為，讓黛安娜參加我的葬禮。」

「安妮，只要妳還能說話，我就不怕妳會傷心過度而死了。」瑪莉拉冷漠地說。

禮拜一一大早，安妮抱著一籃子書從房間走下樓，嘴唇抿成一條線，看起來心意已決的樣子，把瑪莉拉嚇了一跳。

「我要回去上學，」安妮說。「既然現在我和知心好友被人無情拆散，我的人生中也只剩下上課了。至少我可以在學校看著她，好好思考分離後的日子。」

「妳還是好好思考功課和算術吧。」瑪莉拉嘴上不饒人，心裡卻很高興事情有這樣的發展。「如果妳要回去上學，我希望別再讓我們聽到妳又拿寫字板敲別人腦袋之類的事。規矩一點，乖乖照老師的話去做。」

「我會努力當個模範生，」安妮悲傷地附和。「我想應該很無聊吧。菲利普老師說蜜妮・安德魯是模範生，可是她一點生命力與想像力的火花都沒有，整個人死氣沉沉，眼界狹隘得要命，好像從來沒快樂過。不過我現在這麼沮喪，搞不好很容易就做到了。我要繞路去上學，我無法忍受自己一個人走白樺步道，絕對會哭得很慘。」

同學們都很歡迎安妮回來。玩遊戲的時候，大家想念她的想像力；唱歌的時候，大家想念她的歌聲；午餐時間朗讀書本的時候，大家又想念她戲劇性十足的表演天分。

讀聖經的時候，露比・吉利斯偷偷塞了三顆藍色李子請她吃；艾拉梅・麥克佛森從花卉目錄封面剪下一朵好大的黃色三色堇送給她（那是艾凡利學校最珍貴、最受歡迎的書桌裝飾）；蘇菲亞・史隆說要教她織一種款式新穎的蕾絲花邊圖案，鑲在圍裙上看起非常優雅；凱蒂・布特送她一個香水瓶，可以用來裝清洗寫字板的水；茱莉亞・貝爾則在一張有荷葉邊的淡粉紅色紙上細心抄寫了一首詩送給安妮：

當暮色的夜簾逐漸低垂，
用星星釘住的時候，
請記得妳還有個朋友，
雖然她可能在遠方流浪。

「有人重視的感覺真好。」當天晚上，安妮興高采烈地對瑪莉拉嘆了口氣。

不只是女生「重視」她而已。午休結束後，安妮回到座位上（菲利普老師要她跟模範生蜜妮·安德魯坐在一起），發現桌上有一顆又大又香甜的「草莓蘋果」。她一把抓起來，正準備好好品嘗的時候，突然想起艾凡利唯一種了草莓蘋果的地方，就是位在閃亮湖另一邊的布萊斯果園。安妮立刻放下蘋果，彷彿剛才握的是一塊火紅熱燙的煤炭似的，接著又用手帕誇張地擦手。那顆蘋果就這樣被她晾在桌上，一直到隔天早晨負責打掃教室和生火的小提摩西·安德魯發現，以為是什麼工作的額外好處，就把蘋果拿走了。午餐時間過後，查理·史隆送給安妮一支漂亮的鉛筆，筆桿上裝飾著華麗又俗氣的紅黃相間條紋，普通的鉛筆只要一分錢，這種鉛筆要兩分錢。安妮親切地收下這份禮物，並附上一個開心的笑容，讓痴情的查理興奮地飛上天，結果樂過頭的他在聽寫時錯誤連篇，被菲利普老師罰留在學校重寫。

雖然別人的種種示好讓安妮有點得意，可是跟葛蒂·派伊坐在一起的黛安娜·巴瑞卻完全沒表示。她心裡忍不住升起一股怨恨。

「黛安娜至少可以對我笑一下啊！」那天晚上，安妮難過地對瑪莉拉說。然而第二天上午，她就收到別人傳來一個小包裹，還有一張摺得歪七扭八的紙條，上面寫著：

親愛的安妮：

媽媽不准我跟妳玩，也不准我跟妳講話，就算是在學校也不行。這不是我的錯，請妳不要生我的氣，我還是跟之前一樣愛妳。我好懷念以前可以把所有祕密告訴妳的日子，我一點也不喜歡葛蒂・派伊。我用紅紙做了一張新書籤給妳，現在很流行這種書籤，全校只有三個人會做。看到書籤的時候，請妳想起我。

妳的知心好友，黛安娜・巴瑞

安妮讀完紙條，親了書籤一下，然後以最快的速度寫好回信，傳到教室另一邊。

我親愛的黛安娜：

妳不得不聽媽媽的話，我當然不會生妳的氣。我們是心靈相通的好朋友。蜜妮・安德魯是個很乖的小女生，只是沒什麼想像力；再說，我已經有妳這個知心好友，就不可能再當蜜妮的密友了。如果有錯字的話請見諒，因為我還不是很會拼字，不過我已經進步多了。

妳一生的知心好友，安妮・雪利（或柯蒂莉亞・雪利）

附註：今天晚上我會把妳的信壓在枕頭下睡覺。

自從安妮復學以來，瑪莉拉每天都在擔心她會惹出更多麻煩，結果完全沒有，可能是受到「模範生」蜜妮·安德魯的影響吧，至少她現在跟菲利普老師相處融洽。她投入了大量心力用功讀書，決定不管什麼科目都不能輸給吉伯特·布萊斯，兩人之間的競爭很快就傳遍校園。吉伯特的個性非常和善，但愛記仇的安妮恐怕就不是這麼回事了。她是個愛恨分明、情緒強烈的女孩，絕對不會承認自己有意和吉伯特較量成績，因為那等於是承認有他這個人存在，而這正是安妮一直假裝忽略的部分；可是他們之間確實競爭激烈，也互有勝負。先是吉伯特拿了拼字第一名，然後安妮甩甩她長長的紅色辮子，把他從冠軍寶座上擠了下去。某天早上，吉伯特的算術拿了滿分，名字登上了榮譽榜；第二天上午，與小數點搏鬥整夜的安妮立刻反敗為勝，拔得頭籌。還有一天最慘，因為彼此的成績不相上下，於是兩人的名字就一起上了榮譽榜，幾乎就跟寫在牆上一樣糟糕；安妮覺得這結果簡直是奇恥大辱，但吉伯特卻心滿意足。更別說每個月底讓人懸著一顆心的筆試了；第一次月考吉伯特贏了三分，第二次月考安妮贏了五分，不過吉伯特竟然當著全校同學的面誠心地恭喜她，害她覺得自己贏得很沒勁；如果他輸得很痛苦，勝利的滋味會更加甜美。

菲利普老師雖然算不上好老師，但是像安妮這樣努力認真、一心向學的學生，不管碰到什麼樣的老師都會進步神速。到了學期末，安妮和吉伯特兩人順利升上五年級，可以開始學習一些「副科」，也就是拉丁文、幾何學、法文和代數，其中最讓安妮頭痛的就是幾何學了。

「幾何學好難喔，瑪莉拉，」安妮嘟嚷著。「我想自己永遠都學不會，一點想像空間也沒有。菲利普老師說他從沒見過像我這麼笨的學生。吉——我是說有些同學的幾何學就很厲害，真的好丟臉喔，瑪莉拉，就連黛安娜都比我強。不過我不在意輸給黛安娜，雖然我們見面時就像陌生人，但我對她的愛永遠不滅。有時候一想到她，我就會覺得很傷心，不過說真的，瑪莉拉，這個世界這麼有趣，就算想一直傷心下去也沒辦法，對吧？」

# 十八　即刻救援

所有大事最終都會化為小事。「加拿大總理決定把愛德華王子島加入個人政治行程」這件事，乍看之下似乎跟翠綠莊園的安妮．雪利的命運一點關係也沒有，但事實上兩者之間的確有所關聯。

總理於一月抵達，並在夏洛特鎮舉行了大型集會，向忠實支持者和反對者發表演說。由於大部分艾凡利村民的政治立場都站在總理這邊，因此集會當晚，幾乎所有男性和許多女性都趕到五十公里外的夏洛特鎮聽演講了，就連支持反對黨的林德太太也不例外。極度熱中政治活動的她相信，任何政治集會只要少了她就無法順利進行，所以她便帶著先生湯瑪斯．林德（他可以幫忙照顧馬兒）和瑪莉拉一起去。瑪莉拉私底下對政治也很感興趣，而且她覺得說不定這是自己唯一一次能見到總理本人的機會，於是二話不說立刻答應，丟下馬修和安妮兩個人顧家，一直到隔天才回來。

瑪莉拉與林德太太開心參加集會的時候，馬修就跟安妮一起在翠綠莊園的廚房共度愉快的時光。老式火爐中閃著活潑的火光，窗戶玻璃上覆蓋著白裡透藍的晶亮冰霜；坐在沙發上邊看《農耕雜誌》邊打瞌睡的馬修頻頻點頭，而坐在桌前的安妮雖然專心做功課，卻時不時對著時鐘架投以戀戀不捨的眼神。架子上擺著珍．安德魯那天借她的新書，她對安妮掛保證，內容絕對精采刺激、文字細膩動人。安妮的手指蠢蠢欲動，好想伸手拿書，可是那就代表明天吉伯特的成績一定會贏她。安妮轉過身去背對時鐘架，拚命幻想那本書不在那裡。

「馬修，你在學校學過幾何學嗎？」

「嗯？喔，沒有。」馬修從睡夢中驚醒，迷迷糊糊地回答。

「真希望你學過，」安妮嘆了口氣。「這樣你就會同情我了。沒學過的話，根本想像不到我有多痛苦。幾何學讓我的人生一片愁雲慘霧。馬修，我真是個幾何白痴。」

「呃，不知道耶，」馬修安慰地說。「我覺得妳樣樣都不錯啊。上禮拜我在卡莫迪的店裡碰到菲利普老師，他說妳是全校最聰明的學生，而且進步神速。他說『進步神速』喔。有人批評菲利普不是什麼好老師，但我覺得他還不錯。」

馬修覺得會讚美安妮的人都很「不錯」。

「如果他不要把字母改來改去，我就能學得好一點。」安妮抱怨道。「我把題目背得滾瓜爛熟，可是他在黑板上畫的圖和用的字母又跟課本上不一樣，害我全都搞混了。我覺得當老師的不應該故意刁難學生啊，你說對不對？喔，我們正在學農藝，我總算知道那些路為什麼是紅色的。不知道瑪莉拉和林德太太玩得開不開心。林德太太說渥太華的當權政府天天亂搞，加拿大總有一天會沒落，這對選民來說是個嚴重的警訊。她還說，如果女性享有投票權的話，政治很快就會變好。馬修，你要投給誰啊？」

「保守黨。」馬修立刻回答。投票給保守黨是他的人生信念之一。

「那我也是保守黨，」安妮斷然地說。「聽你這樣說我很高興，因為吉——班上有些男生是自由黨，我猜菲利普老師應該也是，因為普莉西．安德魯的爸爸就是自由黨。露比．吉利斯說，男人追求女人的時候，在宗教上必須順著女方母親，政治上則是女方父親。真的是這樣嗎，馬修？」

「呃，我不知道。」馬修說。

「馬修，你有追求過女人嗎？」

「呃，喔，沒有耶。」馬修這輩子從來沒想過談戀愛這種事。

安妮雙手托腮，陷入沉思。

「我想一定很有趣對不對，馬修？露比說她長大以後要交好多個男朋友，讓他們全都為她瘋狂，但我覺得那樣有點太刺激了，我寧可只交一個頭腦正常的男朋友就好。露比有好幾個姊姊，所以很了解這方面的事。林德太太說吉利斯家的女孩就跟熱呼呼的蛋糕一樣，很搶手呢。菲利普老師每天晚上都會去普莉西家，說是幫她補習功課，不過米蘭達・史隆也要考皇后學院，我覺得她比普莉西笨，不是應該更需要補習嗎？可是菲利普老師晚上從來沒有去她家幫她補習。這個世界上有好多我不懂的事喔，馬修。」

「呃，我也不懂。」馬修承認。

「嗯，我還是先把功課寫完好了，這樣才能讀珍借我的新書。可是，馬修，那本書真的太誘人了。就算我背對著它，還是能清清楚楚看見它就在架子上。珍說她一邊看，一邊哭。我最喜歡能讓我哭的書了。我看我得把書拿到起居室去鎖在果醬櫃裡，鑰匙給你保管。馬修，就算我跪在地上求你，你也不能把鑰匙給我喔！要等我寫完功課才行。抗拒誘惑說起來容易，但要是拿不到鑰匙，做起來就更容易了。我去地窖裡拿幾顆粗皮蘋果上來好了。你要吃嗎，馬修？」

「呃，不知道，我想不用吧。」馬修說。他從來不吃粗皮蘋果，但他知道安妮很愛吃。

就在安妮捧著一盤蘋果，得意洋洋從地窖走上來的時候，突然聽見屋外結冰的木板走道上傳來奔跑的腳步聲，緊接著，廚房的門猛然敞開，只見黛安娜慌張地衝了進來，氣喘吁吁的她臉色蒼白，頭上還胡亂裹著一條披肩。安妮大吃一驚，立刻鬆開手中的蠟燭和盤子，於是盤子、蠟燭和蘋果就這樣乒乒乓乓地落在地窖的階梯上，滾到底下，掉進融化的燈油裡了。隔天瑪莉拉一邊清理，一邊感謝上帝，好險沒有引發火災。

「黛安娜，怎麼啦？」安妮大喊。「妳媽媽改變心意了嗎？」

「噢，安妮，快跟我來，」黛安娜緊張地哀求。「米妮梅病得很嚴重，小瑪麗喬說她得了喉炎……爸爸媽媽都進城了，沒有人去請醫生。米妮梅的情況很危險，瑪麗喬不知道該怎麼辦……噢，安妮，我好害怕喔！」

馬修聽了什麼也沒說，立刻拿起帽子和外套快步走過黛安娜身邊，踏進漆黑的庭院。

「他去替馬兒套上鞍具，要到卡莫迪鎮請醫生。」安妮一邊說，一邊迅速套上外套，拉起兜帽。「他不用說，我也知道他要幹嘛。馬修和我心靈相通，我讀得出他的想法。我們之間不需要說話。」

「他到卡莫迪也請不到醫生，」黛安娜哽咽地說。「我知道布萊爾醫生進城了，我猜史賓瑟醫生也去了。瑪麗喬沒照顧過有喉炎的孩子，林德太太又不在……噢，安妮！」

「別哭了，黛安娜，」安妮高興地說。「我知道該怎麼對付喉炎。妳忘了哈蒙太太有三對雙胞胎嗎？照顧過三對雙胞胎之後，自然經驗豐富。他們幾個常常得喉炎。等等，我去拿吐根糖漿——妳家說不定沒有。我們走吧。」

由於樹林裡的捷徑積雪太深，於是兩個小女孩便手牽著手，匆匆踏上戀人小徑，穿越結了一層凍雪的田野。安妮雖然很擔心米妮梅，但依然感受得到此情此景的浪漫，以及再次與知心好友共享情調的甜美。

這是個清澈寒冷的夜晚，漆黑的暗影與銀白色的雪坡相互交織，繁星在寧靜的田野上空閃爍，矗立在四周的冷杉枝幹上堆滿了雪，冷風在樹林間恣意穿梭，發出颯颯的聲響。能夠跟疏遠已久的知心好友一起走過這片神祕又美麗的大地，安妮覺得好開心。

三歲的米妮梅確實病得不輕。發高燒的她躺在廚房的沙發上不停翻來覆去，濁重的呼吸聲傳遍了整間屋子。圓臉的瑪麗喬是個體態豐滿的法國女孩，巴瑞太太不在家的時候，總是請她幫忙照顧孩子；此時的她一臉茫然，無助地站在旁邊，完全不知道該怎麼辦才好，就算有想法，也不知道該從何著手。

安妮立刻進行準備工作，不僅手腳俐落，動作也非常熟練。

「米妮梅是喉炎沒錯，而且狀況很不好，但是我看過更嚴重的。首先，我們需要很多很多熱水。黛安娜，水壺裡只剩一杯水了！好了，我裝滿了。瑪麗喬，妳去火爐那裡添點柴火。不是我要說妳，但如果妳有點想像力的話，早就該想到要這麼做了。現在我要把米妮梅的衣服脫掉，讓她躺在床上。黛安娜，妳去找幾塊柔軟的法蘭絨布。我先餵她喝點吐根糖漿。」

米妮梅不肯乖乖喝下吐根糖漿，不過安妮可沒白白照顧三對雙胞胎，因此吐根糖漿最後還是順利流入小病人的喉嚨，在這漫長又焦慮的夜裡，她還喝了不只一次，而是好多次。安妮和黛安娜兩人耐心照顧生病的米妮梅，緊張兮兮的瑪麗喬也竭盡所能地維持熊熊爐火、燒了一大堆開水，就算整間醫院的喉炎寶寶來喝也喝不完。

半夜三點，馬修總算帶著醫生趕過來，因為他不得不跑到大老遠的史賓瑟村，好不容易才找到一位醫生。不過最危急、最需要協助的時刻已然過去；米妮梅的狀況好多了，睡得好香呢。

「我絕望到差點放棄，」安妮解釋說。「她的情況越來越嚴重，比哈蒙家年紀最小的雙胞胎還糟，我真的很怕她會窒息而死，所以就餵她喝了整瓶吐根糖漿。喝完最後一匙的時候，我對自己說──不是對黛安娜或瑪麗喬說喔，因為我不想讓她們擔心，可是為了讓自己好過一點，我又非說不可──我說：『這是最後一線希望了。』過了大約三分鐘，米妮梅咳出一口痰，開始覺得好多了。醫生，你能想像那種如釋重負的感覺嗎？那種感覺真的很難形容。你知道，有些事情是無法用言語表達的。」

「是，我懂。」醫生點點頭。他看安妮的眼神彷彿在想，這個小女孩身上有某種無法用言語表達的特質。不過，他後來還是對巴瑞夫婦表達了自己的想法。

「卡斯柏家那個紅髮女孩真的很聰明，她救了你們的小女兒一命，不然等我趕到早就來不及了。她年紀那麼小卻經驗老到，頭腦清楚又冷靜。她在解釋病情時的眼神是我從來沒見過的。」

安妮在霜雪皚皚的美麗冬日晨曦中回家，儘管一夜沒睡、眼皮沉重，但她跟馬修一起穿越白色大地，走過戀人小徑那閃耀燦爛的楓樹拱門時，依然精力充沛地說個不停。

「噢，馬修，好美的清晨喔！看起來就像上帝為了自己開心而創造出來的幻想世界，對不對？我好像一口氣就能『呼』一聲把那些樹吹走了！能住在有雪的世界真的好幸福，你覺得呢？好在哈蒙太太有三對雙胞胎，不然我就不知道該怎麼照顧米妮梅了，當初我還好氣哈蒙太太生雙胞胎呢，現在想想真的很抱歉。噢，馬修，我好睏喔，眼睛都張不開了，腦袋也鈍鈍的。我沒辦法上學了，可是我又不想待在家裡，因為吉──別的同學會拿第一名，想要趕上真的好難。當然啦，挑戰越大，成功的滋味就越棒，對吧？」

「嗯，妳沒問題的，」馬修看著安妮蒼白的小臉和黑眼圈說。「妳趕快上床好好睡一覺，家事我來做就好。」

安妮睡了好久，睡得好沉，一覺醒來，已經是美好的冬日午後了。她下樓走到廚房，看見剛回家的瑪莉拉正坐在那裡打毛線。

「噢，妳有看到總理嗎？」安妮立刻大叫。「瑪莉拉，他長什麼樣子啊？」

「哎，他可不是靠長相才當上總理的，」瑪莉拉說。「他鼻子好大喔！不過他的口才真好，我對於自己身為保守黨感到很驕傲。林德太太是自由黨，當然覺得他不怎麼樣。安妮，妳的午餐在烤箱裡，可以再去儲藏室拿點李子蜜餞來吃。我想妳應該餓了。馬修把昨天晚上的事全都告訴我了，幸好妳知道該怎麼辦，換作是我，一定腦袋一片空白，因為我從來沒遇過得了喉炎的人。好啦，我看得出來妳有一堆話想說，先吃完午餐再說吧。」

瑪莉拉有事情要告訴安妮，但她當下決定不說，因為她知道，要是說了，安妮一定會興奮到沒胃口吃午餐。瑪莉拉一直等到安妮吃完李子蜜餞後才開口：

「安妮，巴瑞太太今天下午來過，她想見妳，可是妳在睡覺，所以我不想吵醒妳。她說妳救了米妮梅一命，因為紅醋栗酒的事對妳那麼凶，她覺得很抱歉，現在她知道妳不是故意要灌醉黛安娜，希望妳能原諒她，繼續跟黛安娜當好朋友。如果妳願意的話，晚上可以去她家，因為黛安娜昨晚得了重感冒，不能出門。好啦，安妮．雪利，拜託妳別開心到飛上天了。」

這句警告果然有其必要。安妮興匆匆地從椅子上跳起來，一張小臉因為內心燃燒的熱情火焰散發出透亮的光芒。

「噢，瑪莉拉，我可以現在就去嗎？先不要洗碗？等我回來的時候再洗。我真的沒辦法在這種興奮的時刻做一些像洗碗之類的不浪漫的事。」

「好，好，快去吧。」瑪莉拉寵溺地說。「安妮．雪利，妳瘋啦？給我回來披件外套再出門！這孩子也真是的，帽子沒戴、外套沒穿就走了。看她披著頭髮穿過果園……上帝保佑，別讓她著涼了。」

安妮在紫色的冬日暮光中越過雪地，蹦蹦跳跳地走回翠綠莊園。遙遠的西南方蒼穹透著美麗縹緲的淡金色和玫瑰色，一顆如珍珠般的星星正高掛在天幕上不停閃爍，照耀著晶亮的白色大地與黝黑的松林山谷；雪丘間不時傳來叮叮噹噹的雪橇鈴聲，彷彿精靈飛過寒冷的霜氣，但安妮心裡或嘴上唱的歌聲比那些清脆的鈴聲還要動聽。

「瑪莉拉，現在站在妳面前的是世界上最幸福的人！」安妮大聲宣布。「我好幸福喔！沒錯，雖然頭髮是紅色的，我還是很幸福，這一刻我已經不在乎頭髮紅不紅了。巴瑞太太親了我一下，還哭著說對不起，我的恩情她一輩子都報答不完。我覺得好尷尬，瑪莉拉，但是我盡量有禮貌地說：『我不怪妳，巴瑞太太。我最後一次向妳保證，我不是故意要讓黛安娜喝醉的。從今以後，我們把過去那些不愉快都忘了吧。』這樣說是不是很有尊嚴又很得體，瑪莉拉？我覺得她聽完之後好像更慚愧了。我和黛安娜度過了一個愉快的下午。她讓我看卡莫迪的阿姨教她的一種新的華麗針法，現在艾凡利村只有我們兩個人會，我們還鄭重發誓，絕不洩漏給第三人。喔，黛安娜送我一張美麗的卡片，上面印了玫瑰花環的圖案和一首詩：

若你愛我一如我愛你，
唯有死亡能將我倆分離。

「這倒是真的，瑪莉拉。我們要請菲利普老師再讓我們坐在一起，葛蒂可以跟蜜妮・安德魯坐。我們喝了好優雅的下午茶。巴瑞太太拿出他們家最精緻的茶具，好像我是真的貴賓一樣。我無法形容那種激動，之前從來沒有人用這麼高級的茶具招待我。瑪莉拉，我們還吃了水果蛋糕、甜甜圈和兩種蜜餞喔。後來巴瑞太太問我要不要喝茶，她說：『爸爸，請把餅乾拿給安妮好嗎？』我想長大一定很棒，瑪莉拉，被當成大人看待的感覺真好。」

「這我就不知道了。」瑪莉拉簡單嘆了口氣。

「喔，反正等我長大以後，」安妮堅定地說。「只要我跟小女孩說話，一定會把她們當大人看，如果她們講話誇張，我也不會笑她們，因為悲傷的經驗告訴我，那樣是很傷人的。喝完下午茶之後，黛安娜和我一起做太妃糖，可是成果不太好，大概是因為我們兩個之前都沒做過的關係。黛安娜在盤子上塗奶油的時候叫我攪拌材料，可是我忘了，結果就燒焦了；後來我們把糖擺在檯子上放涼，貓咪又踩過盤子，最後只好全部丟掉。不過做太妃糖真的好好玩喔！我回來之前，巴瑞太太叫我常常來玩，黛安娜站在窗前對我拋飛吻，而且還一直目送我走上戀人小徑。瑪莉拉，我跟妳保證，為了紀念這個難忘的日子，今天晚上我會想個特別的、全新的禱告詞。」

# 十九　音樂會後的小插曲

「瑪莉拉，我可以去黛安娜家一下嗎？」某個二月傍晚，安妮氣喘吁吁地從東廂房跑下樓，大聲問道。

「天都黑了，我不懂妳為什麼還要去外面閒晃。」瑪莉拉沒好氣地說。「妳和黛安娜放學後一起回家，然後又站在那邊的雪地上嘰嘰喳喳講了半小時，所以我覺得妳今天沒理由再去找她了。」

「可是她想見我，」安妮懇求地說。「她說有很重要的事要告訴我。」

「妳怎麼知道？」

「因為她剛剛從窗戶那裡對我打信號。我們約好把蠟燭放在窗臺上，再用厚紙板揮來揮去，讓燭光一閃一閃的，閃幾下有不同的意思。這是我想到的喔，瑪莉拉。」

「我想也是。」瑪莉拉斷然地說。「妳那什麼亂七八糟的信號總有一天會把窗簾給燒了。」

「喔，不會啦，我們很小心的，瑪莉拉，而且很有趣喔。閃兩下是『妳在嗎』，三下是『對』，四下是『不對』，五下是『盡快過來，有重要的事』。黛安娜剛剛閃了五下燭光，要是沒辦法知道是什麼事，我會很痛苦的。」

「好啦，不用再痛苦了，」瑪莉拉諷刺地說。「去吧。記住，十分鐘內回來。」

安妮確實把瑪莉拉的話牢記在心，也在限定的時間內回來了。沒有人知道她和黛安娜是怎麼在短短十分鐘內討論完重要的事，不過至少她很會掌握時間。

「噢，瑪莉拉，妳知道嗎？明天是黛安娜生日喔！她媽媽說她明天放學後可以邀我一起回家，然後在他們家過夜。她的親戚也會坐大雪橇從新橋鎮過來，參加明天晚上在大會堂舉辦的辯論社音樂會。如果妳同意的話，他們想帶我和黛安娜一起去。瑪莉拉，妳會讓我去對不對？噢，我好興奮喔！」

「那妳可以冷靜一下了，因為妳不能去，還是待在家裡睡自己的床比較好。至於那場音樂會更是亂來，小女孩根本就不應該去那種地方！」

「辯論社辦的活動一定很正當啊！」安妮苦苦哀求。

「我沒說它不正當，我只是不希望妳小小年紀就在外面過夜、參加什麼音樂會。我真的很意外，巴瑞太太居然讓黛安娜去那種場合。」

「可是那是很特別的場合啊。」安妮難過到眼淚都快掉下來了。「瑪莉拉，黛安娜一年才過一次生日，而且生日又不是什麼普通的日子。普莉西要朗讀〈今夜晚鐘勿響〉，那是一首很棒的道德詩喔，瑪莉拉，聽了對我一定好處多多，還有合唱團也要唱四首美麗又悲傷的歌，幾乎就跟聖詩一樣感人。對了，那天牧師也會去，真的，他會去演講，內容跟講道差不多。拜託嘛，瑪莉拉，我可以去嗎？」

「妳聽見我說的了，安妮。快脫掉靴子上床睡覺。都已經八點多了。」

「還有一件事，瑪莉拉，」安妮一副要亮出最後一張王牌的樣子。「巴瑞太太跟黛安娜說我們可以睡客房。想想看，妳的小安妮可以睡別人家客房耶，很光榮吧！」

「這種光榮就不必了。快上床睡覺，安妮，別再說了。」

安妮傷心地走上樓，兩行淚水從臉頰上滾落。這時，剛剛一直在躺椅上熟睡的馬修突然張開眼睛，果斷地說：「瑪莉拉，我覺得妳應該讓安妮去才對。」

「我不覺得。」瑪莉拉反駁。「是誰負責管教她啊，馬修？是你還是我？」

「呃，妳。」馬修承認。

「那就別插手。」

「呃，我沒有要插手，只是說說自己的意見罷了。我認為妳應該讓安妮去。」

「我相信就算安妮想上月球，你也覺得我應該讓她去。」瑪莉拉裝出一副親切的口吻。「如果只是在黛安娜家過夜，我還可能答應，但我不贊成她去聽音樂會。要是感冒了怎麼辦？說不定她聽完會興奮到滿腦子胡思亂想，要花一個禮拜才能冷靜下來。馬修，我比你了解那孩子的個性，知道什麼對她比較好。」

「我覺得妳應該讓她去。」馬修再次重複，口氣非常堅決。雖然他不擅與人爭辯，但堅持己見卻是他的強項。瑪莉拉無奈地深吸一口氣，選擇沉默以對。第二天早上，安妮在廚房洗碗，準備去穀倉的馬修停下腳步對瑪莉拉說：「瑪莉拉，我覺得妳應該讓安妮去。」

那瞬間，瑪莉拉臉上的表情簡直難以形容。最後她決定讓步，語氣尖酸地說：「很好，她可以去。這樣你開心了吧？」

安妮以迅雷不及掩耳的速度飛快衝出廚房，手裡還拿著正在滴水的抹布。

「噢，瑪莉拉，瑪莉拉，拜託妳再說一遍！」

「說一遍就夠了。這全是馬修的主意，不關我的事。要是妳在陌生的床上或是半夜從悶熱的大會堂出來著涼得了肺炎，可別怪我，怪馬修就好。安妮．雪利，妳把油膩膩的水滴得滿地都是！沒見過像妳這麼粗心的孩子！」

「瑪莉拉，我知道我很讓妳傷腦筋，」安妮懊悔地說。「我犯了好多錯，但是也要想想那些我可能會犯、結果沒犯的錯啊！我會在上學之前拿點沙子把那些汙漬刷乾淨的。噢，瑪莉拉，我滿腦子想的都是音樂會。我這輩子從來沒聽過音樂會，其他女生在學校聊的時候，我都覺得自己是局外人。妳不懂這種感覺，可是馬修就懂。馬修很了解我，瑪莉拉，能被人了解的感覺真好。」

安妮興奮到整個上午都沒辦法專心上課，結果吉伯特不但拼字贏她，心算成績更是遙遙領先。不過，一想到音樂會和客房的床，安妮的恥辱感立刻減輕了不少。她和黛安娜整天聊個不停，要是碰到比菲利普老師嚴格的老師，她們倆肯定會受到嚴厲的處罰。

當天學校裡每個人都在討論音樂會的事，因此安妮覺得要是自己真的不能去，一定會受不了。冬季每兩週聚會一次的艾凡利辯論社，之前也舉辦過一些小型的免費娛樂活動，但音樂會屬於大規模的盛會，目的是為了替圖書館募捐，想參加的人得付入場費十分錢。艾凡利的年輕人已經練習了好幾個禮拜，安妮的同學更是興味盎然，因為他們的哥哥姊姊都要參與演出。九歲以上的學生幾乎都會出席，只有凱莉·史隆例外——原來她爸爸跟瑪莉拉一樣，不贊成小女孩晚上出門聽什麼音樂會。凱莉下午上文法課的時候一直在哭，覺得人生已經不值得活下去了。

對安妮而言，真正的興奮感是從放學後開始萌芽，接著逐漸進入高潮，直到音樂會揭幕那一刻才徹底臻至極樂。她們先喝了「優雅的下午茶」，然後上樓到黛安娜的小房間裡開心地打扮起來。黛安娜把安妮落在前額的頭髮往後梳成新潮的高捲式髮型，安妮則用自己特有的技巧替黛安娜綁了漂亮的蝴蝶結；至於散落在背後的頭髮呢，她們起碼試了六種綁法，忙了老半天，最後終於整理好了。兩個小女孩臉頰紅撲撲的，眼中閃爍著興奮的光芒。

安妮頭戴樸素的黑色圓帽，身穿袖子緊繃、沒有腰身的手工灰色外套，黛安娜則頂著時髦俏皮的羊毛帽，披上剪裁俐落的合身夾克；跟黛安娜相比，安妮心中不免有點難受，幸好她及時想到，可以好好運用自己豐富的想像力。

過沒多久，黛安娜住在新橋鎮的莫瑞表姊妹來了；於是她們擠上鋪滿稻草和毛皮大衣的大雪橇，出發前往音樂會會場。安妮完全沉浸在這趟駛向大會堂的雪橇之旅；她們沿著如絲緞般平滑的道路上滑行，滑板下方的雪不停咯吱作響；遠方的夕陽美景壯觀無比，白雪皚皚的山丘和湛藍的聖勞倫斯灣鑲上了燦爛的晚霞，彷彿珍珠與藍寶石製成的巨碗裡滿溢著豔紅的美酒和火光；周遭不時傳來叮叮噹噹的雪橇鈴聲，還有聽起來模模糊糊、宛如林中精靈正在嬉鬧的歡笑聲。

「噢，黛安娜，」安妮捏捏黛安娜藏在毛皮大衣底下、戴著手套的手。「這像不像一場美麗的夢？我看起來真的跟平常一樣嗎？我覺得好不一樣，應該可以從我臉上看出來吧？」

「妳看起來很漂亮，」黛安娜說。因為她剛剛得到表姊的讚美，覺得自己也該稱讚一下別人。「妳的膚色真的很美。」

那天晚上，音樂會的節目幾乎征服了現場每一位觀眾，而且就像安妮對黛安娜說的一樣，一個比一個還要精采。當普莉西．安德魯身穿嶄新的粉紅色絲質洋裝，白嫩的脖子上掛著一串珍珠項鍊，頭上還別著真正的康乃馨（據說這些花還是菲利普老師大老遠跑到城裡買的），高聲朗誦「漆黑的夜裡，攀上泥濘的階梯」時，安妮感動到全身顫抖；合唱團唱著〈遠在溫柔雛菊之上〉時，安妮則抬頭仰望天花板，彷彿正在凝視畫有天使的濕壁畫；接下來，山姆．史隆解釋並示範

「薩克利如何讓母雞孵蛋」，這個表演就算在艾凡利這種偏遠的小村莊也很老掉牙，但安妮的笑聲把她附近的觀眾也逗笑了；菲利普老師朗讀馬克．安東尼對凱撒屍體致敬的演說（他每唸一句就看普莉西一眼），那澎湃又振奮人心的腔調讓安妮熱血沸騰，好像只要有一個羅馬公民起而叛變，她就會立刻響應。

其中只有一個節目讓她興趣缺缺——輪到吉伯特．布萊斯朗誦〈萊茵河畔的賓根〉時，安妮便拿朗妲．莫瑞借她的書出來看；等他唸完，黛安娜的手因為熱烈鼓掌拍得通紅，安妮卻只是僵硬地坐著，一動也不動。

她們回到家的時候已經十一點了。意猶未盡的兩人雖然疲憊不堪，心裡卻有種說不出的滿足感，嘰嘰喳喳地談論今晚的一切。屋子裡又黑又安靜，大家似乎都睡著了。安妮和黛安娜躡手躡腳地走進狹長的客廳，只見客房房門大開，壁爐的餘燼讓房間微微發亮，看起來好溫暖。

「我們在這裡換衣服吧，」黛安娜說。「這裡既舒服又暖和。」

「今天晚上很棒吧？」安妮開心地嘆了口氣。「站在臺上朗讀的感覺一定很好。黛安娜，妳覺得我們有沒有機會上臺表演啊？」

「當然啊，遲早有機會的。他們向來都會請年紀大一點的學生上臺朗讀。吉伯特就常常上臺，他也才大我們兩歲而已。噢，安妮，妳怎麼能假裝不聽他表演呢？他唸到『還有一位女孩，她不是我的姊妹』的時候，一直盯著妳看喔。」

「黛安娜，」安妮正經地說。「妳是我心靈相通的好友，但就算是妳，也不准跟我提起那個人。妳準備好上床睡覺了嗎？我們來比賽，看誰先跳上床。」

這個提議非常吸引黛安娜，於是兩個身穿白色睡衣的小身影便飛也似的跑過狹長的客廳，衝進房門，同一時間跳上床，然後——她們腳下好像有什麼東西在動，還有喘息和尖叫——有個人悶聲喊著：「我的天哪！」

安妮和黛安娜完全搞不清楚自己是怎麼跳下床，又是怎麼走出房間的，只知道一陣混亂後，她們就一邊發抖，一邊偷偷爬上樓了。

「那是誰……還是什麼東西啊？」安妮悄聲說，她的牙齒因為寒冷和害怕而不斷打顫。

「是約瑟芬姑婆啦，」黛安娜又笑又喘地說。「噢，安妮，我也不知道約瑟芬姑婆為什麼會睡在那裡。唉，她一定氣炸了。好恐怖……太恐怖了……妳有沒有碰過這麼好笑的事啊，安妮？」

「約瑟芬姑婆是誰啊？」

「是我爸的姑姑，住在夏洛特鎮。她已經很老了，七十幾歲吧，我不相信她以前也是個小女孩。我們知道她會過來，沒想到這麼快。她很正經，做事又一板一眼的，肯定會因為這件事罵個不停。唉，看來只好跟米妮梅擠一擠了……跟妳說喔，她睡覺老是踢來踢去的。」

第二天一大早，約瑟芬姑婆並沒有出現在早餐桌前。巴瑞太太對兩個小女孩露出親切的笑容。

「昨天晚上玩得還開心嗎？我原本想等妳們回來再睡，就是要告訴妳們約瑟芬姑婆來了，不得不讓妳們去睡樓上。可是我累到睡著了。黛安娜，希望妳們沒吵醒姑婆才好。」

識相的黛安娜什麼也沒說，只隔著餐桌偷偷跟安妮交換了一個愧疚又饒富興味的微笑。吃完早餐後，安妮匆匆趕回翠綠莊園，因此完全不知道巴瑞家鬧成什麼樣子；直到傍晚瑪莉拉要她去林德太太家，才聽說了這件事。

「聽說昨天晚上妳和黛安娜把可憐的約瑟芬・巴瑞小姐嚇壞了？」林德太太的語氣雖然嚴厲，眼中卻閃著一絲光芒。「巴瑞太太剛剛才過來呢，現在去卡莫迪鎮了。她真的很擔心約瑟芬。老巴瑞小姐今天早上起床的時候脾氣壞得很……我跟妳說喔，她的脾氣可不是開玩笑的。她完全不想跟黛安娜說話呢。」

「不是黛安娜的錯，」安妮悔恨地說。「是我的錯。是我提議比賽看誰先跳上床的。」

「我就知道！」林德太太露出料事如神的得意笑容。「我就知道一定是妳出的餿主意。哎，這下子闖下大禍囉。老巴瑞小姐原本想住一個月，現在連一天都待不下去，說她明天就要回去，還說如果可以的話，最好今天馬上離開。她本來答應要幫黛安娜付一個學期的音樂課學費，結果現在改變心意，說她才不要替一個調皮搗蛋的女孩出一毛錢。喔，我猜他們家今天早上一定鬧翻天了。巴瑞一家想必很難過吧。老巴瑞小姐很有錢，他們希望能跟她保持良好關係。當然啦，巴瑞太太嘴上沒這麼說，但我很會洞察人性。」

「我真倒楣，」安妮難過地說。「老是惹上麻煩，現在又把我最好的朋友，好到可以付出生命的朋友拖下水。林德太太，妳可以告訴我為什麼會這樣嗎？」

「孩子，就是因為妳太衝動，做事情又漫不經心，想說就說、想做就做，從來沒有停下來好好思考。」

「喔，可是那樣才是最棒的啊，」安妮反駁。「腦海中一閃過什麼好點子，當然要馬上說出來，如果還要停下來想一想，就會破壞這些靈感了。林德太太，難道妳從來沒有這種感覺嗎？」

沒有，林德太太從來沒有這種感覺。她睿智地搖搖頭。

「安妮，妳一定要學著思考，三思而後行。不過應該改成『三思而後跳』才對，尤其是跳上客房的床。」

林德太太很滿意自己的冷笑話，開心地笑了起來；安妮則眼神嚴肅，陷入沉思，不覺得有什麼好笑的。離開林德太太家之後，她穿過結霜的田野來到果園坡。黛安娜在廚房門口迎接她。

「妳姑婆一定很生氣吧？」安妮輕聲問道。

「對啊，」黛安娜強忍著笑意，擔心地轉頭看看緊閉的客房房門。「安妮，她氣炸了，還把我臭罵一頓，說她從沒見過像我這麼沒規矩的女孩，又說我父母應該感到羞愧才對。她說她要回家。我才不在乎哩，不過爸爸媽媽很在乎。」

「妳幹嘛不說是我的錯？」安妮繼續追問。

「我是那種人嗎？」黛安娜一臉不屑。「安妮．雪利，我才不會打小報告，再說我也有錯啊。」

「好，那我自己去跟她說。」安妮毅然決然地說。

黛安娜瞪大眼睛看著安妮。

「絕對不行，安妮．雪利！她會把妳生吞活剝的！」

「不要嚇我啦，我已經夠怕了。」安妮苦苦哀求。「黛安娜，相信我，我寧願走向砲口。但是我非這麼做不可。是我的錯，我必須認錯。幸好我的認錯經驗還滿豐富的。」

「唉，好吧，她在房間裡，」黛安娜說。「妳要的話可以進去。我可不敢。而且我覺得妳這麼做一點用也沒有。」

安妮在黛安娜的「鼓勵」之下勇敢地朝虎穴邁進，也就是堅定地走向客房，輕輕敲了幾下房門。

「進來！」裡面隨即傳來一聲刺耳的回應。

身材瘦削、個性古板又頑固的約瑟芬・巴瑞正坐在爐火邊使勁織著毛線，一雙眼睛隔著金邊眼鏡狠狠瞪著安妮，顯然怒氣未消。她把椅子一轉，以為會看到黛安娜，結果眼前卻是一個臉色蒼白的小女孩，圓滾滾的大眼睛裡閃著不顧一切的勇氣，還有瑟縮的恐懼。

「妳是誰啊？」約瑟芬姑婆不客氣地質問道。

「我是住在翠綠莊園的安妮。」安妮雙手緊握（這是她的招牌姿勢），邊說邊發抖。「我是來向妳認錯的。」

「認什麼錯？」

「昨天晚上跳到妳床上，嚇到妳了，這都是我的錯，是我提議跳上床的。我很確定，黛安娜絕對想不出這種點子，她是個非常端莊的女孩子，巴瑞小姐。妳必須了解，怪罪她是很不公平的。」

「哦，我必須了解是吧？黛安娜也跳了不是嗎？這麼值得尊敬的人家竟然發生這麼荒唐的事！」

「我們只是好玩而已。」安妮不肯放棄。「巴瑞小姐，既然我們道歉了，我覺得妳應該原諒我們，至少請妳原諒黛安娜，讓她上音樂課吧。黛安娜一心想上音樂課，巴瑞小姐，我很了解一心想要什麼卻得不到的感覺。妳要罵就罵我好了，因為我小時候常常挨罵，已經習慣了，所以我比黛安娜更禁得起罵。」

說到這裡，約瑟芬姑婆眼裡的怒氣已經消失了一大半，取而代之的是一種興味盎然的光芒。不過她還是嚴厲地說：「我認為妳們不能把只是好玩當作藉口。我小的時候，女孩子絕對不准玩成那樣，一點規矩都沒有。長途跋涉已經很累了，結果卻在熟睡的時候被兩個跳到身上的小女孩嚇醒，這種感覺妳懂嗎？」

「我不懂，但我想像得到。」安妮急切地說。「我相信那種感覺一定很不舒服，可是妳也要替我們想一想。巴瑞小姐，妳有想像力嗎？有的話請站在我們的立場想想看。我們不知道有人睡在客房床上，我們差點被妳嚇死。那種感覺真的很糟。而且本來答應要讓我們睡客房的，結果卻不能睡了。我猜妳應該習慣睡客房吧？可是對一個從來沒有睡過客房的孤兒來說，這簡直是莫大的光榮。換作是妳，妳會有什麼感覺？」

這時，約瑟芬姑婆眼裡的怒氣全都消失了，甚至還哈哈大笑起來。在廚房裡默不作聲、焦急等候的黛安娜一聽見姑婆的笑聲，如釋重負地嘆了口氣。

「我的想像力太久沒用，恐怕有點生鏽了，」她說。「不過我相信昨天晚上妳們跟我一樣受到很大的驚嚇。一切都取決於我們看事情的角度。來這邊坐，跟我聊聊妳自己吧。」

「真的很對不起，現在不行，」安妮的語氣非常堅決。「我很想說給妳聽，因為妳似乎是個很有趣的太太，甚至跟我很合拍，雖然看起來不太像啦。我得馬上回家找瑪莉拉．卡斯柏小姐，她是一位非常善良的女士，不但好心收留我，也盡全力教育我，可是我常常讓她覺得很灰心。我跳上床的事請千萬不要怪她。不過在我走之前，希望妳能告訴我是不是願意按照原定的計畫待在艾凡利，而且也原諒黛安娜了？」

「如果妳能偶爾來陪我聊聊天，我想我就願意吧。」約瑟芬姑婆說。

那天傍晚，約瑟芬姑婆送給黛安娜一只銀手環，並對巴瑞夫婦說她又把行李箱打開了。

「我之所以決定留下來，純粹是想多認識一下那個叫安妮的女孩。」她直率地說。「她把我逗得好開心。到了我這把年紀，很少有有趣的人了。」

聽完整件事之後，瑪莉拉只說：「我就說吧。」這句話是講給馬修聽的。

約瑟芬姑婆不僅待了比預定的一個月還要久，這次作客的表現也比過去和善許多，因為安妮總是讓她心情很好。最後她們變成情比金堅的忘年之交。

約瑟芬姑婆離開的時候還特別交代：「安妮，記住，哪天妳來夏洛特鎮的話一定要來看我，我會讓妳睡在我家最漂亮的客房。」

「約瑟芬姑婆跟我也很合拍，」安妮對瑪莉拉說。「如果只看外表的話絕對想不到，但我們兩個真的很合。一開始根本看不出來，馬修也是一樣，不過相處久了就知道了。原來心靈相通的人比我想像中還要多。知道世界上有那麼多人跟自己心靈相通，真的是件很美好的事。」

# 二十　想像力的反噬

春天再度降臨在翠綠莊園的土地上——加拿大的春天既美麗、善變又難能可貴，從四月一直到五月，天天都是甜美可愛、清新冷峭的好日子，除了粉紅色的夕陽之外，還有生命復甦與成長的奇蹟。戀人小徑上的楓樹冒出紅色的嫩芽；森林仙女的泡泡附近竄出蜷曲的幼小蕨類植物；史隆家後面那片荒原開滿了符合時節的五月繁花，粉色與白色的滿天星從乾枯的褐色樹葉下探出可愛的容顏。某個陽光燦爛的午後，全校同學一起去那裡採花，直到清澈的暮色降臨才抱著滿籃子的花朵回家。

「我真的好同情那些生活中沒有五月花的人喔，」安妮說。「黛安娜說他們也許有更好的東西，可是，瑪莉拉，怎麼可能有比五月花更好的東西呢？黛安娜說，如果他們不曉得五月花有多美，就不會覺得可惜。但我認為這正是最令人難過的事，簡直是悲劇，瑪莉拉，居然不知道五月花有多美、也不覺得可惜耶！妳知道我怎麼看五月花嗎？我想它們一定是去年夏天枯死花朵的靈魂，這裡就是它們的天堂。我們今天玩得好開心，瑪莉拉，我們在古井旁長滿青苔的窪地上吃午餐——好浪漫的地方喔！查理．史隆挑戰阿迪．吉利斯玩大冒險，說他不敢跳過古井，結果阿迪真的跳了，因為他就是激不得。大家都這樣，現在學校裡很流行大冒險遊戲。菲利普老師把自己摘的五月花通通送給普莉西，我還聽到他說『香花送美人』之類的。那句話是他從書上抄來的，我知道，可見他還有點想像力嘛。也有人送我五月花，但是被我很不屑地拒絕了。我不能說出他的名字，因為我發誓絕口不提這個人。我們用五月花做成花環戴在帽子上；放學的時候，我們兩個兩個排成一排，沿著路走回家，大家頭戴花環、手拿花束，高聲唱著〈我的家在山丘上〉。噢，真的好刺激喔，瑪莉拉，史隆先生一家全都跑出來看我們，路人也都停下腳步盯著我們看。

我們造成大轟動喔！」

「做出這種蠢事，當然轟動啦！」瑪莉拉說。

五月繁花開完，紫羅蘭接著登場，把紫羅蘭谷染成一片紫色。安妮上學經過的時候都很小心，不但踩著恭敬的步伐，眼裡也充滿崇拜，好像踏足聖地一樣。

「不知道為什麼，」她對瑪莉拉說。「走過紫羅蘭谷的時候，我就不太在意吉——班上有人成績贏我，可是一到學校又變得很在意，好像我體內有好幾個不一樣的安妮似的。有時候我覺得這就是我很難搞的原因。如果只有一個安妮就輕鬆多了，可是那樣又會很無趣。」

某個六月傍晚，果園再度形成一片粉紅色花海，閃亮湖前方的沼澤傳來響亮的蛙鳴，空氣中瀰漫著苜蓿和冷杉的香氣，安妮正坐在東廂房的窗前讀書，可是天色太暗，看不清楚字了，於是她睜大雙眼盯著繁花盛開的雪后枝椏，陷入幻想。

小小的東廂房其實沒什麼改變，牆壁依然粉白，針包仍舊硬邦邦的，黃色的椅子也還是很呆板，可是整體的氛圍卻不一樣了。嶄新又朝氣蓬勃的靈動特性似乎滲透了每一個角落——不是因為洋裝、緞帶和年輕女孩讀的書，也不是因為桌上那些插在龜裂藍色花瓶裡的蘋果花，而是因為這裡充滿了活潑主人不論日夜的所有夢想，那些夢彷彿幻化成無法觸摸、卻真切存在的形體，並用美麗的彩虹和朦朧的月光編織掛毯，點綴這個樸實的房間。過沒多久，瑪莉拉快步走進東廂房，手裡還捧著幾件剛燙好的學校圍裙。她把圍裙掛在椅背上，然後輕輕嘆了口氣坐下來。這天下午，她頭痛的老毛病又犯了，雖然現在已經不痛了，但她還是覺得很虛弱，用她的話來說就是「累壞了」。安妮看著瑪莉拉，清澈的眼睛裡滿是同情。

「我真的好希望自己能代替妳頭痛，瑪莉拉。我心甘情願為妳忍受一切痛苦。」

「妳已經幫我做了很多家事，讓我有時間休息，這樣就夠了。」瑪莉拉說。「妳好像表現得比平常還要好，錯誤也少多了。不過馬修的手帕真的不用上漿！而且一般人要是把派放進烤箱加熱，多半都會記得拿出來趁熱吃掉，哪像妳讓它留在裡面變得又焦又脆。顯然妳不是一般人嘛。」

頭痛總是會讓瑪莉拉變得有點愛挖苦人。

「噢，對不起，」安妮懊惱地說。「我把派放進去以後就忘了，難怪我剛剛一直覺得餐桌上好像少了什麼。今天早上妳交代我做家事的時候，我就決定不再胡思亂想，一定要專心把事情做好。直到把派放進烤箱之前，我都做得滿好的，後來我又忍不住幻想自己是被魔咒囚禁在塔裡的寂寞公主，正在等待騎著黑色駿馬的帥氣騎士前來拯救，所以才把派忘得一乾二淨。我根本不知道自己漿了那些手帕。燙衣服的時候我一直在想，到底該幫黛安娜和我在小溪那邊發現的小島取什麼名字。那裡真的好美、好迷人喔，瑪莉拉。島上有兩棵楓樹，溪水正好從島的兩側流過，後來我終於想到，叫維多利亞島的話一定很棒，因為我們是在維多利亞女王生日那天發現的，黛安娜和我都非常效忠女王。關於派和手帕的事真的很抱歉。我今天要很乖很乖，因為今天是週年紀念日。瑪莉拉，妳還記得去年今天發生什麼事嗎？」

「我不記得有什麼特別的事。」

「噢，瑪莉拉，是我到翠綠莊園的日子啊！我永遠不會忘記，那是我生命中的轉捩點。對妳來說當然沒那麼重要啦。我已經快快樂樂地住在這裡一年了，雖然也惹了不少麻煩，但是麻煩總會過的。瑪莉拉，妳會後悔領養我嗎？」

「不會啊，怎麼會？」瑪莉拉說。有時她也很納悶，以前沒有安妮的日子到底是怎麼過的。

「一點也不後悔。安妮，如果妳功課寫完的話，幫我去巴瑞太太家問問看，能不能借我黛安娜的圍裙打樣。」

「喔……可是……可是天色太暗了。」安妮大喊。

「太暗？現在才傍晚耶，再說那條路天黑後妳也常走啊。」

「我明天一大早再過去，瑪莉拉，」安妮急切地說。「太陽一出來我就去。」

「安妮．雪利，妳又怎麼啦？我今天晚上就要用那個打樣幫妳做新圍裙。現在就去，動作快。」

「那我得繞遠路才行。」安妮勉為其難地拿起帽子。

「浪費半個小時繞遠路！我真搞不懂妳耶！」

「瑪莉拉，我不敢走鬼樹林啦！」安妮絕望地大喊。

瑪莉拉瞪了她一眼。

「鬼樹林！安妮，妳瘋啦？什麼鬼樹林？」

「就是小溪那邊的松樹林。」安妮的聲音小得像蚊子叫。

「別胡說八道了！哪有什麼鬼樹林！到底是誰跟妳講這些有的沒的？」

「沒有啦，」安妮坦白招認。「是我和黛安娜幻想樹林裡鬧鬼。附近這些地方都很……很……平凡，我們只是想好玩的。我們從四月就開始編故事了，瑪莉拉，鬼樹林聽起來多浪漫啊！

之所以選松樹林，是因為它非常幽暗，喔，我們還想出很悲慘的情節喔。傍晚時分，有個白衣女子沿著小溪漫步，她一邊走，一邊傷心地扭絞雙手，同時發出陣陣哭嚎。每當家裡有人快死的時候，她就會出現；另外，有個慘遭謀殺的小孩亡魂時常在綠野仙境的角落徘徊，他會悄悄溜到妳後面，用冰冷的指頭碰妳的手——就這樣。噢，瑪莉拉，我只要想到這些就全身起雞皮疙瘩。對了，還有一個無頭男幽靈出沒在小路一帶，骷髏也會從樹枝間突然竄出來怒目瞪視著妳。噢，瑪莉拉，現在我說什麼也不想在天黑後穿過鬼樹林了。我怕會有什麼白白的東西從樹後面伸出手來抓住我。」

「從來沒聽過這麼荒謬的事！」原本聽得目瞪口呆的瑪莉拉突然大叫。「安妮．雪利，妳的意思是，妳相信自己編出來的這些鬼話都是真的？」

「不算完全相信啦，」安妮遲疑了一下。「至少白天我就不相信。可是天黑以後就不同了，瑪莉拉。那是鬼魂遊走的時候。」

「安妮，世界上沒有鬼。」

「喔，當然有，瑪莉拉！」安妮急切地大喊。「我知道有人看過，而且他們都是很正經的人。查理．史隆說他奶奶在他爺爺下葬一年後的某個晚上，看見他趕牛回家。妳知道查理他奶奶是非常虔誠的教徒，絕對不可能說謊的。湯瑪斯太太的父親有天晚上被一隻全身著火的無頭羔羊追趕，羊脖子上還掛著一張羊頭皮。他說那是他哥哥的魂魄，來警告他九天內會死掉。結果過了九天他沒死，兩年之後才死了。妳看，世界上真的有鬼。露比說——」

「安妮．雪利，」瑪莉拉用強硬的口氣打斷她。「不准妳再這樣胡說八道。其實我一直對妳的想像力心存疑慮，如果這就是愛幻想的結果，我絕對不容許妳繼續這樣下去。妳現在立刻去巴瑞家，而且一定要穿過那片松樹林，算是給妳一個警告和教訓。別再讓我聽到妳說什麼鬼樹林了。」

安妮拚命哭求，因為她真的怕得要命。她隨著豐富的想像力一同出走，夜色降臨後的松樹林令她恐懼萬分。可是瑪莉拉堅決不讓步，她逼著畏畏縮縮的鬼故事大師走向泉水，命令她直接過橋，踏進哭嚎女鬼和無頭幽靈蟄居的陰暗松樹林。

「瑪莉拉，妳好殘忍！」安妮哭哭啼啼地說。「要是我真的被白白的東西抓走，妳會有什麼感覺？」

「我願意冒這個險，」瑪莉拉冷冷地說。「妳知道我說話算話。我要把妳幻想出來的魔鬼趕走。快點，走啊！」

安妮硬著頭皮往前走，踉踉蹌蹌地過了橋，接著全身發抖地走向昏暗又恐怖的小路。安妮永遠也忘不了這次恐怖的夜行經驗，也很後悔自己縱容想像力恣意妄為。幻想中的鬼怪潛伏在周遭的暗影裡，隨時都有可能伸出滿是枯骨的冰冷雙手，抓住那個賦予它們生命、嚇得半死的小女孩。有片白樺樹皮順著風勢從谷地上飄了起來，在空中不停飛舞，害她差點心跳停止；兩根老樹枝相互摩擦，發出了長長的咿呀聲，嚇得她額頭直冒冷汗，而黑暗中俯衝而下的蝙蝠有如怪物的翅膀，從她頭頂上呼嘯而過。抵達威廉．貝爾先生家的牧場後，安妮立刻拔腿就跑，從草原上飛奔而過，彷彿後面有一大群白色幽靈正在追她似的；跑到巴瑞家的廚房門口時，她已經累到喘不過氣，差點說不出自己是要來拿圍裙打樣的。由於黛安娜不在，因此安妮沒有理由逗留，不得不面對恐怖的回家之路。她決定閉著眼睛走回去，寧可一頭撞上樹幹，也不願看見白色的幽魂。最後，她終於跌跌撞撞地走過圓木橋，帶著顫抖深吸一口氣，心中的大石頭總算落下了。

「看樣子妳沒有被鬼抓走嘛。」瑪莉拉無情地說。

「噢，瑪……瑪莉拉，」安妮嚇得牙齒直打顫。「以後平……平凡的地……地方我就滿……滿足了。」

# 二十一　蛋糕事件

「天啊，這個世界就跟林德太太說的一樣，不是相遇，就是別離。」六月的最後一天，安妮一邊傷心地說，一邊把寫字板和書本放在廚房桌上，再用一條濕答答的手帕擦擦哭紅的雙眼。「還好我今天有多帶一條手帕去學校，瑪莉拉，我有預感可能用得上。」

「沒想到妳這麼喜歡菲利普老師，居然因為他的離開需要用到兩條手帕擦眼淚。」瑪莉拉說。

「我應該不是因為喜歡菲利普老師才哭的，」安妮想了一下。「大家都在哭，所以我也哭了。都是露比啦，是她先開始的。她老是說自己最討厭菲利普老師了，可是老師一站起來說離別感言的時候，露比突然迸出眼淚，接著其他女生也開始一個個哭了起來，可是我拚命忍住，瑪莉拉。我努力回想當初菲利普老師是怎麼逼我跟吉──跟男生坐在一起，還有他在黑板上寫我名字的時候少寫一個妮，又笑我拼字能力很爛、幾何學學不好，而且他講話總是酸言酸語，讓人覺得很反感；可是不知道為什麼，瑪莉拉，我就是忍不住，我非哭不可。珍．安德魯早在一個月前就說，如果菲利普老師離開，她絕不流一滴眼淚，結果她哭得比誰都慘，但她原以為自己不需要手帕所以沒帶，最後只好跟她弟弟借來用。男生當然都沒哭啦。噢，真的好揪心喔，瑪莉拉。對了，菲利普老師的離別感言開場白好美，他說：『分離的時刻到了。』真的好感人，瑪莉拉，老師眼中也閃著淚光。我好後悔自己上課老是愛聊天，還在寫字板上亂畫他的畫像，也常常取笑他和普莉西。如果我也像蜜妮．安德魯那樣乖乖當個模範生，現在就不會良心不安了。女生全都一路哭著回家。凱莉．史隆每隔幾分鐘就說『分離的時刻到了』，害我們好不容易平復下來的情緒再起波瀾，大家又哭成一團。我覺得好難過喔，瑪莉拉，不過一想到兩個月的暑假即將開始，要繼續絕望下去也很難吧？喔，我們還在路上碰到剛下火車的新牧師和牧師娘，雖然菲利普老師要離開讓我覺得很難過，但我就是忍不住對新牧師感到好奇。牧師娘長得很美——不算是嫵媚的那種美，我猜牧師娶個嫵媚的太太也不太好，怕會引起非議吧。林德太太說，新橋鎮的牧師娘就是因為穿著太時尚才引發議論。我們新來的牧師娘身穿藍色燈籠袖棉布洋裝，頭上還戴著有玫瑰綴飾的帽子。珍．安德魯說牧師娘穿燈籠袖太俗氣了，但我可沒說出這麼刻薄的話，瑪莉拉，因為我了解嚮往燈籠袖的心情，更何況她才剛當上牧師娘，應該多體諒一下，對吧？牧師館可以入住之前，他們會先暫住在林德太太家。」

當天傍晚，瑪莉拉去了林德太太家，說是要歸還去年冬天借的縫紉用具。若要說瑪莉拉別有目的，其實也是大部分艾凡利村民共通的可愛毛病。林德太太常常把自家用品借給左鄰右舍，有時甚至有去無回，那天晚上卻紛紛有人上門來還東西。很少有大事發生的僻靜小鎮來了一位新牧師，還帶著妻子一同上任，自然成為眾所矚目的焦點。

安妮口中那位缺乏想像力的老班特利先生已經在艾凡利當了十八年的牧師。他上任之前太太就去世了，後來一直沒有再娶，但每年村子裡都有謠言說他要娶這個、那個或另一個。去年二月他正式辭職，並在信眾依依不捨的氛圍環繞下離開了艾凡利；雖然大多數人覺得老牧師講道的缺點不少，但長年相處下來依舊培養出深厚的情感。自此之後，艾凡利教堂每個禮拜都會安排不同的候選與「候補」牧師上臺布道，進行各式各樣的宗教「表演」，然後由信眾們評比，決定是否適任。然而評選牧師不僅是大人的事，乖乖坐在卡斯柏家位子上的紅髮安妮也有自己的看法；她和馬修熱烈討論了起來，瑪莉拉則認為不應該批評牧師，所以從不發表任何意見。

「馬修，我覺得史密斯先生不太適合。」安妮下了最終結論。「林德太太說他講得很爛，我倒覺得他最大的缺點就跟班特利先生一樣，也就是缺乏想像力。話說回來，泰瑞先生的想像力又太豐富了，真真假假分不清楚，就跟我的鬼樹林一樣，而且林德太太說他的神學理論不夠扎實。葛賢先生是個很虔誠的好人，但他講道的時候太愛說笑話，老是把大家逗得哈哈大笑，不夠莊重。馬修，當牧師的人必須莊重一點，不是嗎？我覺得馬歇爾先生很有魅力，可是林德太太特地打聽了一下，他既沒結婚、也沒訂婚，她說年輕的單身牧師完全不適合艾凡利，因為他可能會跟其中一個信眾結婚，這樣會出問題的。馬修，林德太太好有遠見喔，對不對？我很高興他們選了艾倫先生。我喜歡他，因為他講道很有趣，禱告也很虔誠，看起來非常認真，而不是因為習慣才禱告的。林德太太說他算不上理想人選，但牧師年薪只有七百五十元，我們也不能要求那麼多，而且她仔細問過他各種教義問題，他的神學理論扎實多了。牧師娘的娘家她也認識，都是值得尊敬的好人，女性也很善於持家。林德太太說，牧師家庭的理想組合就是男的有良好的神學素養，女的善於持家。」

新來的年輕牧師夫婦還在蜜月中，看起來非常親切，對自己選擇的職涯充滿熱情與熱忱。艾凡利村民打從一開始就對他們敞開心胸，不論男女老少都很喜歡這個個性樂觀坦率、擁有崇高理想的艾倫牧師，以及身材嬌小、溫柔聰明的牧師娘。安妮很快就全心全意愛上了艾倫太太。她又找到一個心靈相通的人了。

「艾倫太太好可愛喔，」安妮在某個禮拜天下午說道。「現在她教我們主日學，她是個很棒的老師。課堂一開始她就說，只有老師發問太不公平了。瑪莉拉，妳知道嗎？這就是我一直以來的看法。她說我們可以問她任何問題，所以我就問了好多。瑪莉拉，我最會問問題了。」

「是啊。」瑪莉拉特別加強語氣。

「除了我之外，只有露比．吉利斯問問題，她問今年夏天主日學校會不會辦野餐活動。我覺得她的問題很不恰當，因為跟課程完全無關。我們正在講但以理在獅子坑裡的故事——可是艾倫太太只笑笑說應該會吧。艾倫太太的笑容好迷人，而且臉頰上還有兩個漂亮的小酒窩。真希望我的臉頰上也有酒窩，瑪莉拉，我已經比剛來的時候胖了，可是還是沒有酒窩。如果我有酒窩的話，說不定就能對別人產生好的影響。艾倫太太說，我們應該要試著對別人產生好的影響。她不管講什麼都好好聽。我以前從來不知道宗教是這麼令人愉快的事。我一直以為宗教有點鬱悶，可是艾倫太太一點都不鬱悶。如果我能變得像她一樣，那我也要當基督徒，但千萬不能變成像貝爾校長那種的。」

「不准妳這麼說貝爾校長，」瑪莉拉厲聲喝斥。「他是個很好的人。」

「對，他真的很好，」安妮同意。「但他好像沒有從中得到任何安慰。如果我是好人，我會整天又唱又跳，因為我很開心自己是個好人。我想艾倫太太的年紀已經大到不能唱唱跳跳了，再說牧師娘的舉止要非常莊重才行。不過我感覺得出來她很高興自己是基督徒，就算不當基督徒也能上天堂，她還是會選擇當基督徒。」

「改天我們一定要請艾倫夫婦來家裡喝茶，」瑪莉拉若有所思地說。「其他地方他們大多都走遍了，可是還沒來過翠綠莊園。我想想……下禮拜三應該可以，不過先別跟馬修說，不然他八成會找藉口逃避。他很習慣班特利牧師，所以不覺得彆扭，而且要他認識新牧師已經很難了，再加上新的牧師娘……那不嚇死他才怪。」

「我一定會保守祕密。」安妮保證。「噢，對了，瑪莉拉，那天下午茶的蛋糕可不可以讓我來做？我好想幫艾倫太太做點什麼，而且妳也知道，我現在很會做蛋糕了。」

「妳可以做個夾心蛋糕。」瑪莉拉答應了。

禮拜一和禮拜二兩天，翠綠莊園都在為了即將到來的下午茶做準備。請牧師夫婦來家裡喝茶是件嚴肅又重要的大事，瑪莉拉下定決心，不讓艾凡利其他家庭主婦專美於前，安妮更是興奮得要命。禮拜二傍晚，安妮和黛安娜伴著暮色，坐在「森林仙女的泡泡」旁的紅色巨岩上一邊聊天，一邊用沾有冷杉樹脂的細枝在水面上畫彩虹。

「我們準備得差不多了，黛安娜，只剩下我明天早上要做的蛋糕，還有瑪莉拉在午茶時間前新鮮現做的手工餅乾。我和瑪莉拉這兩天忙得團團轉，招待牧師夫婦喝茶真是責任重大，我以前從來沒有這種經驗。妳一定要看看我們的儲藏室，好壯觀喔。我們準備了雞肉凍、冷牛舌、一紅一黃兩種顏色的果凍、鮮奶油、檸檬派、櫻桃派、三種餅乾、水果蛋糕，還有瑪莉拉最拿手的黃李子蜜餞，這種蜜餞是她特別留給牧師的，再加上磅蛋糕、我的夾心蛋糕、剛才說的手工餅乾，以及新烤好的麵包和放了一陣子的麵包，以免牧師因為消化不良無法吃新麵包。林德太太說牧師都有消化不良的毛病，但我覺得艾倫先生才做牧師沒多久，應該不會有什麼影響吧。一想到我的夾心蛋糕，我就全身發冷。黛安娜，要是做得不好吃怎麼辦？昨天晚上我就夢到有個頂著夾心蛋糕頭的怪物追著我跑。」

「一定會很好吃的，」黛安娜安慰她說。「兩個禮拜前，我們不是在綠野仙境吃午餐還有妳做的蛋糕嗎？那個就很好吃啊。」

「對啦，可是蛋糕這種東西有個討厭的壞習慣，當妳特別希望它們完美無瑕的時候就會出差錯。」安妮嘆了口氣，順手把一根樹脂特多的樹枝拋進水裡。樹枝在水面上漂呀漂的。「不過，我想也只能摻麵粉時小心一點，一切交給上帝了。噢，妳看，那道彩虹好美喔！妳想我們走了之後，森林仙女會不會跑出來拿彩虹當圍巾呢？」

「妳知道森林仙女根本不存在。」黛安娜說。她媽媽聽說鬼樹林的事之後非常生氣，因此黛安娜再也不敢胡思亂想，就算是善良無害的森林仙女，她也覺得還是不要相信比較好。

「可是幻想她存在太容易了，」安妮說。「每天晚上睡覺前，我總是望著窗外，心想森林仙女是不是坐在那裡，把泉水當成鏡子梳頭。有時到了清晨，我也會在滿地的露水中尋找她的足跡。噢，黛安娜，請妳不要放棄，相信森林仙女的存在吧！」

終於，禮拜三悄悄降臨。安妮在天空露出魚肚白時就起床了，因為她興奮到根本睡不著覺。昨晚她在泉水邊玩水玩得太晚，結果得了重感冒；然而除非是肺炎，否則任何事都無法破壞她為牧師夫婦做蛋糕的興致。吃完早餐後，安妮開始做蛋糕；蛋糕終於送進烤箱的那瞬間，她深吸了一口氣。

「我很確定這次沒有忘記任何步驟，瑪莉拉。妳覺得蛋糕會不會發啊？萬一發粉壞了怎麼辦？我是用新買的發粉，可是林德太太說現在什麼東西都摻假，我們根本不知道自己買來的發粉到底好不好。她說政府應該扛起這個責任，但除非把現任政府換掉，要不然永遠不會有改善的一天。瑪莉拉，要是蛋糕沒發怎麼辦？」

「我們還有很多別的蛋糕。」瑪莉拉淡然地說。

結果蛋糕發得非常漂亮，從烤箱裡拿出來時，就像金黃色的泡沫一樣又鬆又軟。安妮開心得滿臉通紅，急忙在上面抹了一層又一層紅色果凍，同時想像艾倫太太吃得香甜的模樣，說不定還會再要一片呢！

「瑪莉拉，妳一定會用最好的茶具吧？」她說。「我可不可以用蕨類植物和野玫瑰來裝飾餐桌？」

「我覺得那些裝飾根本亂來，」瑪莉拉輕蔑地哼了一聲。「好吃最重要，裝飾一點用處也沒有。」

「巴瑞太太的餐桌就有裝飾，」狡黠的安妮故意刺激瑪莉拉。「牧師讚不絕口，還說那一餐既是味覺、也是視覺的饗宴。」

「好吧，隨便妳，」瑪莉拉一點也不想輸給巴瑞太太或其他人。「記得要留足夠的空間放餐盤和食物。」

於是安妮使出渾身解數，利用大量玫瑰花、蕨類植物及其自身獨特的藝術品味，把餐桌裝飾得美輪美奐，無論風格或手法都遠勝過巴瑞太太，就連牧師夫婦看了也驚呼連連，異口同聲地說：「太美了！」

「是安妮布置的。」瑪莉拉嚴肅地說；艾倫太太讚賞的微笑讓安妮覺得自己幸福到快受不了了。

馬修也一起參加茶宴，至於安妮是怎麼把他騙來的，只有天知，地知，安妮知。馬修從以前就一直很緊張、很害羞，瑪莉拉都已經放棄他了，可是安妮這次卻成功讓他穿上最體面的衣服和白襯衫，坐在餐桌前跟牧師聊得起勁。他從頭到尾都沒有跟艾倫太太交談，或許也沒有人指望他這麼做吧。

一切的一切宛如婚禮鐘聲般充滿歡樂和愉悅，直到安妮的夾心蛋糕上桌為止。艾倫太太已經品嘗過各式各樣的美食，所以婉謝了。看到安妮臉上失望的表情，瑪莉拉笑著說：

「噢，艾倫太太，吃一塊吧。這是安妮特別為妳做的。」

「哦？那我一定要嘗嘗。」艾倫太太笑著拿起一塊鬆軟的三角形蛋糕，牧師和瑪莉拉也各拿了一塊。

艾倫太太吃了一口，臉上立刻露出奇特的表情，但是她什麼也沒說，繼續慢慢吃著。瑪莉拉見狀，連忙嘗了一口。

「安妮．雪利！」她大叫。「妳到底在蛋糕裡放了什麼啊？」

「瑪莉拉，我照食譜放的啊！」安妮大聲說道，一臉痛苦的樣子。「怎麼了，不好吃嗎？」

「好吃？難吃死了！艾倫太太，別再吃了。安妮，妳自己嘗嘗看。妳加了什麼香料？」

「香草精，」吃了一口蛋糕的安妮羞愧得滿臉通紅。「我只加了香草精。噢，瑪莉拉，一定是發粉的關係。我懷疑那些發──」

「發粉個頭！去把妳用的那瓶香草精拿來！」

安妮飛快跑向儲藏室，回來時手裡多了一個裝滿褐色液體的小瓶子，上面有張泛黃的標籤寫著「高級香草精」。

瑪莉拉接過瓶子，拔開木塞聞一聞。

「天啊，安妮，妳加在蛋糕裡的是止痛藥水。上禮拜我把藥瓶打破了，所以就把剩下的藥水裝在舊的香草精瓶子裡。我想我也有錯……應該告訴妳一聲，可是……哎，妳怎麼會聞不出來呢？」

面對雙倍的恥辱，安妮不禁潸然淚下。

「我聞不出來……我感冒鼻塞了！」話一說完，她立刻快步跑回東廂房，趴在床上哭得死去活來。

過沒多久，樓梯上傳來輕柔的腳步聲，接著有人走進房間。

「噢，瑪莉拉，」安妮埋著頭哽咽地說。「我好丟臉，簡直是一生的汙點，我永遠忘不了這種恥辱。這件事一定會傳出去——艾凡利一向都是壞事傳千里。黛安娜會問我蛋糕做得怎麼樣，我只好說實話。從今以後，大家都會對我指指點點，笑我是個把止痛藥水加在蛋糕裡的笨蛋，吉——學校裡的男生也會沒完沒了地嘲笑我。噢，瑪莉拉，要是妳有點身為基督徒的同情心，現在先別叫我下樓洗碗，等牧師和牧師娘走了之後我再洗。我再也沒臉去見艾倫太太了，說不定她還以為我想毒死她呢。林德太太說她知道有個孤兒曾經設法毒死領養她的恩人，可是止痛藥水本來就是拿來喝的，又不是毒藥，只是不能摻進蛋糕裡。瑪莉拉，請妳告訴艾倫太太好嗎？」

「不如妳從床上起來親自告訴她吧。」一個愉快的聲音說。

安妮立刻跳了起來，發現艾倫太太站在床邊，笑咪咪地看著她。

「親愛的，別哭了，」安妮悲痛欲絕的表情讓她覺得很不安。「那只是個有趣的錯誤而已，任何人都有可能犯這種錯的。」

「唉，不是，只有我才會犯這種錯。」安妮哀怨地說。「可是，艾倫太太，我真的很努力想為妳做出好吃的蛋糕⋯⋯」

「是，親愛的，我知道。我向妳保證，不管怎樣，妳的親切和貼心我都感受到了，真的很謝謝妳。現在不要再哭囉，陪我一起下樓，帶我參觀你們的花園吧。我想看看花園，因為我對花很有興趣。」

於是安妮便跟著艾倫太太走下樓，心裡覺得好安慰，同時暗自細想艾倫太太果然跟她心靈相通，真是老天保佑。接下來這段時間，沒有人再提起藥水蛋糕的事。牧師夫婦離開後，安妮發現，雖然出了一段可怕的小插曲，這個晚上過得還是滿開心的；即便如此，她仍重重嘆了一口氣。

「瑪莉拉，一想到明天又是沒有錯誤的新的一天，感覺真的好棒喔。」

「我敢說妳一定又會錯誤百出，」瑪莉拉說。「安妮，我從沒見過像妳這麼會出岔子的人。」

「嗯，我知道，」安妮一臉黯然地承認。「不過，瑪莉拉，妳有沒有發現我有一個振奮人心的優點？我從來不犯同樣的錯誤喔。」

「可是妳一直犯新的錯誤啊，有什麼差嗎？」

「噢，瑪莉拉，妳還不懂嗎？一個人犯錯的次數有限，等我犯完所有的錯之後，我就再也不會犯錯了。想到這裡我就覺得很安慰。」

「哎，妳還是拿蛋糕去餵豬吧，」瑪莉拉說。「妳的蛋糕不是給人吃的，就算是傑利也吃不下去。」

# 二十二　牧師館午茶約會

「妳眼睛睜那麼大幹嘛？」瑪莉拉看著剛從郵局回來的安妮問道。「又找到心靈相通的人啦？」安妮全身上下洋溢著滿滿的興奮，雙眼炯炯有神，整張臉容光煥發，就像風中仙子一樣，在柔和的陽光與慵懶的八月暮色中，蹦蹦跳跳地沿著小路走回家。

「沒有啦，瑪莉拉，可是妳知道嗎？牧師娘請我明天下午去牧師館喝茶喔！她留了一封信在郵局給我。瑪莉拉，妳看，『致翠綠莊園的安妮．雪利小姐』，這輩子第一次有人叫我小姐，我看到的時候好激動喔！我要把這封信跟其他寶貝放在一起，永遠珍藏。」

「艾倫太太有跟我說了，她打算輪流邀請每一位主日學學生喝茶。」面對這麼棒的好消息，瑪莉拉的反應非常淡然。「不需要興奮成這樣，孩子，要學會冷靜看待每一件事。」

要安妮冷靜看待每一件事，就等於要她改變性情。充滿活力、個性像火又像水的她，對生活中所有愉悅與痛苦的感受比別人強上三倍，瑪莉拉很清楚這一點，也有點擔心人生中的起起落落會讓她這個衝動的靈魂難以承受（殊不知她快樂的能量同樣豐沛，足以撫平那些負面情緒和傷痛），因此瑪莉拉認為自己有責任把安妮調教成冷靜沉穩的人，然而這種期望就像要灑在小溪淺灘的陽光不准隨著流水躍動一樣奇怪，也絕不可能做得到。安妮難過地承認自己確實沒什麼長進，只要有什麼希望或計畫落空，她就會「墜入痛苦的深淵」；若是一切順利圓滿，她又會開心到飛上天，樂得頭暈目眩。瑪莉拉開始感到絕望了，她覺得安妮似乎永遠不可能變成一個端莊文靜、舉止得宜的女孩，也不認為自己會喜歡那樣的她。

那天晚上，安妮帶著難過的心情默默上床睡覺，因為馬修說外面吹起了東北風，他擔心明天可能會下雨。屋外的白楊樹葉窸窣作響，聽起來好像啪嗒啪嗒的雨聲，讓她心煩意亂；另外，她一直以來都很愛聆聽遠方海灣的潮水澎湃，但此時那奇特、響亮且縈繞不絕的節奏聽在這個希望天公作美的女孩耳裡，就像是暴風雨的前兆。安妮以為天永遠不會亮了。

不過，事情有開始就有結束，就算是受邀前往牧師館喝茶的前一晚也一樣。第二天一大早，天氣既清澈又晴朗，馬修的預測失準了。安妮的情緒一下子衝到最高點。「噢，瑪莉拉，我今天不知道為什麼覺得好開心，不管碰到誰我都會很喜歡喔！」她一邊洗早餐用的碗盤，一邊大聲宣布。「妳不知道我的心情有多好！如果能一直這樣下去不是很棒嗎？要是有人天天請我喝下午茶，那我一定可以變成人見人愛的乖小孩。可是，瑪莉拉，下午茶是很莊重的場合，我好緊張喔，要是我的行為不得體怎麼辦？妳也知道，我從來沒有在牧師館喝過茶，雖說我搬來這裡後就時常閱讀報紙上的禮儀專欄，但我也不確定自己有沒有把所有規矩弄清楚……我真的很怕會做出什麼蠢事，或忘了該做什麼。假如我真的很想再吃一份茶點，算不算合乎禮節？」

「安妮，妳的問題就是太自我中心、老是想著自己，妳應該多替艾倫太太著想，什麼對她最好、最讓她開心，還有她能不能接受。」瑪莉拉總算提出她有生以來最中肯、最簡潔有力的忠告，安妮一聽就懂了。

「妳說得對，瑪莉拉。我會試著把自己忘了。」

從牧師館出來後，安妮在美麗燦爛、橙紅與粉紅雲彩遍布的黃昏天空下慢慢走回家，心裡覺得好幸福，顯然這次的下午茶一切順利，沒發生什麼「失禮」的事。疲倦的她坐在廚房門邊的紅砂岩石板上，頭靠著瑪莉拉格紋裙下的大腿，開心地述說茶會的經過。

沁涼的晚風從西邊山上的松樹林襲來，拂過豐收的田野，穿越白楊樹林，發出颯颯的聲音；

果園上方掛著一顆清晰明亮的星星，戀人小徑上則有螢火蟲在蕨類植物與窸窣作響的枝椏間穿梭。安妮一邊說，一邊望著眼前的景致，覺得風啊星星啊螢火蟲啊全都糾纏在一起，形成一幅甜美迷人、難以形容的畫面。

「噢，瑪莉拉，我度過了非常美好的一天。我覺得自己沒有白活，就算以後再也沒有人請我去牧師館喝茶，我的感覺還是一樣。我到的時候，艾倫太太就在門口迎接，她穿了一件好漂亮的淡粉色薄紗洋裝，五分袖，上面有好多褶邊，看起來就像天使一樣。我長大以後真的很想當牧師娘，瑪莉拉，牧師應該不會在意我的紅頭髮，因為他不會去想這種世俗的事。不過牧師娘的個性一定要文靜端莊，我永遠不可能變成那樣，所以多想也沒用。有的人天生乖巧，有的人就不是，我就不是。林德太太說我充滿原罪，所以不管再怎麼努力，永遠不可能變得像天生乖巧的人那樣。我猜大概就像我學幾何學的時候一樣吧。可是妳不覺得努力也算是種成就嗎？艾倫太太是天生乖巧的人，我真的很愛她。妳知道，有些人，像馬修和艾倫太太，妳可以瞬間愛上他們，完全沒問題；還有些人，像是林德太太，妳必須很努力才有辦法愛他們。妳知道自己應該愛他們，因為他們什麼都懂，又很積極參與教會服事，可是妳得常常提醒自己，不然就會忘記。今天的客人還有一個來自白沙主日學校的女生，她的名字叫羅莉・布萊德利，是個非常乖巧的小女孩。妳知道，雖然我跟她沒有心靈相通，但她人還是很好。我們喝了優雅的下午茶，我想我的舉止應該很得宜。喝完茶之後，艾倫太太彈琴唱歌，還請我跟羅莉一起唱。艾倫太太說我的聲音很美，又說我之後一定要參加主日學校的唱詩班。妳不知道，光是想到這個我就好興奮，我早就想跟黛安娜一樣在唱詩班唱歌了，只是我很怕那是我永遠無法企求的榮耀。羅莉必須提早離開，因為今晚白沙旅館有一場大型音樂會，她姊姊要上臺表演朗讀。羅莉說，住在旅館裡的美國人為了資助夏洛特鎮醫院，每隔兩週就會舉辦一次音樂會，邀請白沙村民朗誦詩詞，然後又說她覺得自己總有一天也會收到邀請。在她講這些話的同時，我一直用敬畏的眼光看著她。羅莉走了之後，艾倫太太跟我談心，我把湯瑪斯太太和雙胞胎、凱蒂、紫羅蘭、來到翠綠莊園，還有我幾何學很爛這些事全都告訴她了。瑪莉拉，妳相信嗎？艾倫太太說她的幾何學也很爛。妳不知道這對我來說是多大的鼓勵。喔，林德太太正好在我離開前來到牧師館。妳猜發生什麼事了，瑪莉拉？學校董事會聘請了一位新老師，而且是女老師，名叫茉莉・史黛西。這個名字很浪漫對不對？林德太太說艾凡利從來沒請過女老師，她認為這項創舉太冒險了。我倒覺得女老師很棒。現在離開學還有兩個禮拜，真不知道要怎麼熬過去……我好想趕快看到新老師喔。」

# 二十三　都是面子惹的禍

結果安妮等了不止兩個禮拜。距離藥水蛋糕事件已過了將近一個月，安妮再度進入「闖禍高峰期」，惹出不少小麻煩，像是把一鍋原本應該倒進餵豬桶的脫脂牛奶倒進毛線球籃子裡，或是走在圓木橋上一邊幻想，想得太入神就這樣走過了頭，一腳踩進小溪。不過這些還不算什麼。

安妮受邀到牧師館參加午茶約會後一週，黛安娜在家裡舉辦派對。

「只有少數經過挑選的人才能去，」安妮對瑪莉拉說。「全都是我們班的女生。」

大家玩得非常開心，一切安好，沒有出現什麼意外情況。下午茶結束後，她們來到巴瑞家的花園，而且平常玩的遊戲都已經玩膩了，此時不調皮搗蛋，更待何時？於是幾個小女生開始玩起了「大冒險」。

「大冒險」是當時艾凡利小朋友之間廣為流行的遊戲，剛開始只有男生在玩，後來連女生也淪陷了。艾凡利學生那年夏天因為玩「大冒險」而做的蠢事多到可以寫成一本書呢。

首先是凱莉．史隆挑戰露比．吉利斯，問她敢不敢爬上門前那棵高大的老柳樹，而且還要爬到一定的高度；露比雖然很怕樹上一條又一條肥滋滋的綠色毛毛蟲，也怕不小心勾破身上的新洋裝被媽媽罵，但她還是手腳靈活地爬上去了。凱莉．史隆難堪地吞下首敗。接著喬西．派伊挑戰珍．安德魯敢不敢用左腳單腳繞著果園跳一圈，中途不准停下來，右腳也不准著地；珍勇敢接受挑戰，可是才跳到第三個轉角就不得不認輸。

喬西得意忘形的嘴臉讓人看不下去，於是安妮．雪利提出挑戰，問她敢不敢爬上果園東側的圍牆，沿著牆頂走一遍。要在高高的圍牆上行走不僅需要很多技巧，也必須保持頭部與腳跟的平衡，從來沒嘗試過的新手是很難成功的。不過，喬西雖然人緣不好，至少還有走圍牆的天分，再加上她平常都有在練習，因此輕輕鬆鬆就走過巴瑞家的圍牆，毫不費力，一副「這點小事根本不值得挑戰」的樣子，其他人只好心不甘情不願地表示佩服，因為無論她們怎麼努力就是做不到。喬西躍下圍牆，對安妮拋了一個示威的眼神，紅通通的臉上閃著勝利的光芒。

安妮甩甩她的紅色髮辮。

「我覺得走這麼小小一段的矮圍牆也沒什麼了不起，」她說。「我知道馬利斯維有個女生可以在屋脊上走來走去。」

「我才不信，」喬西冷冷地說。「我不相信有人可以走在屋脊上。至少妳就不行。」

「哦，是嗎？」安妮輕率地大聲回應。

「那我就挑戰妳，」喬西挑釁地說。「看妳敢不敢在巴瑞太太的廚房屋頂上走來走去。」

安妮的臉頓時一片慘白，不過也只能硬著頭皮爬上屋頂了。她走向屋子，廚房屋簷下正好有一把梯子靠在牆邊。「噢！」其他五年級女生半興奮、半驚愕地叫了起來。

「不要吧，安妮，」黛安娜求她。「妳會摔死的！別管喬西．派伊啦，挑戰別人做危險的事真的很不公平。」

「我一定要上去，這是面子問題。」安妮嚴肅地說。「黛安娜，我要麼走過屋脊，要麼掉下去摔死。如果我死了，我的珍珠戒指就留給妳做紀念。」

大家全都屏住呼吸，靜靜地看著安妮。安妮爬上梯子、踩上屋脊，好不容易在不太穩固的立足點上取得平衡，開始往前走；頭暈目眩的她這才意識到自己站得好高，這下子就算是想像力也幫不了什麼忙。然而，她才勉強走了幾步，災難就降臨了。底下那群圍觀的女生都還來不及驚叫，安妮就突然身子一晃，重心不穩，腳步踉蹌地摔了一跤，滑下被陽光曬得熱燙的屋頂，最後「砰！」一聲掉進糾結交纏的濃密藤蔓裡。

假如安妮是從她剛剛爬上去的那端屋簷摔下來，黛安娜可能就要收下那枚珍珠戒指了。幸好她是從另一端摔下來，那邊的屋簷一直往下延伸到靠近地面的門廊上方，所以掉下來就沒那麼嚴重。然而黛安娜和其他人以飛快的速度繞過屋子，瘋狂衝向安妮的所在位置（除了露比之外，驚嚇過度的她好像腳底生根一樣站在原地，情緒異常激動），只見臉色蒼白的安妮全身癱軟，倒臥在藤蔓的斷枝殘葉裡。

「安妮，妳死了嗎？」黛安娜放聲尖叫，在安妮身邊跪了下來。「噢，安妮，親愛的安妮，妳回答我啊，告訴我妳死了沒有？」

頭昏眼花的安妮坐了起來，不太有把握地說：「嗯……沒有，黛安娜，我沒死，只是暈過去了。」女孩們全都大大鬆了口氣，尤其是喬西，雖然她沒什麼想像力，但她也知道，要是安妮真的出了什麼意外，自己就會被貼上「害安妮‧雪利早夭慘死」的可怕標籤，成為永遠的罪人。

「哪裡？」凱莉‧史隆哭哭啼啼地問道。「噢，安妮，妳哪裡受傷了？」安妮還來不及回答，巴瑞太太就出現了。一見到她，安妮拚了命想站起來，最後卻只能痛苦地哀號一聲，再度倒在地上。

「怎麼了？哪裡受傷了？」巴瑞太太問道。

「腳踝，」安妮氣喘吁吁地說。「噢，黛安娜，可不可以請妳爸爸送我回家？我知道自己絕對走不回去，也不能單腳跳回家，畢竟連珍都沒辦法繞著果園跳一圈了。」

瑪莉拉正在果園裡摘夏日蘋果，突然看見巴瑞先生抱著安妮經過圓木橋走上山坡，旁邊跟著巴瑞太太，還有一群小女孩尾隨在後。安妮的頭無力地靠著巴瑞先生的肩膀。

那一瞬間，恐懼有如利刃般狠狠刺進瑪莉拉的心，她恍然大悟，終於明白安妮對她來說有多重要。以前她會承認自己喜歡安妮——不，是非常喜歡，可是直到現在，在她瘋狂跑下山坡這一刻，她才知道世界上沒有什麼比安妮更珍貴了。

「巴瑞先生，安妮怎麼了？」她喘得上氣不接下氣，慘白的臉上寫滿驚嚇與恐懼，一點也不像平常冷靜又理智的瑪莉拉。

安妮抬起頭來親口回答：「別怕，瑪莉拉，是我走在屋脊上的時候不小心跌下來，大概是扭到腳踝了，還好沒有摔斷脖子。我們應該往好的地方想嘛。」

「我就知道讓妳參加派對一定會惹出這種麻煩。」聽到安妮還能說話，瑪莉拉總算放心了，於是又恢復到從前潑辣的模樣。「巴瑞先生，請你抱她進來，讓她躺在沙發上。天啊，這孩子昏過去了！」

沒錯，安妮痛得昏死過去，又一個願望實現了。

在田裡收割作物的馬修立刻被叫回家，隨即又匆匆出門請醫生，醫生也很快就來了，發現安妮的傷勢比他們想得還要嚴重。她摔斷了腳踝。

當天晚上，瑪莉拉上樓來到東廂房，只見臉色蒼白的安妮躺在床上傷心地說：「瑪莉拉，妳會不會覺得我很可憐？」

「是妳自作自受。」瑪莉拉一邊說，一邊放下窗簾，點上一盞燈。

「所以妳才應該要覺得我可憐啊，」安妮說。「就因為是我自己的錯才會這麼難受。要是可以怪罪別人，我會覺得比較好過一點。瑪莉拉，如果有人挑戰妳走屋脊，妳會怎麼做？」

「我會穩穩站在地上，別人愛怎麼挑戰隨便！真是亂來！」瑪莉拉說。

安妮嘆了口氣。

「瑪莉拉，妳的心性很堅強，但我卻不是。我就是受不了喬西瞧不起我，她會取笑我一輩子的。我已經受到懲罰了，瑪莉拉，希望妳不要生我的氣，再說醫生幫我固定腳踝的時候痛死我了。我大概有六、七個禮拜不能走路，也看不到新來的女老師，等到我可以上學的時候，她就不再是新老師了，吉——大家的功課都會比我好。噢，我真的好可憐喔。可是，瑪莉拉，只要妳不生我的氣，我就會勇敢熬過這一切。」

「好，好，我不生氣。」瑪莉拉說。「妳這孩子真的很倒楣，但就像妳說的，妳吃到苦頭了。現在吃點晚餐吧。」

「幸好我有豐富的想像力，對不對？」安妮說。「想像力應該可以幫我度過這段日子。瑪莉拉，那些缺乏想像力的人要是摔斷骨頭的話怎麼辦啊？」

安妮就這樣靠著想像力撐過接下來單調又乏味的七個禮拜，但不光只有想像力而已，她的訪客很多，每天都有一、兩個女同學帶著鮮花和書本來看她，告訴她艾凡利學校裡發生的大小事。

「大家都好關心我喔，瑪莉拉，」安妮開心地嘆了口氣，今天是她受傷後第一次下床一拐一拐地走路。「躺在床上雖然很難受，但還是有好的一面，能知道自己有多少朋友。瑪莉拉，就連主日學校的貝爾校長都來看我耶！他人真好，雖然我們並不合拍，我還是很喜歡他，也很後悔以前批評過他。現在我相信他禱告的時候是認真的，只是習慣擺出一副漫不經心的樣子而已，要是他願意多花點心思就會不一樣了。我很明白地暗示他，說我是怎麼讓自己的禱告詞變得有趣。他說他小時候也摔斷過腳踝。沒想到貝爾校長也當過小孩，感覺好奇怪，而且呀，原來我的想像力也有極限，因為我想像貝爾校長小時候的模樣想了老半天，可是腦海中的他還是戴著眼鏡、鬍子灰白，就跟他在主日學校一樣，只是個子小了一點。不過想像艾倫太太小時候的模樣就很容易。她已經來看過我十四次囉，瑪莉拉，很值得驕傲對不對？畢竟牧師娘那麼忙！而且她來看我的時候，我都覺得好高興，她從來不會說『這是妳的錯，以後要學乖喔』。每次林德太太來看我都會這麼說，可是聽她講話的口氣又像是希望我能變乖，卻不認為我做得到。就連喬西・派伊都有來看我喔。我盡量對她客氣一點，因為我猜她很後悔挑戰我走屋脊吧。假如我不幸摔死，她就得背負這個沉重的包袱一輩子。黛安娜是個很忠誠的好友，每天都來逗我開心，讓我不會孤零零一個人。噢，等到我可以上學一定會高興死，因為我聽說了好多關於新老師的事，班上的女生都很喜歡她。黛安娜說她有一頭美麗的金色鬈髮、迷人的眼睛，也很會穿衣服，她的燈籠袖是全艾凡利最蓬的喔！隔週的禮拜五下午是朗讀課，她會讓每個同學朗讀一篇文章，或是唸一小段對白，噢，我一想到就好興奮喔！喬西・派伊說她很討厭這堂課，但那是因為她沒什麼想像力的關係。黛安娜、露比和珍正在練習，準備要在下禮拜五上課的時候唸一段名為〈清晨探訪〉的對白。不上朗讀課的禮拜五下午，史黛西老師會帶大家到樹林裡上課，研究羊齒植物、花草和鳥類。對了，每天早晚全班還要做體操。林德太太說她從來沒聽過有人這樣上課，都是因為來了個女老師才變成這樣。不過我覺得這樣很棒啊，我想我跟史黛西老師一定可以心靈相通。」

「安妮，有件事倒很清楚，」瑪莉拉說。「妳從巴瑞家的屋頂上摔下來，完全沒有傷到舌頭。」

# 二十四　師生音樂會

安妮痊癒得差不多、準備回學校上課的時候，已經是美好燦爛的十月了。放眼望去，到處都是鮮豔的紅色和金色，清晨的山谷薄霧繚繞，幻化成紫色、珍珠白、銀色、玫瑰色和煙燻藍，彷彿是秋日精靈特意把霧倒進來，好讓陽光吸乾水氣。田野上鋪了一層厚厚的露珠，宛如銀色的布料般晶亮閃爍；堆積在樹林窪地上的樹葉不時被風吹得沙沙響；白樺步道變成一條長長的黃色隧道，路上點綴著乾枯的褐色羊齒植物。空氣中瀰漫著一股強烈的氣味，鼓舞了女孩們的心，大家全都踩著輕快的腳步（不像蝸牛一樣慢吞吞的）、心甘情願地往學校走去。能夠再度和黛安娜一起坐在小小的書桌前、隔著走道對露比．吉利斯點頭打招呼、收到凱莉．史隆傳的紙條，還有茱莉亞．貝爾從座位底下偷偷遞來的口香糖，是多麼令人開心的事。安妮在整理書桌抽屜裡的圖卡與削鉛筆的同時，心滿意足地深吸了一口氣。人生真的很有趣。

新來的老師成為安妮另一個真誠的益友。史黛西老師是個聰明又有同情心的年輕女子，而且很有教育天賦，不僅贏得學生的喜愛，還能激發出他們在學業和品行上最優秀的一面。受到史黛西老師有益身心的正面影響，安妮有如花朵般自由綻放、不斷成長，總是在放學回家後對著滿心讚賞的馬修和挑剔的瑪莉拉，報告她在學校的優異成績與努力的目標。

「瑪莉拉，我好愛史黛西老師，全心全意地愛。她不僅高雅端莊，聲音也很甜美。每次她叫我名字的時候，我立刻就能憑直覺聽出那是加了一個妮的安妮。今天下午我們上了朗讀課，唉，真希望你們當時能在場聽我朗讀〈蘇格蘭的瑪麗女王〉，我唸的時候把靈魂都放進去了。露比在回家的路上跟我說，我詮釋『而今為了父親，我情願割捨兒女情長』這句話的方式，讓她全身上下的血液都凝固了。」

「哇，改天在穀倉裡唸給我聽聽吧。」馬修提議。

「沒問題，不過……」安妮沉思了一會兒。「少了全校學生屏氣凝神聽我朗讀的那種刺激感，我可能沒辦法讀得那麼精采。我知道自己一定沒辦法讓你的血液凝固。」

「林德太太說她上禮拜五看到那群男生爬上貝爾家的大樹摘烏鴉巢的時候，她的血液瞬間凝固了。」瑪莉拉說。「我不懂史黛西老師幹嘛鼓勵孩子爬樹。」

「我們是要拿鳥巢來做生物研究啊，」安妮解釋。「那天我們在上野外課。野外課真的很好玩，瑪莉拉，史黛西老師把每樣東西都解釋得好美，一聽就懂。上完之後我們還要把過程和心得寫成作文。我的作文寫得最好。」

「太自誇了吧？這種話還是讓老師說比較好。」

「就是她說的啊，瑪莉拉，我可沒自誇喔。我幾何學那麼爛，哪有可能自誇？不過我好像有點開竅了，史黛西老師講解得非常清楚，但我永遠沒辦法成為幾何高手，一想到這個就覺得好挫折。喔，我最喜歡寫作文了，史黛西老師大多都會讓我們自己選題目，不過下禮拜我們要寫一位了不起的人物，要從那麼多了不起的人物當中挑一個真的好難喔。人死了還能被寫成作文的感覺一定很棒對不對？我好希望自己也能成為一個了不起的人。我長大以後想當護士，跟著紅十字會一起上戰場當善良的白衣天使，不過前提是如果我沒有去當海外傳教士的話啦。去國外傳教一定很浪漫，但傳教士的言行舉止必須非常乖巧才行，對我來說可能是個障礙。還有，我們每天都會做體操，不僅能保持體態優雅，也能幫助消化。」

「幫助消化個頭！」瑪莉拉覺得這些根本是胡說八道。

然而，史黛西老師在十一月提出的新計畫讓週五朗讀課、午後野外課和健康體操全都相形失色。她提議校方與學生可以在大會堂舉辦一場聖誕夜音樂會，以籌措製作校旗的經費。這個計畫受到全體同學熱烈歡迎，大家立刻開始著手規劃節目。每個獲選上臺演出的人都很興奮，但不像安妮那樣興奮到極點；雖然瑪莉拉不贊成，認為這是個愚蠢的餿主意，安妮依舊非常投入，傾盡心力準備。

「這種事只會讓你們腦子裡塞滿亂七八糟的想法，浪費用功的時間。」瑪莉拉滿腹牢騷。「我不贊成小孩子忙什麼音樂會、整天趕著練習之類的，那只會讓他們變得愛玩又虛榮。」

「那……想想音樂會崇高的目標吧，瑪莉拉，」安妮懇求地說。「國旗可以培養愛國心呢。」

「才怪！你們這些小鬼腦子裡才沒有什麼愛國心哩，你們只是好玩罷了！」

「如果愛國和玩樂可以結合在一起不是很好嗎？辦音樂會真的好好玩喔！我們打算合唱六首歌，黛安娜獨唱一首；我要表演兩段對白，分別是〈壓抑流言社會〉和〈仙后〉，另外男生也會表演對話。喔，瑪莉拉，我還要朗讀兩篇文章，一想到我就全身發抖，不過是興奮的那種發抖。最後的閉幕表演是以『信、望、愛』為主題的舞臺場景，黛安娜、露比和我會穿著白袍、披著長髮站在臺上。我演希望，雙手要緊握在一起，像這樣，然後眼睛往上看。對了，我會在閣樓練習朗讀，要是妳聽見我痛苦呻吟的話可別嚇著了，因為我表演時得發出令人心碎的呻吟聲。要呻吟得很有藝術感真的好難喔，瑪莉拉。喬西．派伊這幾天都悶悶不樂的，因為她沒有得到仙后的角色，可是她根本就不適合嘛，誰看過那麼胖的仙后啊？仙后一定要苗條纖細才行。珍．安德魯演仙后，我演服侍她的仙女。喬西說她覺得紅髮仙女跟胖仙女一樣奇怪，但我才不在乎喬西說什麼呢。我會戴著白玫瑰做的花冠，露比會把她的涼鞋借給我穿，因為我沒有涼鞋。妳也知道，仙女一定要穿涼鞋，妳能想像穿靴子的仙女嗎？而且還是鞋尖鑲銅片的那種？我們要用松樹和冷杉排出格言來裝飾會堂，上面再點綴粉紅色的紙玫瑰；觀眾入座後，艾瑪．懷特會用風琴彈進行曲，其他人則兩個兩個排隊進場。噢，瑪莉拉，我知道妳不像我這麼熱中，可是妳難道不希望妳的小安妮脫穎而出嗎？」

「我只希望妳好好守規矩。要是妳能在這場鬧劇結束後趕快冷靜下來，我就很高興了。妳現在滿腦子都是對白、呻吟和舞臺場景，我講再多也沒用。至於妳那張嘴真的很神奇，怎麼說都不累。」

安妮嘆了一口氣走到後院。西邊泛著青蘋果綠的天空上懸著一彎新月，皎潔的月光穿過光禿無葉的白楊樹枝灑落大地，馬修正在那裡砍柴呢。安妮坐在柴堆上跟他聊音樂會的事，至少這位忠實的聽眾能夠欣賞、體會她說的話。

「哇，我想這場音樂會一定會很精采，妳的表現也會很出色的。」馬修低頭微笑地看著那張熱切又活潑的小臉，安妮也笑著看他，他們兩個是最要好的朋友。馬修時常感謝老天自己不必負責管教安妮，那是瑪莉拉一個人的責任；假如教養的責任落在他頭上，那他勢必會夾在責任和意願之間左右為難。現在照瑪莉拉的說法，他愛怎麼「寵」她都行。其實這樣的安排還滿不錯的；有時一點點「讚賞」就和煞費苦心的「教養」一樣有效。

# 二十五　馬修的聖誕禮物

馬修度過了難熬的十分鐘。他剛剛從陰暗寒冷的十二月暮色中走進廚房，坐在角落的木箱上脫掉沉甸甸的靴子，完全不知道安妮和幾個同學正在起居室排練〈仙后〉。過了不久，她們一群人有說有笑地穿過門廳，走進廚房。她們並沒有看到馬修，原來他早就害羞地縮到木箱後方的陰影裡，一手拎著靴子，另一手拿著鞋拔，就這樣躲了十分鐘。他靦腆地看著她們戴上帽子、穿上外套，嘰嘰喳喳地談論音樂會和短劇對白。安妮和她們站在一起，跟她們一樣眼睛發亮、表情生動；可是馬修突然察覺到她和同學有個地方不太一樣——他擔心的是根本不應該有這種差別。安妮看起來比別人更聰明，眼睛比別人更大、更明亮，五官也細緻得多，這些就連個性害羞、不善觀察的馬修都看出來了；然而令他感到不安的並不是這些。那究竟是什麼地方不一樣呢？

這個問題讓馬修苦惱了老半天，一直到女孩們手牽手沿著冰凍的狹長小路離開，安妮回房間看書之後，他還在想這件事。他不想跟瑪莉拉講，他覺得她八成會輕蔑地哼一聲，說安妮跟其他女生唯一的差別就是她們偶爾還會閉上嘴巴，安妮卻永遠說個沒完。馬修認為瑪莉拉完全幫不上忙。

那天傍晚，他顧不得瑪莉拉厭惡的神情，決定靠著抽菸斗來理清思緒。經過長達兩小時的吞雲吐霧、絞盡腦汁後，馬修終於明白問題出在哪裡了——安妮的穿著跟其他女生不一樣！

馬修越想越覺得安妮穿的衣服向來不同於其他女孩——自從她來到翠綠莊園之後，瑪莉拉總是讓她穿樸素的深色洋裝，款式也一成不變。馬修不懂什麼流行服飾，但他很有把握安妮的袖子看起來一點也不像其他女孩的袖子。他還記得傍晚看到的那群開心的小女生，身上穿的不是鮮豔的紅色、藍色、粉紅色，就是白色。他很納悶瑪莉拉為什麼老是讓安妮穿得那麼素淨。

當然啦，素淨也不錯。瑪莉拉負責教養安妮，知道什麼對她最好，或許裡面有什麼睿智又難解的原因吧。不過，替孩子準備一件漂亮的洋裝，像黛安娜天天穿的那種，應該也沒什麼壞處才對。馬修決定了，他要送安妮一件洋裝，而且這樣也不算是沒來由地插手。距離聖誕節只剩兩個禮拜，一件美麗的新洋裝正好可以當作禮物。馬修心滿意足地嘆了口氣、收起菸斗，上床睡覺了。瑪莉拉急忙打開門窗透透氣。

第二天傍晚，馬修立刻前往卡莫迪鎮買安妮的禮物，決心要先把最棘手的事情辦好，因為他知道買洋裝對他來說簡直是場磨難。馬修大可以先買些別的東西，證明自己不是小氣的顧客；但若是要買少女穿的衣服，就只能靠店員幫忙了。

馬修思忖了好久，最後決定不去威廉・布萊爾先生的店，改去山繆・洛森先生的店。卡斯柏家一直以來都是布萊爾先生的老主顧，幾乎就跟在長老教會做禮拜與支持保守黨一樣忠貞不二；可是布萊爾先生的兩個女兒總是在店裡招呼客人，馬修怕她們怕得要命。如果清楚知道自己要買什麼，他還可以用手勢指指點點勉強應付過去，但這次是要幫安妮買洋裝，需要解釋和商量，馬修覺得還是找個男店員比較保險，因此他寧可去洛森先生的店，有老闆或老闆的兒子會招呼他。

哎呀！可惜人算不如天算，馬修不知道洛森先生最近擴大營業，多請了一位女店員。她是老闆娘的外甥女，不但年輕漂亮，打扮也很有型，一頭秀髮往後梳成自然垂落、蓬鬆的高髻髮，褐色的大眼睛滴溜溜轉個不停，臉上掛著一個讓人猜不透的微笑；除此之外，她還戴了好幾個手鐲，只要手輕輕一動就閃閃發亮，叮叮噹噹地響個不停。馬修一看到女店員就嚇得不知所措，手鐲的叮噹聲更讓他腦子一片空白。

「卡斯柏先生，今天要買點什麼呢？」女店員殷勤地招呼，兩手輕輕拍著櫃檯。

「你們有沒有……有沒有……呃……園藝用的鐵耙？」馬修結結巴巴地說。

女店員的表情有些訝異，因為沒有人會在冰天雪地的十二月中旬買園藝用的鐵耙。「我們好像還剩一、兩把，我去看一下。」

她不在的時候，馬修好不容易冷靜下來，想再試一次。

女店員拿了一把鐵耙回來，接著爽朗地問：「還需要什麼嗎，卡斯柏先生？」馬修鼓起勇氣回答：「呃，既然妳問了，我想……那個……看看……買一些……一些乾草種子。」

女店員早就聽說馬修．卡斯柏是個怪人，這下子她敢斷定他絕對是個瘋子。

「我們春天才有賣乾草種子，」她態度高傲地解釋。「現在店裡沒有存貨。」

「喔，當然……當然……妳說得沒錯。」可憐的馬修結結巴巴地說，接著拿起鐵耙走向門口，忽然想起自己還沒付錢，於是又悶悶不樂地往回走。女店員在找零的時候，他決定孤注一擲，努力試最後一次。

「呃……如果不會太麻煩的話……我想……那個……看一下……有沒有……糖。」

「白糖還是紅糖？」女店員耐心地問。

「喔……呃……紅糖。」馬修有氣無力地說。

「那邊有一桶紅糖，」女店員晃晃手上的鐲子說。「我們只有那種。」

「我……我買二十磅好了。」馬修的額頭上冒出一大堆汗珠。

馬修就這樣駕著馬車回家，一直到半路才恢復正常。這次的購物經驗太恐怖了，不過他覺得自己活該，誰叫他要去陌生的店呢？到家之後，他先把鐵耙藏在工具間，再把紅糖拿給瑪莉拉。

「紅糖！」瑪莉拉大叫。「你幹嘛一下子買這麼多啊？你也知道，除非是要幫傑利煮粥或是做水果蛋糕，我根本很少用到紅糖，更何況現在傑利已經離開莊園，我也很久沒做蛋糕了。再說這種紅糖看起來品質不太好，不但顆粒粗糙、顏色又深……布萊爾先生通常不會賣這種貨色啊！」

「我……我想總有一天用得到吧。」馬修敷衍地說。

後來馬修思索了好久，覺得這件事還是得請個女人幫忙才行。要是把這個計畫告訴瑪莉拉，她一定會立刻潑冷水，所以她絕對不在考慮之列，看樣子只剩下林德太太了；除了她以外，他根本不敢請教村裡其他女性的建議。於是馬修便去求助好心的林德太太，結果她爽快答應，輕鬆解決了他的煩惱。

「你要我幫忙挑件洋裝送給安妮？當然沒問題，我明天就去卡莫迪鎮買衣服。你有沒有什麼特別的要求？沒有？好吧，那我就自己看著辦囉。我覺得漂亮又飽滿的棕色很適合她，布萊爾先生的店裡剛進了一批美麗的絲光薄綢布料，不如就讓我親手做件洋裝給她吧？如果瑪莉拉來做的話，一定瞞不住安妮，反而會破壞驚喜。嗯，讓我來吧。不會，一點也不麻煩。我很喜歡縫紉。我就照我姪女珍妮的尺寸來做，她的身材和安妮一模一樣。」

「哇，真是太感謝了，」馬修說。「呃……呃……不知道……可是……現在好像流行一種跟以前不一樣的新袖子。如果這個要求不會太過分的話……我……我希望袖子可以做成那樣。」

「哦，燈籠袖嗎？當然可以。馬修，你就放一百二十個心吧，我會替安妮做一件最時髦的洋裝。」林德太太說。

馬修告辭後，林德太太開始自言自語：「太好了，那可憐的孩子總算有件像樣的衣服可以穿了。瑪莉拉讓她穿的衣服真的很可笑，我好幾次都想直接告訴她，但話到嘴邊又嚥了下去，因為我知道她一定聽不進去。瑪莉拉這個老小姐還以為自己很懂該怎麼養小孩，比我還懂！撫育過孩子的人就知道，世界上根本沒有一套明確定義且適合所有孩子的教養方式，也從來不像一加一等於二這麼簡單，只要幾個方法加一加就會得出正確答案。哎，人是血肉之軀，怎麼能靠算術解決一切呢？瑪莉拉就錯在這裡。她大概以為讓安妮穿得樸素一點，才能培養出謙遜的美德；不過我看很可能適得其反，養出善妒又不知足的小孩。安妮一定早就感覺到自己的衣服跟其他女孩不一樣，沒想到馬修也注意到了！那個男人沉睡了六十年，現在終於醒了。」

接下來的兩個禮拜，瑪莉拉只知道馬修有心事，但始終猜不出個中原因，直到平安夜林德太太送來新洋裝的那一刻，答案才正式揭曉。雖然瑪莉拉好像有點懷疑林德太太打圓場的解釋，說什麼馬修之所以託她縫製洋裝，是因為怕安妮太早發現，破壞了這份驚喜，不過整體來說，她的反應還算不錯。

「原來馬修這兩個禮拜老是神祕兮兮，又經常莫名其妙地偷笑，就是為了這個啊？」瑪莉拉的語氣有點不自然，但聽得出來她很包容。「我就知道他在做些蠢事，可是我真的不認為安妮需要更多衣服。今年秋天我就已經幫她做了三件暖和又耐穿的新衣，多一件都嫌浪費。我看這件洋裝光是袖子的布料都夠做一件背心了。馬修，你這樣亂寵只會讓安妮變得更愛慕虛榮，她已經跟孔雀一樣自大了。哎，好啦，希望這下子她會滿意，因為雖然她只提過一次，但我知道她一直很嚮往那些愚蠢的袖子。現在的燈籠袖越來越蓬、越來越可笑，大得跟氣球一樣，我看明年穿燈籠袖的人大概得側著走才進得了門吧。」

聖誕節清晨，破曉的天光照亮了美麗的銀白世界。今年十二月的天氣非常溫和，大家還以為聖誕節不會下雪；然而平安夜裡降了一陣小雪，雪花輕柔地落在地上，讓艾凡利村一夕之間徹底變身，閃著白色的光芒。安妮開心地從結霜的窗子向外窺視，只見鬼樹林裡的冷杉覆上了如羽毛般美麗的細雪，白樺樹和野櫻桃樹彷彿鑲上了珍珠白邊，犁過的田野溝壑有如雪白的酒窩，空氣中透著一股清新愉快的氣味。安妮唱著歌跑下樓，歌聲迴盪在翠綠莊園每一個角落。

「聖誕快樂，瑪莉拉！聖誕快樂，馬修！好美的聖誕節喔！幸好昨天晚上下了雪，變成白色聖誕，否則就不像真正的聖誕節了，對不對？我不喜歡什麼綠色聖誕，再說根本就不是綠色，只是難看又暗淡的褐色和灰色……大家幹嘛說是綠色啊？哇——哇——馬修，這是給我的嗎？噢，馬修！」

馬修靦腆地拿出包裝紙裡的新衣服，同時對瑪莉拉拋了一個困窘的眼神。一臉不屑的瑪莉拉正假裝把水倒進茶壺裡，眼角卻忍不住好奇地偷瞄。

安妮接過新洋裝，並用崇敬的目光默默凝視著這份禮物。噢，真是太美了——柔軟又迷人的棕色絲光薄綢布料，綴上精緻荷葉邊與褶邊的裙子，時下最流行的細褶腰帶，鑲了一小圈蕾絲荷葉邊的領口，還有袖子——絕對是最漂亮的燈籠袖！長到手肘的五分袖圓鼓鼓的，上面還裝飾著一道道褶邊和棕色絲質緞帶。

「安妮，這是送給妳的聖誕禮物，」馬修羞澀地說。「怎……怎麼啦……安妮？不喜歡嗎？

好了……好了。」

安妮的眼眶突然湧滿淚水。

「噢，馬修！我好喜歡！」安妮把衣服攤在椅子上，雙手緊握在一起。「這件洋裝太精緻了，真的很謝謝你，除了感謝還是感謝。你看這袖子！噢，我好像在作夢一樣，一場很美的夢！」

「好啦，好啦，吃早餐吧。」瑪莉拉插嘴說。「安妮，我真的覺得妳不需要這件洋裝，不過，既然馬修都送給妳了，妳就要好好珍惜。林德太太還特別做了棕色的髮帶讓妳搭配衣服喔。快坐下來吃早餐吧。」

「我怎麼吃得下呢？」安妮開心地說。「在這種興奮的時刻吃早餐似乎太普通了，我寧願一直盯著洋裝看。幸好現在還很流行燈籠袖，如果我還沒穿過燈籠袖洋裝就已經退流行的話，那我肯定會抱憾終生。妳知道嗎，我從來沒有這麼滿足過。而且林德太太好細心，還特別做了髮帶給我。我覺得自己應該做個乖小孩才對。我不是什麼模範小女生，所以每次這種時候我都覺得很抱歉，也總是決心未來一定要做個好孩子，可是一碰到難以抗拒的誘惑就很難堅持下去。不過以後我真的會加倍努力，乖乖聽話的。」

吃完普通的早餐後，身穿緋紅色大衣的黛安娜出現了。她開開心心地走過窪地上覆滿白雪的圓木橋，安妮則飛也似的跑下山坡迎接她。

「黛安娜，聖誕快樂！這個聖誕節好美喔。我有個很棒的東西要給妳看。馬修送我一件漂亮的洋裝，有鼓鼓的袖子喔！我想不出有什麼比這更棒的了！」

「我也有禮物要送給妳，」黛安娜氣喘吁吁地說。「妳看這個盒子！約瑟芬姑婆寄來一大箱禮物，這是她送給妳的。本來昨天晚上就想拿給妳，可是收到的時候天已經黑了，我現在不敢在天黑以後經過鬼樹林。」

安妮打開盒子瞄了一眼。先是看到一張卡片，上面寫著「給安妮，祝妳聖誕快樂」，然後底下是一雙精緻小巧的兒童涼鞋，不但有閃閃發亮的扣環和緞面蝴蝶結裝飾，鞋尖還綴著可愛的珠珠。

「哇，」安妮說。「黛安娜，這禮物好棒喔！我一定是在作夢。」

「我會說這是上帝的祝福，」黛安娜說。「現在妳就不必跟露比借涼鞋了，這是好事，因為她的腳比妳大兩號，一個仙子拖著過大的涼鞋走來走去多難看哪！一定會被喬西・派伊笑死。對了，昨天晚上排練完之後，勞勃・萊特跟葛蒂・派伊一起回家喔。妳有聽過類似的事嗎？」

那天艾凡利學校的全體學生都興奮得要命，大家忙著布置會堂，進行最後一次大預演。

音樂會於聖誕節傍晚正式開幕，演出非常成功。小小的會堂人山人海，擠得水泄不通，每位表演者都表現得很出色，而安妮更是其中最耀眼的明星，這點就算是嫉妒心強的喬西・派伊也不敢否認。

「哇，今天晚上真的好精采喔！」安妮嘆了口氣。音樂會已經結束了，她和黛安娜兩人此時正頂著繁星點點的漆黑夜空，走上回家的路。

「對啊，一切都很順利，」黛安娜實事求是地說。「我猜我們應該可以賺十塊錢。聽說艾倫牧師打算把這次表演寫成報導，投稿到夏洛特鎮的報社。」

「噢，黛安娜，我們的名字真的會上報嗎？光想到就好興奮喔。黛安娜，妳的獨唱真的很優美，觀眾喊安可的時候我比妳還驕傲，我還跟自己說：『現在大家熱烈鼓掌的對象正是我的知心好友。』」

「妳的朗誦才博得全場喝采呢，安妮。那篇悲壯的詩詞太激動人心了。」

「哎，其實我緊張死了，黛安娜。艾倫牧師叫到我的時候，我真的不知道自己是怎麼上臺的，感覺好像有成千上萬隻眼睛盯著我，把我看透了。有那麼一瞬間，我還覺得自己一定開不了口，後來想到身上漂亮的燈籠袖才有辦法鼓起勇氣，黛安娜，我絕對不能辜負這些袖子。於是我就開始朗讀，可是我的聲音聽起來彷彿來自遙遠的地方，我覺得自己好像鸚鵡。幸好我之前在閣樓排練過很多次，要不然就慘了。我的呻吟還好吧？」

「很好，很感人。」黛安娜再三保證。

「我坐下來的時候，看見史隆太太在擦眼淚。一想到我能感動人心就覺得很棒。能夠參與音樂會演出真的好浪漫，對不對？當然啦，也是個很難忘的經驗。」

「男生的表演也很不錯啊，」黛安娜說。「而且吉伯特真的太帥了。安妮，我覺得妳對他太刻薄了。哎，等等，妳聽我說嘛。妳表演完仙子橋段跑下臺的時候，頭上的玫瑰花掉了一朵，我看到吉伯特把花撿起來放進胸前的口袋裡。因為妳很浪漫，我才講給妳聽，我想妳聽了應該會很高興。」

「那個人不管做什麼都與我無關，」安妮高傲地說。「我絕對不會浪費時間想他的事。」

那天晚上，馬修和瑪莉拉參加了二十年來第一場音樂會。安妮上床睡覺後，兄妹倆便坐在廚房聊天。

「我想我們的小安妮表現得跟其他人一樣好。」馬修自豪地說。

「沒錯，馬修，」瑪莉拉點點頭。「她是個聰明的孩子，看起來也好可愛。我本來很反對這個計畫，現在我想辦音樂會應該是沒什麼壞處吧。總而言之，今天晚上我真的為安妮感到驕傲，但我才不會當著她的面這麼說呢。」

「她上樓睡覺前，我就跟她說我很以她為榮了。」馬修說。「瑪莉拉，我們應該早點為她的未來打算才對。我想不用多久，艾凡利學校對她來說就不夠了。」

「這件事不用急，」瑪莉拉說。「她三月才滿十三歲。不過今天晚上我突然覺得她長大了。林德太太把洋裝做得太長，安妮穿上去看起來好高。她學習能力強，送她去讀皇后學院是最理想的。不過再怎麼樣都是一、兩年後的事，現在還不用想那麼多。」

「好吧，但有空的時候想想也無妨，」馬修說。「這麼重要的事還是要多考慮一下比較好。」

# 二十六　故事俱樂部

艾凡利的少男少女發現自己已經回不去從前那種枯燥乏味的生活了，尤其是安妮，在嘗過連續幾週極度亢奮的滋味後，更是覺得平常的日子格外無聊、令人厭倦，毫無意義可言。她能回到音樂會之前那段遙遠、平靜又快樂的時光嗎？她開門見山地告訴戴安娜，她覺得自己做不到。

「我很確定，黛安娜，今後的生活再也不可能跟過去一樣了，」她悲傷地說，彷彿是在談論五十年前的老歲月。「也許過一陣子我會習慣，不過我想音樂會恐怕已經徹底毀了大家的日常生活。怪不得瑪莉拉一直反對。她是個非常明智的人，想必當個明智的人會比較好，不過我大概不想，因為太不浪漫了。林德太太說我不用緊張，因為我絕對不會變成那種人，但以後的事也很難說。現在我又覺得自己會慢慢變成那種人，哎，可能是太累了。昨晚我躺在床上一再回味音樂會的種種，怎麼也睡不著。音樂會就是這點最迷人——回憶起來非常美好。」

隨著時光流逝，艾凡利學校終究還是逐漸恢復常態，大家紛紛重拾往日的興趣。不過，音樂會確實留下了痕跡。露比．吉利斯和艾瑪．懷特為了上臺的先後順序大吵一架，再也沒坐在一起，三年的親密友情就此破裂；喬西．派伊和茱莉亞．貝爾兩人三個月不講話，因為喬西跟貝絲．萊特說，茱莉亞上臺朗讀鞠躬時看起來好像一隻搖頭晃腦的雞，貝絲把這些全都告訴了茱莉亞；史隆家和貝爾家的孩子也翻臉了，貝爾不滿史隆占了一大堆表演節目，史隆反譏貝爾連一點小事都做不好；最後，查理．史隆因為穆迪．麥克佛森說安妮表演朗誦時裝腔作勢，氣得跟穆迪大打出手，結果穆迪落敗，於是穆迪的妹妹艾拉梅整個冬天都不肯跟安妮說話。除了這些摩擦之外，史黛西老師的小王國還算運作順暢、規律良好。

冬季匆匆溜過。今年的冬天很不尋常，天氣非常溫暖，所以安妮和黛安娜幾乎每天都走白樺步道上學。安妮生日那天，她們踩著輕快的腳步踏上小徑，兩人一邊聊天一邊睜大眼睛，豎起耳朵，留意周遭環境，因為史黛西老師要大家寫一篇以「冬季森林漫步」為題的作文，既然如此，她們當然要仔細觀察。

「黛安娜，想想看，我今天滿十三歲，」安妮的語氣中充滿敬畏。「算是進入青春期了。今天早上我起床的時候覺得好新奇，有種一切都不太一樣的感覺。妳已經十三歲又一個月，所以對這個世界的新鮮感比我少一點。再過兩年我就真的長大了，到時不管講話有多誇張，也不會有人笑我了。」

「露比說她一滿十五歲就要交男朋友。」黛安娜說。

「露比滿腦子只想得到男朋友，」安妮不屑地說。「每次只要有人把她的名字寫在布告欄上，她就會裝生氣，其實心裡高興得要命。啊，我又在說難聽的話了。艾倫太太說我們不應該講難聽的話；可是這些話常常還來不及想就說溜嘴了，對不對？一講到喬西．派伊，我就忍不住說難聽話，所以我絕不提她，這點妳可能注意到了。我現在盡可能試著變得跟艾倫太太一樣，因為我覺得她好完美，艾倫牧師也這麼覺得。林德太太說，他連他太太腳踩過的地方也愛，但她認為做牧師的不該這麼迷戀妻子。可是，黛安娜，牧師也是人，也跟普通人一樣常常犯錯。上禮拜天下午我和艾倫太太聊到常常犯錯的事——有些話題就適合在禮拜天聊，常常犯錯就是其中之一。我常犯的錯就是太愛幻想，忘了該做的事。我正在努力克服這個毛病，現在我十三歲了，應該會好一點吧。」

「再過四年，我們就可以把頭髮梳起來了。」黛安娜說。「愛麗絲．貝爾才十六歲就把頭髮梳高，我覺得很可笑。我會等到十七歲。」

「假如我像愛麗絲．貝爾一樣有個歪鼻子，」安妮斬釘截鐵地說。「我才不會……啊！不說了，因為說出來的話又很難聽，況且拿我自己的鼻子來比較也太自大了。很久以前有人讚美過我的鼻子，之後我就老是想到我的鼻子。噢，黛安娜，那裡有隻兔子耶！可以寫到我們的作文裡。冬天的森林白茫茫的，一片寂靜，好像在睡覺，作著甜甜的夢，我覺得就跟夏天的森林一樣美。」

「描寫森林我還可以應付，」黛安娜嘆了口氣。「不過禮拜一要交的那篇作文我就很頭痛了。史黛西老師為什麼要我們編故事啊！」

「嗯？那不是很簡單嗎？」安妮說。

「妳想像力那麼豐富，當然簡單啦，」黛安娜反駁。「可是天生就沒有想像力的人要怎麼辦？我猜妳一定寫好了吧？」

安妮點點頭，努力不露出自滿的表情，但還是失敗了。

「我是上禮拜一晚上寫的，名叫〈善妒的對手〉或〈至死不分離〉。我唸給瑪莉拉聽，她說根本就是胡說八道。然後我又唸給馬修聽，他說寫得很好。我就喜歡這種評論。這是個淒美的故事，我一邊寫，一邊哭得跟孩子一樣。故事描述柯蒂莉亞和潔拉汀這兩個住在同一村的美麗女孩，她們非常要好。柯蒂莉亞是個高貴的女孩，有一頭烏溜溜的深色秀髮和一雙閃亮的大眼睛；潔拉汀則是如女王般氣勢萬千，有一頭耀眼的金髮和溫柔的紫色眼睛。」

「我從來沒看過有人的眼睛是紫色的。」黛安娜懷疑地說。

「我也沒有啊，只是想像啦。我想寫點與眾不同的東西。潔拉汀的額頭也有如雪花石膏般的額頭。現在我知道雪花石膏般的額頭是什麼意思了。這是十三歲的好處之一，現在的我比十二歲的我懂得更多。」

「柯蒂莉亞和潔拉汀後來怎麼樣了？」黛安娜開始對她們的命運感興趣了。

「她們倆一路相伴到十六歲，而且越長越漂亮。後來村子裡來了一個名叫貝特朗．德維爾的人，愛上了美麗的潔拉汀。有一次，潔拉汀的馬車失控，馬兒飛快狂奔，貝特朗及時救了她一命，她昏倒在他懷裡，馬車撞得稀巴爛，所以他抱著她走了將近五公里。我發現求婚還滿難想像的，因為我沒有經驗。我問露比知不知道男人怎麼求婚，想說她有好幾個姊姊都結婚了，應該很了解才對。露比說馬肯．安德魯跟她姊姊蘇珊求婚的時候，她躲在儲藏室偷聽。她說馬肯對蘇珊說他爸已經把農場送給他了，接著又說：『親愛的，妳說我們今年秋天結婚好嗎？』蘇珊說：『好……不好……我不知道……我考慮一下……』然後他們就訂婚了，就這樣一下子耶。我覺得這種求婚不太浪漫，所以最後只好靠自己想像。我的求婚場景很有詩意，到處都是鮮花，雖然露比說現在已經不流行下跪了，但我還是讓貝特朗跪下。潔拉汀答應求婚時說了一整頁的話，我跟妳說，那一段花了我好大的工夫，來來回回重寫了五次，我覺得算是傑作了。貝特朗不但送她鑽戒和紅寶石項鍊，還說要帶她去歐洲度蜜月，因為他非常有錢。不幸的是，他們的甜蜜生活逐漸蒙上陰影，原來柯蒂莉亞暗戀貝特朗，聽到潔拉汀說他們即將訂婚，她非常生氣，尤其看見鑽戒和紅寶石項鍊時更是妒火中燒。她和潔拉汀之間的深刻情誼轉變為苦澀的仇恨，她暗暗發誓，絕對不讓好友嫁給貝特朗，但表面上仍裝作這份友情一切如常。某天傍晚，她們倆站在橋上，橋下河水湍急，柯蒂莉亞以為四下無人，於是便用嘲諷的口氣瘋狂大笑幾聲，一把將潔拉汀推下橋。沒想到貝特朗全都看到了，他立刻跳進洶湧的急流大聲呼喊：『親愛的潔拉汀，我來救妳了！』可是，哎呀！他居然忘了自己不會游泳，兩人就緊抱在一起淹死了。過了不久，屍體漂上河岸，最後他們倆葬在一起，舉行了一場悲壯的葬禮。與其用婚禮當故事結尾，不如用葬禮比較好，浪漫多了。至於柯蒂莉亞，她好自責、好後悔，最後竟然發了瘋，住進精神病院。我覺得她活該受到報應，而且這種報應很有詩意。」

「好好聽喔！」黛安娜大為讚嘆，她的評論屬於馬修那一派的。「安妮，妳怎麼有辦法編出這麼感人的故事啊！真希望我的想像力跟妳一樣豐富。」

「想像力是可以培養的。」安妮為她打氣。「這樣好不好？妳和我來成立一個故事俱樂部，我們一起練習寫故事。在妳學會自己寫故事之前，我都會幫妳。妳知道嗎，妳應該要培養自己的想像力，就像史黛西老師說的，不過我們得用對方法。我跟她提過鬼樹林的事，她說我們用錯方法了。」

故事俱樂部就這樣誕生了。起初只有安妮和黛安娜兩個人，過沒多久，珍．安德魯和露比．吉利斯也加入了，後來又多了一、兩個自認為需要培養想像力的同學。男生不准參加（雖然露比覺得有男生的話會更刺激），每個會員每週必須交出一篇作品。

「真的好有趣喔，」安妮對瑪莉拉說。「我們會大聲唸出自己的故事，然後一起討論。我們還打算珍藏所有作品，將來可以唸給後人聽。大家都用筆名寫作，我的筆名叫羅莎．蒙莫倫西。大家都很認真，表現得很好。露比非常多愁善感，故事裡放了太多戀愛橋段，妳也知道，寫得太多不如寫得太少。珍完全沒寫到戀愛場景，她覺得大聲唸出來很蠢，所以珍的故事非常理性。黛安娜則寫了太多謀殺情節，她說自己不知道該拿故事裡的人物怎麼辦，所以乾脆殺了他們，解決問題。大多時候我都得告訴她們要寫什麼，不過這難不倒我，我的點子可多了。」

「我覺得寫故事真的很蠢，」瑪莉拉嘲弄地說。「只會讓妳們滿腦子廢話，浪費用功的時間。讀故事已經夠糟了，寫故事更慘。」

「可是，瑪莉拉，我們每篇故事都隱含了道德教訓喔，」安妮解釋說。「是我堅持要這麼做的。善有善報，惡有惡報。我相信這樣一定會帶來正面的影響。艾倫牧師說，道德是很偉大的價值。我把我寫的其中一篇故事唸給他和艾倫太太聽，他們倆都同意裡面的道德訓示很棒，只是他們老是在不該笑的地方放聲大笑。我比較希望看別人哭。每次我唸到悲慘的情節，珍和露比一定會大哭。黛安娜在她寫給約瑟芬姑婆的信裡提到我們的俱樂部，她回信叫我們寄幾篇給她看看，我們就挑了四篇最精采的寄過去。約瑟芬姑婆說她這輩子從來沒讀過那麼有趣的故事。大家都覺得有點困惑，因為每篇作品都很淒涼，而且主角幾乎都死光了。不過我還是很高興約瑟芬姑婆喜歡，可見我們的俱樂部對這個世界有益。艾倫太太說我們做事應該以對世界有益為目標。我真的很努力朝這個目標邁進，可是一玩起來又常常忘記。希望我長大後能有一點點像艾倫太太。妳覺得有可能嗎，瑪莉拉？」

「我看可能性不大，」瑪莉拉完全沒有想鼓勵安妮的意思。「我相信艾倫太太小時候一定不像妳一樣是個健忘的傻瓜。」

「對，可是她也不是一直都這麼乖巧啊，」安妮認真地說。「是她親口告訴我的喔！她說她小時候很愛惡作劇，老是惹麻煩。我聽了覺得備受鼓舞。瑪莉拉，我這樣是不是很壞？因為聽說別人以前很調皮就覺得心安？林德太太說對，她說她只要聽說誰小時候很淘氣，都會大吃一驚，不管對方當時年紀多小，又說她聽過一位牧師承認自己小時候偷吃阿姨放在儲藏室的草莓塔，從此就不再尊敬那位牧師了。不過我倒不這麼想。我覺得他願意坦承是很高貴的行為，我想他的經驗對現在許多也很後悔自己愛搗蛋的小男孩來說，是一件非常鼓舞人心的事，原來小時候頑皮，長大還是能當牧師。這就是我的感覺，瑪莉拉。」

「安妮，我現在的感覺是，」瑪莉拉說。「妳早就該把那些碗盤洗好啦！一直嘰嘰喳喳說個不停，結果又多花了半小時。妳要學著先做事、再說話比較好。」

# 二十七　虛榮心的教訓

四月底的某天傍晚，參加完救助協會聚會的瑪莉拉走在回家的路上，赫然驚覺凜冽的寒冬已經結束，愉快的暖春即將來臨，人們無論老少、無論悲喜，都會感受到這份生機。瑪莉拉對於分析自己的想法和感覺並不熱中，也許她認為自己正在想救助協會、傳教捐獻箱與教堂祭具室的新地毯之類的事；不過，看著落日餘暉將紅色的田野薰染成淡紫色的薄霧，細長的冷杉樹影落在溪流彼岸的草原上，林間一池水潭如鏡子般閃亮平滑，周遭環繞的楓樹也冒出緋紅的嫩芽，大地逐漸復甦，蟄伏在灰色土壤底下的萬物蠢蠢欲動，瑪莉拉心裡有種寧靜和諧的感受。春天挾著一股深刻、原始的喜悅降臨世界，她這個中年人的審慎步伐也跟著輕快了起來。

瑪莉拉從錯綜的樹叢間深情地望著翠綠莊園，陽光映射在屋子的玻璃窗上，幻化成許多燦爛眩目的光點。她沿著潮濕的小徑一步步往前走，突然想起安妮還沒來翠綠莊園的那段日子，每次救助協會聚會完之後，只有冷清的廚房在等她回家，如今迎接她的則是溫暖歡快的爐火、沏好的熱茶與滿桌的點心——想到這裡，瑪莉拉就覺得好滿足。

因此，當她走進廚房發現壁爐一片漆黑，安妮也不見蹤影的時候，她又氣又失望。她早就交代安妮一定要在五點時把午茶送上桌，這下子她不得不換掉身上第二高級的洋裝，親自下廚，趕在馬修從田裡耕作回來之前準備好餐點。

「等安妮大小姐回來，我一定要好好教訓她。」臉色難看的瑪莉拉一邊說，一邊用刀使勁削著引火柴，力道之大好像在發洩似的；已經下田回家的馬修則耐心地坐在角落等喝茶。「她一定是跟黛安娜去哪裡閒晃了，寫故事、練習對白，或其他愚蠢的事，完全沒考慮到時間和自己的責任。絕對不能再有這種情況了。我才不管艾倫太太說她有多聰明、多可愛——就算真的是那樣好了，這孩子滿腦子胡思亂想，搞不好哪天又會闖出什麼大禍。她的花招真的很多，層出不窮。等等，天哪！我怎麼跟瑞秋．林德講出一模一樣的話！今天她在救助協會上就是這樣說，害我氣得要命，不過我很高興艾倫太太站出來幫安妮講話，要是她沒說，我也會在大家面前不客氣地罵瑞秋一頓。天地良心！我不否認安妮有很多缺點，可是教養她的人是我，不是她。我看如果天使加百列住在艾凡利村，瑞秋也挑得出祂的毛病。話說回來，安妮也不應該就這樣出門啊，我明明交代她下午要留在家裡做家事的。她以前從來不會這麼不聽話又靠不住……我真的覺得很難過。」

「唉，不知道耶。」睿智又有耐心的馬修其實很餓，但他覺得還是讓瑪莉拉盡情發洩一下比較好。過去的經驗告訴他，瑪莉拉邊說邊做的速度很快，要是不識相地跟她爭論，那吃飯的時間就會拖得更晚。「瑪莉拉，也許妳太早下定論了。在還沒搞清楚真相之前，別罵她不聽話又不可靠。說不定有什麼理由嘛，先聽她解釋再說。安妮最會解釋了。」

「我叫她待在家裡，她卻給我跑出去，」瑪莉拉立刻反駁。「我看她的解釋很難讓我滿意。我就知道你會站在她那邊，馬修。可是負責教養她的人是我，不是你。」

晚餐準備好的時候，天已經黑了，但還是沒有看見安妮因為不負責任而感到懊悔、氣喘吁吁跑過圓木橋或戀人小徑的身影。瑪莉拉板著臉洗好碗盤、整理乾淨後，想到等等去地窖需要燭火照明，於是便上樓到東廂房，打算拿安妮平常擺在桌上的那根蠟燭來用。她點亮蠟燭，一轉身，才發現安妮原來趴在床上，整張臉埋進枕頭裡。

「我的天哪！」瑪莉拉大吃一驚。「安妮，妳一直都在睡覺啊？」

「沒有。」安妮悶聲回答。

「是不是生病了？」瑪莉拉走近床邊，焦急地問道。

安妮拚命往枕頭裡鑽，一副永遠不想被別人看見的樣子。

「沒有。瑪莉拉，求求妳走開不要看我。我已經徹底絕望了，我不在乎誰拿全班第一名，誰的作文寫得最好，或是誰參加主日學校的唱詩班。這些小事都不重要，因為我大概永遠也出不了門了。我的人生就此終結。拜託，瑪莉拉，快點走開，不要看我。」

「到底發生什麼事了？」瑪莉拉困惑不已，急著想知道真相。「安妮．雪利，妳到底幹了什麼好事？快點起來說清楚。馬上給我起來。好了，怎麼了？」

安妮乖乖地滑下床，臉上寫滿了絕望。

「瑪莉拉，妳看我的頭髮。」她低聲說。

於是瑪莉拉舉起蠟燭，仔細檢查安妮垂在背後、髮量驚人的頭髮。看起來確實很奇怪。

「安妮．雪利，妳把頭髮怎麼了？我的老天！是綠色的！」

說是綠色有點勉強，倒是比較接近銅綠色，其中還夾雜著東一撮、西一撮的紅髮，看起來真的很可怕。瑪莉拉這輩子沒見過這麼詭異的髮色。

「對，綠色。」安妮嗚咽地說。「我還以為沒有比紅色更糟的髮色了，現在我知道綠色頭髮比紅色頭髮醜上十倍。噢，瑪莉拉，妳不知道我有多慘。」

「我是不知道妳怎麼把自己搞成這樣的，我會把事情弄清楚。」瑪莉拉說。「房間裡太冷了，下樓到廚房來吧，然後告訴我到底是怎麼回事。妳已經兩個多月沒闖什麼禍，我就知道，是時候該出點亂子了。說吧，妳對頭髮做了什麼？」

「我染了。」

「染了！妳染頭髮了！安妮．雪利，妳不知道染髮是很糟糕的行為嗎？」

「嗯，我知道染髮不太好，」安妮承認。「可是我想要是能夠換掉紅髮，那也值得啊。瑪莉拉，我衡量過利弊得失了，我打算在其他地方好好表現來彌補。」

「是嗎？」瑪莉拉語帶嘲諷地說。「如果我要染髮，至少也會挑個像樣的顏色，絕對不會染成綠色。」

「我又不是故意染成綠色的，瑪莉拉，」安妮沮喪地抗議。「就算是調皮搗蛋也要有目的啊。那個人再三保證，我的頭髮一定會變成漂亮的烏黑色。我怎麼能懷疑他的話呢，瑪莉拉？我懂那種被人懷疑的感覺。艾倫太太說除非有證據，否則就不該隨便懷疑別人說謊。現在我有證據了……綠色頭髮就是證據，可是那時候沒有，所以我完全相信他說的每一句話。」

「妳在說誰啊？」

「今天下午來這裡的小販。我的染劑就是跟他買的。」

「安妮．雪利，我跟妳說過多少遍，絕對不能讓那些義大利人進門！讓他們進來沒好處！」

「喔，我沒讓他進來啦。我記得妳說的話，所以就走到外面，小心把門關好，然後看他擺在石階上的貨品。而且他不是義大利人，是德國猶太人喔。他的大箱子裡裝了好多有趣的東西，還說他拚命賺錢就是為了帶妻小離開德國。他講到家人時的口氣好激動、好有感情，深深打動了我的心，所以我就想跟他買點東西，幫助他和他的家人。就在這個時候，我瞄到那瓶染劑，他說這種染劑保證可以染出美麗的黑髮，而且怎麼洗都不掉色。我立刻幻想自己頂著一頭烏黑秀髮的模樣，這種誘惑實在太難抗拒了。那瓶染劑要七十五分錢，可是我只有五十分。那個小販很好心，他說既然我要，他願意五十分賣給我，所以我就買了。他一走，我就馬上回房間按照瓶子上的說明，拿著舊梳子在頭髮上塗染劑，而且整瓶都用光了。噢，瑪莉拉，看到頭髮染成這麼恐怖的顏色，我真的好後悔，到現在都還在後悔。」

「哎，希望這件事能讓妳學到教訓，安妮，」瑪莉拉嚴厲地說。「看妳以後還敢不敢這麼愛慕虛榮！現在該怎麼辦呢？先多洗幾次看看有沒有用吧。」

於是安妮用水和肥皂用力搓洗頭髮，可是卻一點用也沒有，頂多只是把原來的紅髮洗得更亮了。儘管那個小販謊話連篇，染劑「怎麼洗都不掉色」這句話倒是不假。

「噢，怎麼辦，瑪莉拉？」安妮淚眼汪汪地說。「這個汙點會跟著我一輩子。大家已經差不多忘了我的藥水蛋糕、灌醉黛安娜和對林德太太破口大罵的事，不過他們一定永遠忘不了我的綠色頭髮，而且還會覺得我活該。噢，瑪莉拉，『欺瞞是陷入混沌網羅的開始』。這是一句詩，但卻是事實。天啊，喬西．派伊一定會笑我！瑪莉拉，我沒辦法面對喬西。我是愛德華王子島上最悲慘的女孩。」

安妮悲慘了一個禮拜。這段時間她每天拚命洗頭，什麼地方都沒去。除了家人之外，只有黛安娜知道這個天大的祕密，她還認真許下承諾，說自己絕不會洩漏出去，而且也真的說話算話。到了週末，瑪莉拉斷然地說：「安妮，沒用的，那種染劑不會掉色。只能把頭髮剪掉，沒有別的辦法了。妳這樣不能出門。」

安妮的嘴唇不停顫抖，但她很明白瑪莉拉說得沒錯，該面對殘酷的事實了。於是她難過地嘆了口氣，走去拿剪刀。

「拜託妳全都剪掉，瑪莉拉，趕快結束這一切。啊，我覺得心都碎了，這種痛苦一點都不浪漫。書中的女孩剪掉頭髮不是因為染上熱病、就是想籌錢做善事，如果是為了那些原因把頭髮剪掉，那我根本不會在意，可是……因為頭髮染成難看的顏色所以非剪不可，心裡怎麼會好過呢？如果不會妨礙到妳的話，我要哭著等妳剪完。實在是太悲慘了。」

安妮就這樣嗚嗚咽咽地哭了。剪完之後，她上樓照鏡子，整個人散發出一種平靜的絕望感。瑪莉拉剪得很徹底，把染色的部分全都剪掉了，至於成果嘛……含蓄一點的說法是「不太好看」。安妮立刻把鏡子轉過去對著牆壁。

「頭髮長回來以前，我再也不照鏡子了！」她激動地大叫，接著又突然把鏡子轉過來。「不行，我要看，我要懲罰自己，為了愛慕虛榮贖罪。每次進房間我都要照鏡子，看看自己有多醜，而且我也不會幻想自己不醜。以前因為紅頭髮的關係，我從來不覺得自己濃密又鬈曲的頭髮有多漂亮，現在我知道了。下一個會出事的大概是我的鼻子吧。」

到了禮拜一，安妮的短髮在學校掀起一陣轟動，幸好沒有人猜到真正的原因，連喬西也沒有，安妮總算鬆了一口氣，不過喬西還是笑安妮看起來跟稻草人沒兩樣。

「喬西笑我的時候，我什麼也沒說，」當天傍晚，安妮就把學校發生的事一五一十地告訴躺在沙發上犯頭痛的瑪莉拉。「我覺得既然是懲罰的一部分，就應該耐著性子忍下來。其實被說像稻草人的感覺好難受，好想罵回去，可是我沒有。我只不屑地瞪她一眼，然後就原諒她了。原諒別人讓我覺得自己很善良、品行很好。從今以後，我打算全心全意當個懂事的乖孩子，再也不想試著變美了。我當然知道做個乖巧的女孩比較好，可是就算知道，有時還是很難內化成自己的信念和想法。我真的很想學乖，瑪莉拉，我希望長大後能變得跟妳、艾倫太太和史黛西老師一樣，成為妳的驕傲。黛安娜說等我頭髮長一點，就可以用黑絲絨緞帶繞一圈，在側邊打個蝴蝶結，她覺得那樣會很好看。我是不是說太多了，瑪莉拉？妳聽了頭更痛嗎？」

「現在已經好多了。今天下午痛得很厲害。最近我的頭痛好像越來越嚴重，看來得看醫生了。妳繼續說妳的沒關係，我已經習慣了。」

瑪莉拉的意思是，她喜歡聽安妮這樣嘰嘰喳喳說個不停。

# 二十八　白百合少女落難記

「妳當然要演伊蓮[4]啊，安妮，」黛安娜說。「我才不敢坐船在河上漂哩。」

「我也不敢。」露比．吉利斯忍不住打了個冷顫。「如果我們兩、三個人一起坐的話就沒關係，也比較好玩，可是叫我躺在船上裝死……我不行，我真的會嚇死。」

「雖然一定很浪漫，」珍．安德魯說。「但我知道自己不可能躺著不動。我大概每分鐘都會坐起來看看到哪裡了，有沒有漂過頭。安妮，妳也知道，這樣會破壞氣氛。」

「可是紅頭髮的伊蓮太奇怪了吧？」安妮苦著臉說。「我不怕坐船在河上漂，也很願意演伊蓮，但那個畫面真的很可笑。露比皮膚白，又有漂亮的金色長髮，應該她來演才對。書不是說了嗎？伊蓮『有一頭飄逸的金髮』，而且她是白百合少女，紅頭髮的女生不能演白百合少女啦。」

「可是妳的皮膚就跟露比一樣白，」黛安娜熱切地說。「髮色也比剪短之前深多了。」

「哦，真的嗎？妳真的這麼覺得？」安妮放聲大叫，開心到臉都紅了。「有時我也這麼覺得，可是又不敢問別人，怕是自己想太多了。妳看我的頭髮現在算不算紅褐色？」

「算啊，而且我覺得很漂亮。」黛安娜用讚嘆的目光看著安妮那頭繫上俏皮的黑絲絨緞帶、

---

4　《亞瑟王》傳奇中深愛騎士蘭斯洛、最後為他心碎而死的女子。伊蓮死後，家人按照她的遺願，將她的屍體連同一枝百合和一封訣別信一起放在裝飾成華麗睡床、罩著黑紗的船上，由忠心耿耿的啞巴老僕人執槳，漂流到卡美洛王國。

打了蝴蝶結，鬈曲又有光澤的短髮。

她們站在果園坡下方的池塘邊，池畔向外延伸出一小塊陸地，周圍鑲了一圈白樺樹；陸地尖端佇立著一座突出於池水上的木造小平臺，方便漁夫與獵鴨人使用。這個仲夏午後，露比和珍到黛安娜家玩，安妮也過來陪她們。

安妮和黛安娜幾乎整個暑假都在池塘附近玩，度過愉快的夏日時光。綠野仙境已成往事，無情的貝爾先生早在春天就把那一小圈白樺樹砍掉了。雖然安妮感受到一股淒涼的浪漫，但她還是坐在殘缺的樹墩上哭得好傷心；不過她很快就釋懷了，就像她和黛安娜說的，她們已經是快滿十四歲的大女孩，玩扮家家酒太幼稚了，再說池塘附近還有很多有趣的事等待發掘，像是在橋上釣鱒魚就很好玩，而且兩人也學會了划巴瑞先生用來獵鴨的平底船。

演伊蓮順著河流漂到卡美洛王國是安妮的主意。去年冬天，他們在學校讀了桂冠詩人丁尼生的詩，愛德華王子島的教育部長規定，島上所有學校都要把這部作品列為英文課必修教材。他們把詩歌拆解得支離破碎，不是琢磨文字，就是分析語法，難怪到最後根本讀不出詩中的意境，不過，至少美麗的白百合少女伊蓮、蘭斯洛、亞瑟王和關妮薇王后對他們來說是無比真實的存在，安妮甚至還暗暗惋惜自己怎麼沒有生在卡美洛王國。她覺得那個時代比現在浪漫多了。

安妮的點子立刻獲得熱烈迴響。她們發現，要是把平底船從岸邊推進池塘，它就會隨著橋下的水流往低處漂，然後在下游轉彎處另一塊延伸出來的陸地上擱淺。她們時常坐船順流而下，因此扮演伊蓮漂流這一幕再適合不過了。

「好吧，我演伊蓮。」安妮勉為其難地答應了。其實她不是不喜歡演主角，只是基於對美感的要求，才認為自己不適合扮演伊蓮這個角色。「露比，妳是亞瑟王，珍演關妮薇王后，黛安娜是蘭斯洛，不過妳們得先假裝是她爸爸和哥哥。至於跟伊蓮一起在船上的啞巴老僕人就沒辦法了，因為平底船的空間太小，躺了一個人就坐不下另一個人。喔，我們還要在船上蓋一條黑色紗巾。黛安娜，妳媽媽那條黑色的舊披肩最適合了。」

黛安娜拿來了黑色披肩，安妮把披肩鋪在船上，然後躺在船底，雙眼緊閉，兩手交叉在胸前。

「天哪，她看起來好像真的死了一樣，」露比望著安妮在搖曳的樹影下靜止不動、毫無血色的蒼白小臉，緊張地低聲細語。「我好害怕喔！妳們覺得這樣演真的好嗎？林德太太說演戲是非常糟糕的事。」

「露比，幹嘛提到林德太太啊，」安妮厲聲說道。「氣氛都沒了。我們演的是林德太太出生前幾百年的故事耶。珍，交給妳吧，不然伊蓮死了還能講話真的太蠢了。」

珍立刻跳出來掌握大局，隨機應變。沒有金縷衣，用一條以日本縐綢製成的黃色鋼琴蓋布代替也不錯；找不到白色的百合花，拿一枝藍色鳶尾花擺在安妮交疊的雙手之間效果也很棒。

「好了，都準備好了。」珍說。「我們得親一下她的額頭。黛安娜，妳說『妹妹，永別了』，露比，妳說『再見，親愛的妹妹』，說得越傷心越好。安妮，請妳露出淺淺的微笑，妳知道嘛，伊蓮是『面帶微笑地躺著』喔。這樣好多了。把船推出去吧。」

於是她們把平底船推進水裡，過程中還用力撞上一截埋在土裡的老木樁。等到看見小船順利隨著水流漂向圓木橋，黛安娜、珍和露比立刻穿越樹林、跨過小徑，趕往下游轉彎處另一塊陸地，準備以蘭斯洛、亞瑟王和關妮薇王后的身分迎接白百合少女。

安妮躺在船上隨著水波慢慢漂流，完全沉浸在淒美的浪漫裡；過沒幾分鐘，一點也不浪漫的事就發生了。小船居然開始漏水！才一轉眼，伊蓮就不得不匆匆爬起來，抓著金縷衣和黑色紗巾愣在那裡，茫然地看著船底的大裂縫，河水就這樣咕嚕咕嚕地湧進來。原來剛才下水撞到木樁的時候，不小心把釘在船底的細長木板扯掉了。雖然安妮當下還不知道是怎麼回事，但她很快就意識到自己身陷險境。以進水的速度來看，小船還來不及漂到目的地就會沉了。船槳呢？啊，留在岸邊了！

安妮發出一聲微弱的尖叫，可是沒有人聽見；她嚇得嘴唇發白，但仍努力保持冷靜。還有機會——也只有一次機會。

「我真的好害怕，」事發隔天，安妮對艾倫太太說。「小船慢慢漂向圓木橋，船裡的積水越來越高，在上面簡直度秒如年。我當時拚命禱告喔，艾倫太太，可是沒閉眼睛，因為我知道上帝唯一能救我的方式就是讓船漂近橋墩，好讓我爬上去。妳知道，那些橋墩都是老樹幹堆出來的，上面有很多樹瘤和殘根。雖然碰上這種事的確很適合禱告，但天助自助嘛，我還是要小心留意周遭環境，見機行事才行。所以我一遍又一遍地說：『親愛的上帝，請讓小船盡量靠近橋墩，剩下的我自己來就好。』在當時的情況下，我真的沒心思想什麼花稍的禱告詞。幸好上帝聽見了我的禱告，小船順利碰上橋墩，而且還停留了一下；我把金縷衣和黑色披肩甩到肩上，七手八腳地爬上巨大的樹木殘幹，然後就這樣巴在又濕又滑的橋墩上，上不去也下不來，陷入非常不浪漫的窘境，不過我當時沒想到就是了，差點溺死的人不會想什麼浪漫不浪漫的。我立刻禱告感謝上帝，然後死命抓著橋墩，因為我知道這種狀況一定要有人拉我上岸才行。」

後來小船緩緩漂過橋下，很快就沉沒了。在下游陸地等待的露比、珍和黛安娜眼睜睜看著小船消失，以為安妮也跟著一起滅頂。突如其來的慘劇讓她們嚇得僵在原地無法動彈，臉色蒼白如紙；等到回過神來，她們才扯開喉嚨大聲尖叫，同時以閃電般的速度瘋狂衝過樹林，越過村莊大街，急著想往橋那邊看一眼。死命抓著橋墩的安妮聽見她們的尖叫，看見她們飛奔的身影，知道救兵就快來了，可是不上不下的尷尬位置讓她撐得好難受。

時間一分一秒地流逝，對不幸受難的白百合少女來說，每一分鐘都宛如一小時那麼長。怎麼還沒有人來呢？其他人去哪裡了？該不會全昏倒了吧！要是沒人來救她的話怎麼辦？要是她累到手腳抽筋，再也抓不住了呢？安妮看著底下邪惡的深綠色池水，油膩細長的暗影隨著水波蕩漾，她忍不住全身發抖，開始幻想各種恐怖的結局。

正當她覺得手臂和手腕好痛，再也撐不下去時，吉伯特剛好划著安德魯先生的小漁船經過橋下！

吉伯特抬頭一看，驚訝地發現有張蒼白的小臉輕蔑地回望著他，那雙大大的灰色眼眸不僅充滿恐懼，更夾雜著一絲不屑的神情。

「安妮．雪利！妳怎麼會在那裡？」吉伯特放聲大喊。

他沒等安妮回答就直接搖槳靠近橋墩，然後伸出一隻手。安妮別無他法，只好抓著吉伯特的手狼狽地爬上漁船。全身濕透的她氣呼呼地坐在船尾，手裡還抱著不斷滴水的披肩和縐綢蓋布。在這種情況下，她真的很難擺出尊貴的姿態。

「安妮，發生什麼事了？」吉伯特一邊問，一邊拿起船槳。

「我們在演伊蓮，」安妮的口氣很冷淡，完全沒看這位救命恩人一眼。「我要躺在小船裡漂到卡美洛，後來船開始進水，我就爬上橋墩。其他女生跑去求救了。可不可以請你載我到岸邊？」

吉伯特很樂意，親切地把她送到岸邊。安妮立刻敏捷地跳上岸，對他伸出來幫忙的手不屑一顧。

「非常謝謝你。」安妮在轉身離開的同時高傲地吐出這句話，可是吉伯特也跟著跳上岸，一把抓住她的手臂不讓她走。

「安妮，」他急急忙忙地說。「妳聽我說。我們就不能做朋友嗎？那時候取笑妳的頭髮真的很對不起，其實我無意要惹妳生氣，只是想開個玩笑。況且事情都過這麼久了，現在妳的頭髮又這麼漂亮——我是說真的。我們做朋友好嗎？」

安妮猶豫了。在她的憤怒與尊嚴底下湧起一股前所未有的奇怪感受，覺得吉伯特淡褐色眼睛裡那種半害羞、半渴望的神情還滿可愛的。她的心撲通撲通地跳，節奏快得好反常。就在這個時候，她腦海中閃過吉伯特叫她「胡蘿蔔」、害她在全班面前丟臉的畫面，兩年前的一切歷歷在目，彷彿是昨天才發生的事。過往的憤恨與委屈讓她搖擺不定的意志瞬間落定。或許她這股怨氣對其他年紀大的人來說很可笑，不過看樣子時間似乎無法緩解、淡化她的痛楚。她討厭吉伯特．布萊斯！而且永遠不會原諒他！

「不要。」安妮冷冷地回答。「吉伯特．布萊斯，我絕對不會跟你做朋友，也不想跟你做朋友！」

「好！」吉伯特跳上小船，臉頰染上憤怒的紅暈。「安妮．雪利，我再也不會問妳要不要做朋友了，我也不在乎！」

他氣沖沖地拚命搖槳，快速划離岸邊，安妮則沿著陡峭且長滿蕨類植物的楓樹小徑往上走。她把頭抬得高高的，內心卻浮出莫名的悔意，巴不得自己剛才給出不一樣的回答。當然啦，吉伯特以前曾狠狠羞辱過她，但是——！總之，安妮好想坐下來大哭一場。她覺得全身癱軟無力，大概是拚命攀著橋墩差點抽筋，以及死裡逃生的驚恐造成的吧。

安妮才走到半路，就遇見正要返回池塘的珍和黛安娜飛奔而來，兩人臉上的表情近乎瘋狂。她們去果園坡找不到人，巴瑞先生和巴瑞太太都不在家，露比又偏偏在這個時候激動到昏倒，只能留在原地休息。珍和黛安娜兩人繼續跑過鬼樹林、越過小溪，來到翠綠莊園，可是也撲了個空，因為瑪莉拉去卡莫迪鎮了，馬修則在後面的田裡整理乾草。

「噢，安妮，」氣喘吁吁的黛安娜緊摟著安妮的脖子抱住她，開心地哭了起來。「噢，安妮……我們還以為……妳……溺水了……我們覺得自己是凶手……因為是我們叫妳……妳演伊蓮的。露比還激動到昏倒……噢，安妮，妳是怎麼脫困的？」

「我先爬上橋墩，」安妮有氣無力地解釋。「後來吉伯特划著安德魯先生的船經過，把我載到岸邊。」

「噢，安妮，他人好好喔！哇，好浪漫喔！」好不容易喘過氣來的珍終於開口。「這樣妳以後會跟他講話了吧？」

「當然不會，」安妮瞬間恢復精神，飛快地回答。「珍．安德魯，我再也不想聽見『浪漫』兩個字。對不起，把妳們嚇成這樣，都是我的錯。我一定是個命中帶衰的掃把星，不管做什麼事都會把自己或朋友拖下水。黛安娜，妳爸爸的船沉到水裡不見了，我看我們以後別想在池塘裡划船了。」

安妮說得沒錯，下午這場沉船鬧劇傳開後，巴瑞和卡斯柏兩家大為震驚，引起不少騷動。

「安妮，妳到底什麼時候才會長點腦子啊？」瑪莉拉抱怨道。

「喔，會啦，我想有一天一定會的，瑪莉拉。」安妮很樂觀地回答。她已經獨自一人在東廂房好好哭了一場，緊張的情緒因而舒緩，所以又恢復到平常開朗的模樣。「我覺得我的腦子越來越明智了。」

「我看不出來。」瑪莉拉說。

「妳聽我說，」安妮開始解釋。「今天我學到很有價值的一課。自從我來到翠綠莊園後就一直出錯，但是每一個錯都幫助我改掉一個毛病。紫水晶胸針改掉我隨便把玩別人東西的毛病，鬼樹林改掉我隨意放任想像力馳騁的毛病，止痛藥水蛋糕改掉我烹飪時粗心大意的毛病，頭髮染成綠色改掉我愛慕虛榮的毛病，現在我已經不會再想我的頭髮和鼻子了……呃，很少想到啦。今天的沉船事件會改掉我太浪漫的毛病。我的結論是，想在艾凡利村耍浪漫是不可能的，或許在好幾百年前到處都是城堡的卡美洛王國比較容易，不過現在已經沒有人欣賞浪漫了。瑪莉拉，妳一定很快就能看見我在這方面的改變。」

「但願如此。」瑪莉拉懷疑地說。

瑪莉拉走出去之後，一直默默坐在角落的馬修把手放在安妮的肩膀上。

「安妮，不要放棄浪漫的想法，」他羞澀地低語。「有一點浪漫是好事……當然啦，太多也不行……保留一點浪漫，安妮，一點就好。」

# 二十九　一生難忘的時刻

九月的某個傍晚，安妮趕著牛群從後山牧場走戀人小徑回家。樹林中每道山谷、每片空地都盛滿了深紅色的燦爛餘暉，就連在楓樹濃蔭下陷入大片幽暗的小徑也被染得東一塊紅、西一塊紅；冷杉樹下方籠罩著一層如葡萄酒般的純紫羅蘭色薄暮，黃昏的微風輕輕掠過冷杉樹梢，創造出世界上最優美的自然音樂。

牛群悠閒地在小路上漫步，安妮則心不在焉地跟在後頭，一邊重複唸著敘事長詩〈馬米昂〉中的戰爭章節（那是去年冬天英文課上過的作品，史黛西老師要他們背起來），一邊幻想衝鋒陷陣的士兵與刀光劍影的場景，心中熱血沸騰。當她唸到「陰暗濃密的森林，擋不住驍勇不屈的槍兵」時，她激動地停下腳步，閉上眼睛，想像自己身處壯觀的史詩畫面，成為英勇戰士中的一員。過沒多久，她睜開雙眼，正好看見黛安娜從巴瑞家的牧場大門走出來，一臉煞有介事的模樣。安妮立刻猜到黛安娜一定有什麼重要的消息要宣布，但她不想表露出自己的好奇心。

「黛安娜，今天的夕陽看起來像不像一場紫色的夢？這幅景象讓我覺得活著真好。每天早上，我總以為清晨最美，可是一到黃昏，我又覺得黃昏更美。」

「今天的夕陽真的很漂亮，」黛安娜說。「噢，安妮，我有好消息要告訴妳。猜猜看。只能猜三次喔。」

「是不是夏綠蒂．吉利斯最後決定要在教堂結婚，所以艾倫太太要我們幫忙布置？」安妮大聲說道。

「不是啦。而且夏綠蒂的未婚夫也不會同意，因為還沒有人在教堂舉行過婚禮，而且他覺得那樣太像葬禮了。真可惜，要不然一定會很有趣。妳再猜猜看。」

「珍的媽媽要幫她辦生日派對？」

黛安娜搖搖頭，黑色的大眼睛裡閃著興奮的光芒。

「我猜不出來了啦……」安妮絕望地說。「還是昨天晚禱會結束之後，穆迪．麥克佛森送妳回家？」

「才不是咧！」黛安娜惱火地大叫。「就算真有那回事好了，我也不可能到處跟別人說啊，他噁心死了！唉，我就知道妳猜不到。今天我媽媽收到約瑟芬姑婆的信，她說要我們兩個下禮拜二進城去她家住，陪她一起參觀博覽會。很棒吧！」

「噢，黛安娜，」安妮低聲驚呼，連忙靠在一棵楓樹上，免得自己興奮到軟腳。「真的嗎？可是我怕瑪莉拉不讓我去。她會說她不希望我到處閒晃。上禮拜珍邀請我跟他們一起坐雙座馬車去白沙旅館聽美國人辦的音樂會，我好想去，可是瑪莉拉說我還是在家裡溫習功課比較好，還說珍也一樣。我真的好失望，黛安娜，失望到心都碎了，所以我那天睡覺前沒有禱告。後來我覺得有點後悔，只好半夜爬起來禱告。」

「我在想，」黛安娜說。「我們請我媽媽去跟瑪莉拉說，這樣她應該比較有可能答應。安妮，要是她答應的話就太好了。我從來沒去過博覽會，每次聽其他女生聊的時候都快羨慕死了。珍和露比去過兩次，而且她們今年還會再去喔。」

「在確定到底能不能去之前，我不想想這件事。」安妮堅決表示。「要是想太多，結果最後不能去，那我一定會受不了。如果可以去的話，我的新外套正好能派上用場。瑪莉拉認為我不需要新外套，她說舊外套絕對可以再穿一個冬天，還說有件新洋裝就該滿足了。黛安娜我跟妳說，那件深藍色的新洋裝真的好時髦、好漂亮。現在瑪莉拉幫我做的衣服款式都很流行，她說她不希望馬修又跑去請林德太太幫忙做。我很開心。穿上時髦的衣服，要當個乖小孩也容易多了，至少我是這樣啦。我想對那些天生乖巧的人來說，應該沒什麼差別吧。可是馬修說我一定要有件新外套，所以瑪莉拉買了一塊美麗的藍色毛料，請卡莫迪鎮一位真正的裁縫師縫製，這個禮拜六晚上就會做好了。我盡量不去想像自己禮拜天穿新衣、戴新帽走進教堂的畫面，我覺得幻想這種事好像不太好，但偶爾還是會忍不住想一下。我的帽子很美，是那天馬修帶我去卡莫迪的時候買給我的，一頂小巧的藍色天鵝絨帽，上面還有金線和流蘇。黛安娜，妳的新帽子好別致，好適合妳喔。上禮拜看見妳走進教堂，想到妳是我最親愛的知心好友，我心裡就湧起一股驕傲。妳覺得我們花這麼多時間想漂亮衣服會不會很壞？瑪莉拉說那樣很不道德。可是聊衣服真的很好玩，不是嗎？」

瑪莉拉答應讓安妮進城，巴瑞先生會在下禮拜二送兩個女孩過去。夏洛特鎮距離艾凡利村大約五十公里，巴瑞先生希望能當天來回，所以必須一大早出發。安妮既開心又興奮，當天早上連太陽都還沒升起就起床了。她望向窗外，只見鬼樹林後方的天空萬里無雲，一片銀白，今天一定是個清澈晴朗的好天氣。果園坡的西山牆房間裡閃爍著燈光，光線從林間透出來，看樣子黛安娜也醒了。

馬修才剛生好火，安妮就已經換好衣服；等到瑪莉拉下樓，安妮已經準備好早餐了，但她自己興奮到完全吃不下。吃完早餐後，安妮戴上可愛又俏皮的新帽子，穿上新外套，然後匆匆跨過小溪，穿越冷杉林來到果園坡。巴瑞先生和黛安娜已經在等她了，於是三個人立刻出發，前往夏洛特鎮。

雖然路途遙遠，但安妮和黛安娜卻樂在其中，盡情享受每一刻。她們開心地看著剛收割過的田野逐漸染上紅色的晨曦，聽著馬車喀噠喀噠輾過被露水浸濕的路面，空氣中透著清新沁涼的氣息，籠罩在谷地間的淡藍色晨霧裊裊升起，緩緩飄上山丘。他們有時會經過濃密的樹林，楓樹已經開始轉為緋紅了；有時會走過河上的橋樑，讓安妮又愛又怕地縮起身子，有時則會彎過港口沿岸，經過飽受風霜的灰色漁村聚落；馬車再度攀上山丘的時候，遠方不是一片綿延起伏的高地，就是薄霧瀰漫的蒼穹——無論眼前出現什麼樣的風景，她們都很感興趣，熱烈討論個不停。接近中午時分，他們終於抵達夏洛特鎮，來到「山毛櫸莊園」。那是一棟非常美麗的古宅邸，隱身在綠意盎然的榆樹與枝葉繁茂的山毛櫸之間，離街道有段距離。約瑟芬姑婆在門口迎接他們，敏銳的黑色眼眸閃閃發光。

「安妮，妳終於來看我啦，」約瑟芬姑婆說。「哇，妳長這麼大了！比我還高呢！而且也比以前漂亮多了。不過不用我說，妳也知道吧。」

「沒有啦，」安妮神采奕奕地說。「我只知道我的雀斑變少了，這是我最感謝的，其他的我就不敢奢望了。約瑟芬姑婆，聽妳這麼說我好高興喔！」

約瑟芬姑婆的家裝潢華麗，「金碧輝煌」（安妮回家後就是這樣告訴瑪莉拉的）。她去廚房查看午餐的時候，兩個鄉下小女孩緊張地望著周遭富麗堂皇的客廳，顯得有些困窘。

「是不是很像宮殿啊？」黛安娜輕聲問道。「我之前從沒來過約瑟芬姑婆家，沒想到這麼豪華。如果茱莉亞·貝爾看得到就好了，她最愛炫耀她家客廳有多氣派。」

「天鵝絨地毯，」安妮自在地嘆了口氣。「還有絲綢窗簾！黛安娜，我夢想過這些東西耶。可是妳知道嗎？要是真的住在這種地方，我應該不會覺得很享受。這間客廳裡有好多漂亮的擺設，美得完全沒有想像空間。窮人的一大安慰，就是可以盡情幻想。」

這趟城市之旅成為安妮與黛安娜兩人永難忘懷的美好回憶，每天都充滿許多開心又好玩的事。

禮拜三，約瑟芬姑婆帶她們去參觀博覽會，而且逗留了一整天。

「博覽會真的很棒，」事後安妮告訴瑪莉拉。「有趣到超乎想像。我也搞不清楚哪些部分最有趣。我想我最喜歡的應該是馬匹、花卉和精緻的手工藝。喬西．派伊織的蕾絲得到首獎，我真的很替她高興，不過我更為自己的高興而高興，瑪莉拉，因為看到喬西得獎我很開心，可見我有進步對不對？哈蒙．安德魯先生的蘋果得到二獎，貝爾校長的大豬獲得首獎。黛安娜覺得主日學校的校長因為養豬得獎真的很扯，可是我不懂哪裡扯。妳呢？她說以後看到他一派莊嚴、虔誠禱告的時候，都會忍不住想到那隻大豬。克萊拉．麥克佛森的繪畫也得獎了，還有林德太太自製的奶油和乳酪也得了首獎。艾凡利選出的參賽代表真的很不錯。那天林德太太也在，好不容易在一大群陌生人當中看到一張熟悉的面孔，我才知道自己有多喜歡她。現場有好幾千人呢，瑪莉拉，我覺得自己好渺小。後來約瑟芬姑婆帶我們到看臺上看賽馬，可是林德太太不肯去，她說賽馬最要不得，身為教友，她必須以身作則，拒絕觀看可惡的賽馬。不過看賽馬的人好多，大概也沒有人會注意到少了林德太太吧。我覺得我應該不會常常去看賽馬，因為實在是太迷人了。黛安娜看得好激動，還想跟我打賭十分錢，說那匹紅馬會跑第一。雖然我不覺得牠會贏，但我還是拒絕了，因為我想把這次旅行的經過說給艾倫太太聽。賭馬這種事怎麼能說呢？不能告訴牧師娘的事絕對不是好事，當然不能做。有個牧師娘朋友真的很好，就像多了一個良心一樣。最後那匹紅馬還真的贏了，好險我沒打賭，不然就會輸掉十分錢。妳看，善有善報吧。我們看到一個人坐熱氣球升空耶，瑪莉拉，我也好想坐熱氣球飛到天上去喔，一定會很刺激。對了，我們還看到一個算命師，只要給他十分錢，就會有隻小鳥幫妳抽籤。約瑟芬姑婆給我和黛安娜每人十分錢，讓我們算算命。我將來會嫁給一個皮膚黝黑的有錢人，還會搬到國外去住。算過之後，我就仔細留意那些皮膚黝黑的男人，可是一個也不喜歡，不過沒關係，反正現在尋覓命中注定的人也太早了。噢，瑪莉拉，我永遠不會忘記那一天。晚上我累到睡不著覺。約瑟芬姑婆信守承諾，讓我們兩個睡客房，房間布置得非常高雅，瑪莉拉，可是不知道為什麼，睡客房的感覺跟我想的不太一樣。我開始明白，這就是長大最糟糕的地方。小時候夢寐以求的東西，真的得到的時候，感覺反而沒那麼美好了。」

禮拜四，安妮和黛安娜乘著馬車到公園兜風；到了晚上，約瑟芬姑婆帶她們去音樂學院聽音樂會，演唱者是著名的首席歌劇女伶。對安妮來說，那個夜晚就像是璀璨閃耀的歡樂天堂，令人難忘。

「噢，瑪莉拉，那場音樂會真是言語無法形容。我激動到說不出話來，妳就知道有多精采了。當時我靜靜坐著，陶醉在美妙的氛圍裡。賽莉姬夫人身穿一襲白色緞面禮服，戴著閃亮的鑽飾，除了美還是美。可是她一開口唱歌，我就忘了一切。哎，那種感覺說不上來……總之我覺得要當個乖巧懂事的孩子一點都不難了，那種感受就跟仰望星星的時候一樣。我在座位上熱淚盈眶，不過是幸福的淚水。音樂會結束那一刻我好難過，我告訴約瑟芬姑婆說我可能沒辦法回到從前平凡的生活。她說我們不如過馬路到對面的餐廳吃個冰淇淋，說不定能讓我的心情變好。聽起來好像不怎麼樣，結果卻出人意料，我的心情真的變好了。冰淇淋真的好好吃喔，瑪莉拉，而且深夜十一點坐在那裡吃冰淇淋也很好玩，有種自由追求享樂的感覺。黛安娜說她天生適合城市生活。約瑟芬姑婆問我的想法，我說我得認真考慮後才知道。所以那天晚上我在床上翻來覆去想了好久。深夜是靜心思考的最佳時刻。瑪莉拉，我的結論是，我不適合城市生活，我也很高興自己不適合。偶爾在晚上十一點去光鮮亮麗的餐廳吃冰淇淋固然很棒，但是平常的日子裡我寧願在翠綠莊園的東廂房酣睡，知道即使在睡夢中，天上的星星都在眨眼，夜風也會拂過冷杉林、掠過小溪。隔天吃早餐的時候，我就這樣告訴約瑟芬姑婆，她聽了哈哈大笑。不管我講什麼，就算是很嚴肅的事，她都會放聲大笑。我不太喜歡這樣，瑪莉拉，我又不是在說笑話。不過她真的很好客，也很熱情招待我們。」

禮拜五，回家的時候到了。巴瑞先生駕著馬車來接兩個女孩。

「希望妳們玩得開心。」約瑟芬姑婆向她們道別。

「非常開心！」黛安娜說。

「安妮，妳呢？」

「我每一分鐘都玩得很開心！」安妮衝動地摟住約瑟芬姑婆的脖子，親親她爬滿皺紋的臉頰。黛安娜從來不敢做出這種舉動，安妮的自在和率真讓她大吃一驚；不過約瑟芬姑婆非常高興，她站在陽臺上目送她們離開，直到看不見馬車後才嘆了口氣，轉身走進自家大宅。少了那兩個活潑的年輕女孩，屋子裡顯得特別冷清。說真的，其實約瑟芬姑婆是個很自私的老太太，除了自己，從來不關心別人，只有能討她歡心或是對她來說有用的人，才會受到她的重視。安妮很討她的歡心，所以約瑟芬姑婆非常喜歡她，但她的焦點不再是安妮奇特的言語，而是她充滿熱誠的態度、純真直率的感情、可愛的行為舉止，以及漂亮的嘴唇和眼睛。

「當初聽說瑪莉拉領養一個孤兒的時候，我還覺得她是個老傻瓜，」約瑟芬姑婆喃喃自語地說。「現在看來，她的決定是對的。假如家裡能一直有個像安妮那樣的孩子，我也會變得更好、更快樂。」

安妮和黛安娜在回家的路上就跟出門時一樣開心，應該說更開心才對，因為她們知道，等在前方的是自己熟悉又溫暖的家。經過白沙鎮、轉入曲折的濱海道路時，夕陽已然西沉。遠方的橙黃色天空襯托著艾凡利山丘的黑影。一輪明月從他們身後的海面緩緩升起，海水在皎潔的月光下閃閃動人，煥然一新。依傍著蜿蜒道路的每個小海灣都是水波蕩漾、浪花起舞的自然奇蹟，空氣中瀰漫著一股鹹鹹的、清新的海味，白浪則在底下拍打著巨岩，發出輕柔的沙沙聲。

「啊，回家的感覺真好。」安妮深吸了一口氣。

她走過橫跨小溪的圓木橋，翠綠莊園的廚房燈光正眨眨眼睛歡迎她回家；溫暖的紅色火光從敞開的門裡透出來，趕走了秋夜清冷的寒氣。安妮開心地跑上山坡，一腳踏進廚房，桌上已經有熱騰騰的晚餐在等著她了。

「回來啦？」瑪莉拉一邊說，一邊收起手邊編織的毛線。

「回來了！啊，回家真好！」安妮快樂地說。「我好想把每樣東西都親一遍，包括時鐘在內。哇，是烤雞耶，瑪莉拉！該不會是特地為我烤的吧！」

「是啊，」瑪莉拉說。「我想妳坐了那麼久的車一定餓壞了，需要來點好吃的才行。快去換衣服吧，等馬修回來就可以吃飯了。哎，看到妳回來真好，妳不在的時候，家裡變得好冷清。沒想到四天居然這麼漫長。」

吃完晚餐後，安妮坐在馬修和瑪莉拉中間一邊烤火，一邊細說這趟美妙的城市之旅。

「我玩得好開心，」她快樂地說。「我覺得這是我一生難忘的經驗。不過其中最棒的還是回家。」

# 三十　皇后學院升學班

瑪莉拉把手裡編織的毛線放在大腿上，往後靠著椅背。她的眼睛好累，最近眼睛老是覺得疲倦。她模模糊糊地想著，下次去鎮上一定要重配一副老花眼鏡才行。

天快黑了，十一月的夕陽餘暉籠罩著翠綠莊園，爐子裡跳躍的紅色火焰是廚房裡唯一的光線。

安妮蜷曲在壁爐前的土耳其地毯上，目不轉睛地望著明亮歡快的火花，燃燒的楓木彷彿正慢慢釋出汲取了上百個夏天的陽光。她剛才還在看書，可是這時書本已經滑到地上，嘴唇微張的她帶著笑容，進入夢想的國度。在那栩栩如生的幻想世界裡，華麗耀眼的西班牙城堡自薄霧與彩虹中幻化而生，她穿梭在縹緲的雲彩中體驗奇妙又刺激的冒險旅程，而且每次都有圓滿的結局，從來不像現實生活那樣陷入窘境。

瑪莉拉溫柔地看著安妮；只有在火光與陰影交錯而成的幽微混沌之下，她才敢大膽表露出這種充滿關愛的眼神。瑪莉拉永遠學不會如何輕鬆地用言語和表情來展現愛意，但是她學著去愛這個身形瘦削、有雙灰色眼睛的女孩。她對安妮的愛表面上看起來非常含蓄，實際上既深刻又強烈，甚至還擔心自己會不會過度溺愛了。瑪莉拉心裡很不安，覺得對安妮懷抱這麼激烈的情感是種罪孽；也許正因為如此，她才會進入一種無意識的贖罪狀態，對安妮越來越挑剔、越來越嚴格。安妮當然不知道瑪莉拉有多愛她，有時她會很難過，覺得瑪莉拉不僅難以取悅，又缺乏同情和體諒別人的能力；但她總會在心裡暗暗責備自己不可以這麼想，因為她實在虧欠瑪莉拉太多了。

「安妮，」瑪莉拉突然開口。「今天下午妳和黛安娜在外面玩的時候，史黛西老師來過了。」

安妮嚇了一跳，這才回過神來，嘆了口氣。

「是嗎？噢，很抱歉我不在家，瑪莉拉。怎麼不叫我一聲？我和黛安娜就在鬼樹林。現在那裡變得好漂亮，羊齒植物、白紋草和野茱萸等所有住在樹林裡的小生命全都睡著了，就好像有人把它們藏在落葉底下等待春天降臨一樣。我猜是圍著彩虹圍巾的灰色仙子在昨晚的月光下偷偷幹的好事。不過黛安娜不願意多說，她忘不了上次幻想鬼樹林有鬼，結果被媽媽痛罵的經驗。黛安娜的想像力就這麼毀了。林德太太說梅朵·貝爾的人生也毀了。我問露比為什麼梅朵的人生毀了？露比說大概是因為她的男友背叛她吧。露比滿腦子都是男孩子，而且年紀越大越嚴重。男孩子是不錯，但也不用什麼事都扯上他們吧？黛安娜和我正在認真考慮一輩子不結婚，將來變成兩位和藹可親的老小姐，永遠住在一起。黛安娜還沒決定，她覺得說不定嫁給一個魅力無窮、狂放不羈的壞男人，然後把他改造成顧家好男人這個目標更偉大、更崇高。最近我和黛安娜聊的話題都很嚴肅，我們覺得自己的年紀已經大到不適合說些孩子氣的話了。瑪莉拉，我們快滿十四歲了耶。上禮拜三，史黛西老師把所有正值青春期的女生帶到小溪邊談談。她說我們這個年紀一定要小心自己養成的習慣和懷抱的理想，因為到了二十歲，性格已經塑造完成，人生的基礎也打好了。假如基礎不夠穩固，就無法創造出有價值的未來。我和黛安娜在放學回家的路上聊起這件事，瑪莉拉，我們都覺得好重要，所以決定要非常小心、養成良好的習慣，努力學習，變得更懂事、更明理，這樣等我們長到二十歲，個性才會有充足的發展。想到二十歲就覺得好可怕喔，瑪莉拉，聽起來好老、好成熟。對了，史黛西老師為什麼來啊？」

「我剛才就想講了，安妮，可是妳根本不給我機會插話。她是為了妳來的。」

「為了我？」安妮露出驚恐的表情，然後紅著臉大聲說：「喔，我知道是什麼事了。我本來想告訴妳的，瑪莉拉，可是我忘了。昨天下午的歷史課，史黛西老師發現我在偷看珍．安德魯借我的《賓漢》。我從午休時間開始看，看到戰車比賽的時候就上課了。我只是很想知道比賽結果如何——雖然我覺得賓漢一定會贏，沒贏太沒道理了——所以就把歷史課本攤在桌上，《賓漢》藏在桌底和膝蓋之間，假裝在讀課本，其實是陶醉在精采的故事裡。我看得好入迷，根本沒注意到史黛西老師走過來，一抬頭才發現她用責備的眼光看著我。我覺得好慚愧，瑪莉拉，尤其是聽見喬西．派伊咯咯傻笑的時候。史黛西老師只把《賓漢》沒收，完全沒罵我。下課後她找我過去，說我做錯兩件事，一是浪費學習的時間，二是假裝讀課本欺騙老師，其實是在看故事書。瑪莉拉，那時我才明白原來自己是在騙人。我好震驚，忍不住大哭起來，求老師原諒我，並答應絕不再犯，又處罰自己一個禮拜不准看《賓漢》，連瞄一下戰車比賽的結果也不行。可是史黛西老師說不用，她已經原諒我了。所以我覺得她跑來這裡跟妳告狀實在很不夠意思。」

「安妮，史黛西老師完全沒提到這件事，是妳自己心裡有鬼吧。妳不應該帶小說去學校的，而且妳也看太多小說了。我小的時候大人根本不准我們看小說。」

「拜託，《賓漢》是跟宗教有關的故事，才不是小說呢！」安妮抗議道。「當然啦，禮拜天讀《賓漢》是有點太刺激了，但我都是平日的時候才看，而且我現在讀的書都是史黛西老師或艾倫太太說適合十三、四歲女生讀的好書，因為我已經答應過史黛西老師了。有一次她發現我在看露比．吉利斯借我的《神祕的鬼屋》，噢，瑪莉拉，書裡的內容好恐怖、好引人入勝，我讀到寒毛直豎，就連血液都凝結了。不過史黛西老師說那本書很蠢又有害身心，她希望我不要再讀這本書，也不要再碰類似的書了。不看類似的書沒關係，但不知道結局就把書還回去真的很痛苦。幸好我對史黛西老師的愛禁得起考驗，瑪莉拉，知道自己可以做點什麼來討好喜歡的人，感覺真好。」

「好啦，我該點燈做事了，」瑪莉拉說。「看樣子妳根本不想聽史黛西老師到底說了什麼，因為妳更愛聽自己囉哩囉嗦。」

「對喔，瑪莉拉，我要聽啦！」安妮懊悔地大喊。「我不說了。我知道自己太多嘴，但我會盡量克服。雖然我話真的很多，但要是妳知道我吞下去沒說的話有多少，一定會稱讚我的。瑪莉拉，請告訴我老師說了什麼吧。」

「史黛西老師想為高年級生成立一個專門準備皇后學院入學考的升學班，打算在放學後進行一小時的課後輔導。她來問我和馬修願不願意讓妳參加。安妮，妳自己的意思呢？想不想念皇后學院，將來當老師？」

「噢，瑪莉拉！」安妮立刻跪直身子，雙手緊握在一起。「這是我一生的夢想——應該說，過去半年來的夢想，因為露比和珍半年前就說要努力用功參加入學考試了，可是我沒跟你們說，以為說了也沒用。我很想當老師，可是那不是很花錢嗎？安德魯先生讓普莉西去念皇后學院花了一百五十加幣耶，再說普莉西的幾何學比我強多了！」

「錢的事妳不用擔心。我們領養妳的時候就決定要盡己所能，讓妳受完整的教育。不管未來需不需要，我都認為女孩子應該培養自力更生的能力。只要有我和馬修在，翠綠莊園永遠是妳的家。可是世事無常，沒有人知道未來會發生什麼事，還是未雨綢繆比較好。所以，安妮，如果妳想考皇后學院的話，就參加升學班吧。」

「噢，瑪莉拉，謝謝妳！」安妮一把抱住瑪莉拉的腰，抬起頭熱切注視她的臉。「我真的好感激妳和馬修。我一定會用功讀書，讓你們以我為榮。先警告妳喔，我的幾何學不好，但其他科目我一定會努力拿第一。」

「我相信妳會的。史黛西老師說妳聰明又好學。」其實史黛西老師對安妮的讚美不只這些，但瑪莉拉不想透露太多，就怕安妮得意忘形。「妳也不用急著拚命念書，要是把身體搞壞了怎麼辦？距離入學考還有一年半，史黛西老師說只要早點開始準備，打好基礎就行了。」

「現在我要更努力用功讀書，」安妮開心地說。「因為我有了人生的目標。艾倫牧師說每個人都應該要有人生目標，同時堅定、踏實地朝目標邁進。不過他說必須是有意義的目標才行。我想跟史黛西一樣當老師，瑪莉拉，這樣的目標應該很有意義吧？我覺得老師是很崇高的職業。」

過了不久，皇后學院升學班正式成立，參加的有吉伯特・布萊斯、安妮・雪利、露比・吉利斯、珍・安德魯、喬西・派伊、查理・史隆和穆迪・麥克佛森。黛安娜沒有參加，因為她父母不打算讓她讀皇后學院，這對安妮來說簡直是場災難。自從米妮梅感染喉炎那一晚以來，她和黛安娜兩人形影不離，做什麼事都在一起。升學班開課的第一個傍晚，看著黛安娜跟別的同學慢慢離開教室，想到她孤零零地走上白樺樹小徑和紫羅蘭谷，安妮差點坐不住，恨不得衝出去追她的知心好友。哽咽的她連忙豎起拉丁文文法書把臉遮住。無論如何，絕對不能讓吉伯特和喬西看見她的眼淚。

「瑪莉拉，看著黛安娜一個人走出教室，我真的覺得自己嘗到艾倫牧師上禮拜天講道時說的死亡的滋味。」當天晚上，安妮難過地說。「如果黛安娜也參加升學班的話該有多好。可是就像林德太太說的，這個不完美的世界裡不可能有完美的事。雖然林德太太有時不太會安慰人，但她說的話很多都是對的，這點毋庸置疑。我想升學班一定會很有趣。珍和露比將來想當老師，這是她們的抱負。露比說她畢業後教兩年書就要結婚，珍說她決定不婚，要一輩子獻身教學，因為教書有薪水可以拿，相反的，丈夫不但一毛不給，跟他要點賣雞蛋和奶油賺來的錢還會被凶幾句。我猜珍說的是自己痛苦的經驗，林德太太說她爸爸非常小氣，是個老怪物。喬西說她升學純粹是為了受教育，因為她不需要自食其力，還說靠人救濟的孤兒當然不一樣，孤兒非得在夾縫中求生存才行。穆迪打算當牧師，林德太太說取了那種名字，除了當牧師還能幹嘛？希望我這樣不會太壞，瑪莉拉，可是一想到穆迪當牧師，我就忍不住想笑。他的長相實在太有趣了，胖胖的大餅臉、藍色瞇瞇眼，還有兩隻招風耳，嗯，或許他長大後的外表會更有智慧也說不定。查理．史隆說他要進入政壇，成為國會議員，不過林德太太說他絕對選不上，因為史隆家都是正直的老實人，現在只有壞蛋才能搞政治。」

「那吉伯特呢？」瑪莉拉問道，安妮則翻開手邊的《凱撒大帝》。

「我不知道他的人生抱負是什麼，也不知道他有沒有抱負。」安妮一臉不屑地說。

現在安妮和吉伯特之間演變成公開競爭的關係。以前是安妮單方面視他為對手，如今吉伯特顯然決心要跟安妮一較高下，而且他的實力不容小覷。其他升學班同學彼此心照不宣，認為他們兩人確實高人一等，根本不想和他們爭。

自從那天在池塘邊懇求安妮原諒遭到拒絕後，吉伯特除了較量成績之外，也開始把安妮・雪利當空氣，完全無視於她的存在。他和別的女孩談笑風生、交換書籍或益智遊戲、討論功課和計畫，有時晚禱會或辯論社結束後還會送一、兩個女生回家，可是就是對安妮不理不睬。安妮發現被冷落的感覺很不好受。她甩甩頭，告訴自己無所謂，但是一點用也沒用，她知道，自己那顆任性又倔強的少女心其實非常在意，要是閃亮湖邊的機會再來一次，她的回答絕對不同。就在這一刻，她愕然發現自己對吉伯特的怨恨已經消失了，而且還是在她最需要以怨氣作為競爭動力的時候。就算一再回想每個難堪的情緒和過往，她還是氣不起來，從前那種令人心滿意足的憤怒就這樣蒸發了。原來池塘邊獲救那天是最後一股怒火。安妮終於明白自己早在不知不覺中原諒了吉伯特，可是已經來不及了。

吉伯特和其他人絲毫沒有察覺到，安妮對過去那個高傲又討厭的自己感到很抱歉、也很後悔，就連黛安娜也被蒙在鼓裡。她決定將自己的情感埋藏在內心深處、逐漸遺忘，而她也確實做到了，因為表面上裝作不在乎的吉伯特覺得安妮對他的「報復性蔑視」完全無感，唯一讓他心裡有些安慰的是，安妮對查理・史隆也很冷淡。

除此之外，整個冬天就在愉快的學業和責任中流轉而逝。安妮覺得日子彷彿項鍊上的金色珠珠一天天溜過；她內心充滿了快樂和渴望，對一切興趣盎然，既有知識要學習，也有榮譽要爭取，有精采的書要看，以及主日學唱詩班的新歌要練，禮拜六下午還能跟艾倫太太一起在牧師館度過美好時光。就這樣在不知不覺間，春天已然降臨翠綠莊園，大地再度繁花盛開，生機璀璨。

課業開始變得有點乏味了。放學之後，其他同學三三兩兩地走上蒼翠的步道、枝葉繁茂的林徑，以及碧草如茵的偏僻小路，留在教室的升學班同學羨慕地望著窗外，赫然發現寒冬時那股對拉丁文動詞和法語練習的熱情和衝勁消失了，就連安妮和吉伯特也懶洋洋的，一副無所謂的樣子。學期結束時，老師和學生都很開心，美好的暑假終於來了。

「這學期大家都很用功，」史黛西老師在學期最後一天說道。「暑假應該好好享受，盡量到戶外走走活動身心，保持健康、儲備活力、鍛鍊志氣，為明年的衝刺做準備。你們都知道，接下來是入學考前最後一年，也是一場拉鋸戰，需要很大的努力和耐心才行。」

「史黛西老師，妳下學期還會教我們嗎？」喬西問道。

喬西一直以來都無所顧忌、很愛問問題，其他人都很感激她問了大家都想問但沒人敢問的事，因為他們早就聽說史黛西老師答應家鄉一所學校的邀請，下學期就要回去任教了。升學班同學全都屏住呼吸，靜靜等待老師的答案。

「會啊，」史黛西老師說。「本來我考慮換個學校，但最後決定回來艾凡利。老實說我越來越喜歡大家，捨不得離開你們，所以我會留下來陪你們度過考試、順利升學。」

「萬歲！」穆迪大聲歡呼，這是他第一次這麼直接表露情緒；接下來一週，他一想到這件事就臉紅，整個人彆扭得要命。

「噢，太好了，我好高興喔！」安妮的眼睛閃閃發亮。「親愛的史黛西老師，如果妳不留下來教我們就太糟了。要是換了別的老師，我一定沒心情繼續念書。」

那天晚上回家之後，安妮就把所有教科書塞進閣樓的舊皮箱鎖起來，再把鑰匙丟進毛毯箱裡。

「這個暑假我絕對不碰教科書，」她對瑪莉拉說。「我已經拚命用功了一整個學期，而且還認真研究幾何學，課本熟到連裡面的題目都會背了，就算字母不一樣我也背得出來。我厭倦了所有實用又理性的知識，現在我要盡情發揮想像力，過個快樂的暑假。喔，別擔心，瑪莉拉，我只會在合理的範圍內發揮而已。我要好好享受這個夏天，說不定這是我最後一個可以當小女孩的夏天了。林德太太說，如果我明年也像今年一樣繼續抽高，就得穿長一點的裙子。她說我的腿越來越長、眼睛越來越大，好像只長這兩個地方一樣，還說穿長一點的裙子感覺像大人，態度也會變得很端莊。到時恐怕再也不能相信仙子了，所以今年夏天我要全心全意相信仙子。我想我們會有個很棒的暑假。露比很快就會舉辦生日派對，下個月還有主日學校的野餐和教會音樂會。巴瑞先生說他會找一天晚上帶我和黛安娜去白沙旅館吃大餐。他們晚上都有很豐盛的餐點喔！珍・安德魯去年夏天吃過一次，她說那裡到處都是繽紛的電燈和美麗的花朵，而且女客全都穿著漂亮的洋裝，看得她眼花撩亂。珍說那是她第一次親眼見識到上流社會的生活，她一輩子也不會忘記。」

第二天下午，林德太太來問瑪莉拉為什麼沒去參加週四的救助協會聚會。大家都知道，要是瑪莉拉沒去開會，翠綠莊園肯定出了什麼事。

「那天馬修心臟不太舒服，」瑪莉拉解釋。「我不想丟下他。喔，他現在沒事了，可是他最近發作得比較頻繁，我很擔心他的身體。醫生叮囑他要小心避免受到刺激。這倒容易，反正馬修從來不會出去找刺激，但醫生也說不能太勞累，哎，要馬修別工作，還不如叫他別呼吸算了。瑞秋，把東西放下來坐一下，喝杯茶吧？」

「既然妳這麼說，那我就不客氣了。」林德太太說。其實她早就想坐下來喝茶了。

瑪莉拉和林德太太舒服地坐在客廳聊天，安妮則在一旁泡茶，還附上熱呼呼剛出爐的手工餅乾，無論口感或火候都恰到好處，好吃到連林德太太也挑不出毛病。

黃昏時分，瑪莉拉送林德太太走到小徑盡頭。「哎，安妮真的變成聰明又懂事的好孩子了，」林德太太承認。「她一定幫了妳很大的忙。」

「是啊，」瑪莉拉說。「她現在真的很穩重也很可靠。以前我還怕她會永遠那麼毛躁，好在她長大了，現在什麼事交給她，我都很放心。」

「三年前我第一次在這裡見到她的時候，從來沒想到她會變得這麼乖巧。」林德太太說。「天哪，我永遠忘不了她發的那頓脾氣！那天晚上回家後，我跟湯瑪斯說：『聽好了，湯瑪斯，瑪莉拉一定會悔不當初。』可是我錯了，而且我很高興自己錯了。瑪莉拉，我不是那種死不認錯的人，謝天謝地，那不是我的作風。我看錯了安妮，可是那也難怪，因為她的確是非常特別又與眾不同的孩子，跟其他小孩完全不一樣，所以很難猜得透。她這三年來的改變真是奇妙，特別是外表，居然出落得這麼漂亮。不過我不太喜歡臉色蒼白、眼睛大大的女孩，我喜歡比較有活力和血色的，像黛安娜或露比那樣。露比的美很引人注目，可是不知道為什麼，安妮跟她們在一起的時候，雖然不及她們一半漂亮，但她卻讓其他人看起來有種平庸、浮誇的感覺，就像……大紅芍藥花叢裡的白水仙一樣。」

# 三十一　交會點

安妮盡情享受了一個美好又快樂的夏天。她和黛安娜整天往外跑，陶醉在戀人小徑、森林仙女的泡泡、柳池與維多利亞島的自然饗宴裡。奇怪的是，瑪莉拉居然不反對安妮到處亂晃。原來暑假開始後沒多久，有天下午，當初從史賓瑟村請來替米妮梅診治喉炎的那位醫生，在某個病患家中巧遇安妮；他仔細端詳安妮的臉色，接著撇撇嘴，搖搖頭，請人傳話給瑪莉拉說：「請讓妳家的紅髮姑娘暑假多到外面走動走動，在她腳步變得更輕快之前，別再讓她讀書了。」

瑪莉拉嚇壞了，她覺得若不切實遵照醫生的囑咐，安妮絕對會憔悴而死。因此，安妮過了一個前所未有、自由自在的歡樂暑假。她隨心所欲地散步、划船、採莓果、作白日夢；到了九月，安妮目光炯炯、精神奕奕，內心再度燃起滿滿的抱負與熱情，腳步輕快到連史賓瑟村那位醫生都會滿意。

「我要開始全力衝刺！」她把教科書從閣樓拿下來時大聲宣布。「嗨，老朋友，很高興又看到你們誠實的面孔了——沒錯，包含你在內，幾何學。我過了一個很美好的暑假，瑪莉拉，現在我整個人開心到就像艾倫牧師上禮拜天說的——一個即將參加賽跑的勇者。艾倫牧師的講道很棒對不對？林德太太也說他每天都在進步，說不定馬上就會被挖角到城裡的大教堂去，然後我們又得忍受一個菜鳥牧師了。但我覺得提早擔心這個也沒用，瑪莉拉，妳覺得呢？我認為不如趁現在好好享受艾倫牧師的講道比較好。如果我是男生的話，大概會當牧師吧。神學素養深厚的牧師能為他人帶來很大的正面影響，要是講道精采、能激勵聽眾的心就更棒了。瑪莉拉，為什麼女生不能當牧師啊？我問過林德太太，她聽了大吃一驚，說那樣太不像話了。她還說美國可能有女牧師，幸好加拿大沒有，也希望永遠不會有。為什麼呢？我覺得女人當牧師很棒啊，再說教會辦聚會、茶會或募款什麼的，不都是靠女人四處張羅出力嗎？我敢說林德太太禱告的功力絕對不輸給貝爾校長，而且我相信她只要稍加練習，就連講道也沒問題。」

「嗯，我也覺得她可以，」瑪莉拉冷淡地說。「反正她平常就很愛說教啦。有瑞秋監督一切，艾凡利村民根本沒機會出錯。」

「瑪莉拉，」安妮突然鼓起勇氣說。「我想跟妳說一件事，聽聽妳的看法。每個禮拜天下午只要想到這件事我就好擔心，我真的很想當個乖巧懂事的好孩子，尤其是跟妳、艾倫太太和史黛西老師在一起的時候，可是只要碰到林德太太，我又覺得自己好壞好壞，彷彿心裡有種難以抗拒的衝動，很想去做那些她說千萬不可以做的事。為什麼會這樣呢？是不是因為我真的很壞、無藥可救了？」

瑪莉拉聽了一臉困惑，隨即立刻放聲大笑。

「安妮，我想我跟妳一樣，因為我也常常想要反抗瑞秋。有時我真的覺得，要是她別那麼嘮叨、老是愛指正別人的話，就像妳剛才說的，或許能為他人帶來更多正面影響。哎，應該要特別列出一條『不可嘮叨』的戒律才對。哎，其實我也不該這麼說。瑞秋是個善良的基督徒，她說的話都出於好意，人也很親切，從不逃避自己應盡的責任和本分。」

「原來妳的感覺跟我一樣，太好了，」安妮果斷地說。「那我就放心了。不過我敢說，我要擔心的還多得是，生活中總是會出現很多新的問題，妳知道，那些讓人搞不懂的事。才剛解決一個難題，另一個又來了。成長過程中有許多事情需要考慮和決定，害我整天只能忙著思考該怎麼做才對。瑪莉拉，長大這件事真的很嚴肅對不對？不過有妳、馬修、艾倫太太和史黛西老師這些好朋友，我應該可以順利長大，如果不順利的話，一定是我的錯。我覺得責任很重，因為長大的機會只有一次，一旦失敗就不能重來。瑪莉拉，我這個夏天長高了五公分耶，是露比的媽媽在露比生日派對那天幫我量的。幸好妳幫我做的新洋裝比較長，那件深綠色的好漂亮喔，謝謝妳在裙襬上縫了荷葉邊。我當然知道沒必要縫荷葉邊啦，可是今年秋天很流行呢，喬西每件洋裝都有荷葉邊。一想到自己的新衣服上有荷葉邊我就覺得好安心，這樣就能更努力用功讀書了。」

「那我縫荷葉邊也算是值得了。」瑪莉拉說。

史黛西老師回到艾凡利學校，發現學生們全都再次投入課業、熱中學習，其中升學班的同學更是聚精會神，專心準備明年年底那場硬仗，也就是重要的皇后學院入學考。在前途充滿未知的陰影籠罩下，每個人的心都沉到谷底。要是沒考上怎麼辦？安妮整個冬天都在想這件事，就連禮拜天下午也不例外，根本沒心情思考道德與神學方面的問題。她總是夢到自己難過地盯著榜單，痛到撕心裂肺——吉伯特．布萊斯位居榜首，她卻名落孫山。

即便如此，這個冬天還是非常快樂、忙碌、轉瞬即逝。上課很有趣，同學之間的競爭也很激烈。新鮮的想法、情感、抱負與迷人浩瀚的知識場域展現在求知若渴的安妮眼前，等著她盡情探索、拓展視野，發掘一山還有一山高的智識巔峰。

這方面多虧了史黛西老師細心周全的開明指導。她鼓勵學生獨立思考、自由探索，別總是墨守成規，走前人的老路。這種引導學生勇敢創新的教學作風嚇壞了林德太太與學校的董事，他們向來對傳統之外的新觀念充滿懷疑。

除了學業之外，安妮的社交生活也更開闊了，原來瑪莉拉始終惦記著史賓瑟村那位醫生的叮嚀，所以不再反對安妮偶爾外出活動。越來越活躍的辯論社舉辦了好幾場音樂會；安妮還參加過一、兩場幾乎都是大人的派對；除此之外，她也開開心心地溜冰、乘著雪橇兜風，出去玩了好多次。

這段期間，安妮以飛快的速度不斷抽高。有一天，瑪莉拉和安妮站在一起，赫然發現安妮已經比她高了。

「哇，安妮，妳長好高了！」瑪莉拉大聲驚呼，簡直不敢相信。安妮的身高讓瑪莉拉有種奇怪的失落感，彷彿當初她學著去愛的那個小女孩消失了，變成眼前這位身材高䠷、眼神真摯、表情若有所思、舉止落落大方的十五歲少女。瑪莉拉依然像從前一樣愛她，只是心裡不免覺得感傷。那天晚上，安妮和黛安娜一起去參加晚禱會，獨自坐在寒冬暮色中的瑪莉拉忍不住想哭的衝動，任憑淚水撲簌簌地掉下來。提著油燈進屋的馬修看見她默默垂淚，嚇了一大跳，只能愣愣地望著她；瑪莉拉這才破涕為笑。

「我在想安妮，」她解釋。「她一下子長得好高……明年冬天可能就要離家去上學了。我一定會很想念她。」

「她還是會常常回來啊，」馬修安慰道。安妮在他心目中，永遠都是四年前他從亮河車站帶回家的那個充滿熱情的小女孩。「到時鐵路支線就會通到卡莫迪了。」

「那跟她天天在家不一樣啊，」瑪莉拉沮喪地嘆了口氣，硬是要耽溺在哀傷裡。「唉！算了……這種事你們男人根本不懂！」

除了外表，安妮在別的方面也改變了很多，其中之一是她變得安靜不少。或許她想得更多，也和過去一樣愛幻想，可是話卻少多了。瑪莉拉發現的時候便問她：「安妮，妳不像以前那樣嘰嘰喳喳說個沒完，也很少用誇張的字眼了。到底是怎麼回事？」

安妮紅著臉笑了笑，放下手中的書，然後作夢似的望著窗外，只見交纏的翠綠藤蔓紛紛長出胖胖的紅色嫩芽，回應著春天陽光的誘惑。

「我也不知道……就是不想說那麼多話了。」她若有所思地用食指按著下巴。「把可愛美好的想法放在心裡，當成寶貝一樣珍藏更好。我不喜歡說出來讓人笑話或是大驚小怪。我也不知道為什麼不想用誇張的字眼了。這樣好像有點可惜對不對？畢竟我現在長大了，只要真的想說隨時都可以說。長大從某些方面來看很有趣，瑪莉拉，但不是我期待的那種有趣。我有好多東西要學、要做、要想，根本沒時間講誇張的話。況且史黛西老師說，簡潔的文字更強而有力。她訓練我們寫文章盡量簡單。剛開始覺得很困難，因為我太習慣把所有想得到的華麗辭藻堆砌在一起，但現在已經改進了不少，文章讀起來流暢很多。」

「妳的故事俱樂部呢？好久沒聽妳說了。」

「故事俱樂部已經解散了。大家都沒時間，反正老是寫些愛情、謀殺、私奔和懸疑故事也寫膩了。史黛西老師有時會要我們用編故事的方式來練習作文，但只准寫可能發生在艾凡利和我們生活周遭的事，然後她會嚴格批評每篇文章，也會讓我們評論自己的作品，培養批判性思維。在這之前，我從沒想過我的文章居然有這麼多缺點。我覺得好丟臉，好想放棄，可是史黛西老師說，如果我能好好練習、以最嚴格的眼光來看待自己，文章才會越寫越好。所以我正在努力。」

「再過兩個月就入學考了，」瑪莉拉說。「妳覺得妳考得上嗎？」

安妮渾身顫抖。

「我不知道。有時覺得考得上，有時又怕考不上。我們都很用功，史黛西老師也把我們訓練得很徹底，但還是有可能考不上。我們每個人都有最弱的科目。我當然是幾何學，珍是拉丁文，露比和查理是代數，喬西是算術，穆迪覺得自己的英國史一定會考得很爛。史黛西老師說她六月要讓我們進行跟正式考試一樣難的模擬考，評分也會一樣嚴格，讓我們大概了解一下自己的狀況。真希望已經考完了，瑪莉拉。我覺得好焦慮，有時半夜還會突然驚醒，想著沒考上的話該怎麼辦。」

「明年重考就好啦。」瑪莉拉一點也不在意。

「唉，我覺得自己沒那個勇氣。如果吉——其他人考上，我沒考上的話就太丟臉了。而且我每次考試都會很緊張，一定會考得亂七八糟。真希望我能像珍一樣冷靜。不管遇到什麼事，她都不會心慌意亂。」

安妮嘆了口氣，好不容易才把視線從迷人的藍天和微風、花園裡冒出的綠色嫩芽，以及充滿魅力的明媚春光拉回來，再度把頭埋進書本裡。春天還會再來，但要是沒有通過入學考試，她相信自己永遠無法像以前一樣盡情享受春天了。

# 三十二　放榜

六月底學期結束，史黛西老師在艾凡利的執教生涯也跟著結束。當天傍晚，安妮和黛安娜懷著嚴肅的心情走回家。哭紅的眼睛和淚濕的手帕再再證明史黛西老師的離別感言，想必和三年前離開的菲利普老師一樣感人。兩人走到山腳下時，黛安娜回頭望著隱身在松林間的教室，深深地嘆了口氣。

「感覺好像一切都結束了，對不對？」她沮喪地說。

「我比妳還難過，」安妮一邊說，一邊在手帕上找乾的地方，可是沒找到。「下學年妳還會回來，可是我大概會永遠離開親愛的母校了……運氣好的話啦。」

「就算回來也不一樣了。史黛西老師不教了，妳、露比和珍可能也不在了。我要一個人坐，除了妳，我無法跟其他人坐同一張課桌。安妮，我們擁有很多愉快的回憶，對不對？想到這一切都會結束，我就覺得好可怕。」

兩顆斗大的淚珠順著黛安娜的鼻子滾下來。

「黛安娜，別哭了，不然我也要哭了。」安妮懇求道。「我才剛把手帕收起來，看到妳眼眶泛淚，我又跟著鼻酸了。林德太太說：『要是開心不起來，那就盡量開心吧。』我覺得下學年我八成會回艾凡利念書。我看我大概考不上了，最近我老是有這種不祥的預感。」

「怎麼會！史黛西老師說妳模擬考考得很好啊！」

「是沒錯，因為模擬考我不緊張，可是一想到正式考試，我的心就開始七上八下，根本靜不下來。而且我的准考證號碼是十三號，喬西．派伊說很不吉利。我並不迷信，也知道號碼不代表什麼，但我還是希望不是十三號。」

「真希望能陪妳一起去，」黛安娜說。「我們一定能度過美好的時光。不過我猜妳晚上也要用功吧？」

「沒有，史黛西老師要我們絕對不要看書。她說那樣只會更累、更混亂，倒不如多出門走走、散散心，不要去想考試的事，早點上床睡覺。這個建議很好，但我想很難做得到，好建議通常都是這樣。普莉西說入學考那個禮拜她天天抱佛腳、拚命念到三更半夜，所以我決定至少要跟她一樣讀到半夜。約瑟芬姑婆真好心，願意讓我在進城考試那段時間暫住山毛櫸莊園。」

「到時妳會寫信給我吧？」

「我禮拜二晚上就寫，告訴妳第一天考得怎麼樣。」安妮答應她。

「那我禮拜三就去郵局等。」黛安娜信誓旦旦地說。

禮拜一，安妮進城參加考試。禮拜三，黛安娜依約在郵局守候，也收到了安妮的信。

親愛的黛安娜：

現在是禮拜二晚上，我正在山毛櫸莊園的書房裡寫這封信。昨天晚上我一個人孤零零地睡客房，覺得好寂寞，好希望妳在我身邊。我不能「抱佛腳」，因為我已經答應史黛西老師了，可是要我不翻開歷史課本，就跟寫完功課前不准翻開故事書一樣難。

今天早上史黛西老師來接我，途中我們先跟珍、露比和喬西會合，然後再一起去皇后學院。露比叫我摸她的手，冷得像冰塊一樣。喬西說我一臉憔悴，看起來好像整晚沒睡，還說我的身體這麼虛，就算考上了，恐怕也熬不過沉重的課業。有時候我真的很不喜歡喬西！

抵達皇后學院的時候，考場裡已經聚集了許多來自島上各地的學生。我們第一個看到的，就是坐在階梯上自言自語的穆迪。珍問他到底在幹嘛，他說他在重複默唸九九乘法表，緩和緊張的情緒，還叫我們不要打斷他，因為只要一停下來他就開始害怕，腦中一片空白，可是乘法表能讓他記在腦袋裡的東西井然有序。

我們走進指定的教室準備，史黛西老師不能進去，所以就離開了。我和珍坐在一起，好羨慕她那麼鎮定。沉穩又明智的珍才不需要九九乘法表！我在想，不知道我外表看起來是不是跟內心一樣緊張，不知道教室裡其他人聽不聽得見我怦怦的心跳聲。過了不久，有位男士走進來，開始發英文試卷。拿起試卷的那瞬間，我突然雙手發冷、一陣暈眩，感覺就跟四年前我問瑪莉拉能不能留在翠綠莊園時一模一樣。接著我的腦袋恢復清明，心臟也開始跳動（我忘了說剛才停了一下！），因為試卷上的題目我都會寫。

中午我們回家吃午餐，下午接著考歷史。題目滿難的，我把年代搞得一團亂，不過我還是覺得今天考得不錯。可是，黛安娜，明天要考幾何學耶，我必須拿出無比堅定的決心，才能忍住不翻開幾何課本。如果乘法表真的有用，我願意從現在開始默唸到明天早上。

傍晚我去找其他女生，結果在路上遇到穆迪。他當時心不在焉地到處閒晃，還說他知道自己的歷史考砸了，又說他生來注定要讓父母失望，所以打算明天一早搭火車回家，反正當木匠比當牧師簡單多了。我聽了趕快幫他加油打氣，勸他考完再說，否則會對不起史黛西老師。以前我很希望自己是男生，可是看見穆迪那樣，我又很慶幸自己是女生，而且不是他妹妹。

我到了她們借宿的地方，發現露比又開始失控，整個人激動得要命。原來她發現自己考英文時犯了一個可怕的大錯。等她平靜下來後，我們就一起去吃冰淇淋。大家都很想妳，要是妳也在的話就好了。

噢，黛安娜，真希望幾何學已經考完了！不過林德太太一定會說，不管我幾何學考得好不好，太陽依然會升起。話是沒錯，可是沒有安慰的感覺。我覺得要是考砸了，太陽還是不要升起比較好！

妳忠實的知心好友，安妮

接下來幾天，幾何學和其他科目通通考完了。禮拜五傍晚，安妮總算回到溫暖的家，雖然疲憊，但也有通過考驗的滿足感。黛安娜早就在翠綠莊園等候好友歸來；重聚的兩人聊得好熱絡、好開心，彷彿已經分開了好幾年。

「親愛的，看到妳回來真好！感覺妳在城裡待了好久喔。對了，安妮，考得好不好？」

「我想除了幾何學之外，應該都還不錯吧，不曉得能不能考上。我有種令人毛骨悚然的預感，覺得自己考不上。哎，回家真好！翠綠莊園是全世界最可愛、最美好的地方。」

「其他人考得怎麼樣？」

「女生都說考不上，但我覺得她們考得很好。喬西說幾何學的題目簡單到連十歲小孩都會！穆迪還是覺得歷史考砸了，查理說他的代數考得很爛。還要等兩個禮拜才會放榜，在那之前，誰也不知道結果。想想看，一顆心就這樣懸在半空中整整兩個禮拜耶！真希望能躲起來睡一覺，等一切都結束後再醒來。」

黛安娜知道問吉伯特．布萊斯考得怎麼樣也是白問，所以她只說：「別擔心，妳一定會考上的。」

「要是沒有在前幾名，我寧願沒考上。」安妮飛快地回應。黛安娜了解她的意思，也就是說，如果她的分數輸給吉伯特，就算上榜，也不算真正的成功。

這種不服輸的態度讓安妮在考試期間，一直處於神經緊繃的狀態。吉伯特也一樣。他們倆曾在街上擦肩而過好幾次，可是都裝作不認識；每遇見一次，安妮的頭就抬得比之前更高一點，希望自己當初有跟吉伯特和好的渴望更強烈了一點，發誓要考贏他的決心也更堅定了一點。她很清楚，艾凡利學校的低年級生都想知道誰會考第一，吉米．葛洛弗和奈德．萊特甚至還為此打賭，再加上喬西說吉伯特一定會贏，所以安妮才覺得要是輸了，那種羞愧感一定會大到難以忍受。

事實上，她之所以希望自己表現優異、高分通過，還有更崇高的理由，那就是為了馬修和瑪莉拉，特別是馬修。馬修曾對她說，他相信她會「橫掃全島，勇奪榜首」。安妮連作夢也不敢奢望自己會考第一，但她確實非常希望自己至少能擠進前十名，這樣才能看見馬修親切的褐色眼睛閃著驕傲的神情、以她的成就為榮，那才是她拚命用功、努力與等式和動詞變化纏鬥後的甜美獎賞。

煎熬的兩週已近尾聲，忐忑不安的安妮、珍、露比和喬西也開始經常在郵局「出沒」；她們用顫抖的雙手翻開《夏洛特日報》，那種心猛然一沉的感覺就跟入學考當週一樣糟。查理和吉伯特也忍不住到郵局打探消息，只有穆迪怎麼說也不肯來。

「我沒那個勇氣冷靜查報紙上的榜單，」他對安妮說。「等別人看了以後，再來告訴我有沒有考上就好。」

三個禮拜過去了，榜單還是沒出來。安妮開始覺得自己承受不了這種緊繃和壓力了。她毫無胃口，也不再關心艾凡利的大小事；林德太太則認為有個保守黨的教育部長，會發生這種爛事也不意外；看安妮的臉色越來越蒼白、精神越來越不濟，每天下午從郵局走回家的腳步也越來越沉重，馬修開始認真思考，下次選舉是不是該投給自由黨才對。

某天傍晚，沉寂的消息終於有了動靜。安妮坐在敞開的窗前欣賞美麗的夏日黃昏，暫時忘卻了考試的痛苦與其他煩心的事。空氣中瀰漫著花園飄上來的甜蜜花香，微風拂過白楊樹沙沙作響，東邊冷杉林上方的天空被西邊的夕陽染成淡淡的粉紅色；正當安妮如夢似幻地想著色彩精靈是不是長那樣的時候，突然瞥見黛安娜飛也似的穿越冷杉林、跑過圓木橋，接著衝上山坡，手裡還抓著隨風不斷拍動的報紙。

安妮跳了起來，立刻猜到報紙裡登了什麼。一定是放榜了！她的頭好暈，心臟撲通撲通地跳，完全無法踏出半步。短短幾分鐘之內，黛安娜就跑進屋子裡沿著走廊狂奔，連門都沒敲，直接衝進安妮房間，興奮之情溢於言表；安妮覺得這幾分鐘有如一小時那麼漫長。

「安妮，妳考上了！」黛安娜大喊。「而且是榜首喔——妳和吉伯特都是——你們同分——不過妳的名字排第一。噢，我好驕傲喔！」

黛安娜把報紙扔在桌上，往安妮的床上一倒，喘到說不出話來。安妮拿火柴點燈，顫抖的手整整劃了六枝火柴，總算把燈點亮了。她一把抓起報紙——沒錯，她考上了，而且她的名字高居兩百位上榜學生之首！這一刻，讓她覺得活著真是值得。

「安妮，妳真的好棒喔！」呼吸稍微平緩的黛安娜坐了起來，喘著氣說。安妮的眼睛閃閃發亮，心裡好高興，可是卻一個字也沒說。「爸爸十分鐘前在亮河車站買的報紙，下午才剛送下火車，明天才會寄到這裡的郵局。我一看到榜單就像瘋子一樣跑過來了。你們全都考上了，包括穆迪在內，雖然他說歷史考砸了。珍和露比也考得不錯，前一百名，查理也是。喬西低空飛過，差三分就落榜了，不過她一定會像考了第一名一樣裝腔作勢，擺出得意的嘴臉。史黛西老師一定很開心！噢，安妮，看到自己名字在榜單第一位的感覺怎麼樣？如果是我，一定會高興到瘋掉！哎，我已經快瘋了，妳卻跟春天的傍晚一樣平靜。」

「我只是太驚訝了，」安妮說。「雖然有一堆話想說，卻不知道該從何說起。我作夢也沒想到自己居然會考第一——喔，有啦，有想過一次，一次而已！我想也許會考上全島榜首之類的，妳知道，不過這種想法太自大，也太厚臉皮了。黛安娜，請恕我失陪一分鐘，我要到田裡去告訴馬修，然後我們再一起上街跟大家報告這個好消息。」

她們匆匆跑向穀倉下方的草田，馬修正在捲乾草，恰巧林德太太也在小徑籬笆那裡和瑪莉拉聊天。

「噢，馬修，我考上了！」安妮放聲大喊。「而且是榜首——榜首之一！我不是自大，只是很高興，也很慶幸。」

「哇，我就知道！」馬修開心地看著榜單。「我就知道妳一定會順利過關，輕輕鬆鬆打敗其他人。」

「安妮，妳表現得很好。」在愛挑剔的林德太太面前，瑪莉拉努力按捺心中澎湃滿溢的驕傲。不過，心地善良的林德太太真誠地說：「安妮，妳真的很棒，妳的朋友都以妳為榮，妳是我們大家的驕傲。」

那天晚上，安妮到牧師館和艾倫太太懇談，兩人聊得非常愉快。上床睡覺前，她平靜地跪在窗前明亮的月光下，帶著滿滿的感激和渴望喃喃說著發自內心的禱告詞，既感謝過去的一切，也祈求未來的順遂。躺在潔白枕頭上的她沉沉睡去，墜入少女嚮往的璀璨夢鄉。

# 三十三　旅館音樂會

「安妮，妳一定要穿那件白色薄紗洋裝。」黛安娜的語氣非常堅決。

她們倆在翠綠莊園的東廂房；外頭太陽才剛剛下山，清澈無雲的藍色天空蒙上了一層美麗的黃綠色暮靄；一輪明月高掛在鬼樹林上方，從黯淡的白色慢慢變成皎潔的銀色；貪睡的鳥兒啁啾啼叫，奇特的微風颯颯作響，遠方還傳來人們的說話聲和歡笑聲，大地各角落充滿了夏季美妙的音符。可是，安妮房間的窗簾拉了下來，燈也亮著，原來兩個女孩正為著一場盛事梳妝打扮。

現在的東廂房和四年前那一晚截然不同，當時那種光禿禿的淒涼感直滲進安妮骨髓裡，讓她冷得直打顫。不過，在瑪莉拉的縱容下，房間一點一點地改變，最後終於變成年輕女孩夢想中甜美又可愛的小窩。

安妮最初嚮往的玫瑰圖案天鵝絨地毯和粉紅色絲綢窗簾並沒有成真，但是她的夢想跟著她一起成長，因此她並不覺得惋惜。現在地板上鋪著漂亮的小地毯，窗前淺綠色的細棉布窗簾隨著微風輕輕飄動；牆上沒有金絲銀線織成的掛毯，反倒貼著雅致的蘋果花壁紙，還有艾倫太太送的幾幅美麗圖畫作裝飾。史黛西老師的照片就放在正中央，重感情的安妮總是會在下方的托架上插一把鮮花。今天是一束白百合，整個房間瀰漫著如夢似幻的淡淡清香。雖然沒有桃花心木家具，但有一座擺滿書籍的白色書櫃、一張坐墊鬆軟的藤編搖椅、一張白色矮腳床、點綴著白色薄布褶邊的化妝桌，以及原本掛在客房鍍了金邊、古色古香的老鏡子，鏡子的弧形頂部還畫了粉嫩圓胖的邱比特和紫葡萄。

安妮之所以盛裝打扮，是為了白沙旅館的音樂會表演。這場音樂會是旅館房客為了替夏洛特鎮醫院募款所舉辦的，同時也邀請鄰近地區具有特殊才藝的業餘人士來參加。白沙浸信會唱詩班的柏莎．山普森與珍珠．柯雷應邀表演二重唱；新橋鎮的米爾頓．克拉克表演小提琴獨奏；卡莫迪的溫妮．布萊爾獻唱一首蘇格蘭民謠，史賓瑟村的蘿拉．史賓瑟和艾凡利的安妮．雪利則表演詩歌朗誦。

套句安妮以前說過的話，這是「一生難忘的經驗」，她覺得好興奮，馬修更因為安妮受邀表演這份殊榮開心到極點；瑪莉拉內心的驕傲與滿足並不亞於馬修，但她死也不肯承認，嘴上還叨唸著一群年輕人去旅館又沒大人跟著，實在不成體統。

安妮和黛安娜打算坐珍跟她哥哥比利的雙座馬車一起去白沙旅館，另外還有幾個同樣來自艾凡利的年輕男女也會去，城裡也有不少人會來參加，音樂會結束後還有表演者的慶功晚宴。

「妳真的覺得白色薄紗洋裝好嗎？」安妮焦慮地問。「我覺得不太時髦，而且那件藍色小花棉洋裝比較漂亮。」

「白色那件比較適合妳，」黛安娜說。「柔軟又貼身，還打了優雅的褶邊。棉布硬邦邦的，看起來太正式了，而薄紗緊貼著皮膚，就像妳身體的一部分呀。」

安妮嘆了口氣，乖乖聽從好友的建議。黛安娜的衣著品味獨到，眼光也很好，請教她穿衣哲學的人越來越多。為了這個特別的夜晚，她穿上可愛的野玫瑰粉色洋裝，看起來非常漂亮；不過她並沒有參加音樂會表演，因此她怎麼打扮並不重要。現在她整副心思都放在安妮身上，為了替艾凡利爭光，她發誓一定要把安妮裝扮得有如女王般高貴典雅。

「把那個細褶拉出來一點……好了，我幫妳綁腰帶。現在穿上涼鞋。我要幫妳編兩條辮子，再把辮子往上彎，用白色大蝴蝶結紮起來……不行，不要用頭髮蓋住額頭……這樣鬆鬆的就可以了。安妮，這種髮型最適合妳，艾倫太太說妳梳這樣看起來就像聖母下凡。我會把這朵小白玫瑰花夾在妳耳朵後面。我家花叢只剩這朵，是我特別為妳留的喔。」

「要不要戴珍珠項鍊？」安妮問道。「馬修上禮拜從城裡帶回來給我的，我知道他很想看我戴。」

黛安娜噘起嘴，歪著頭，用挑剔的眼神仔細端詳了一下，最後總算點頭同意；於是安妮雪白纖細的脖子上多了一串珍珠項鍊。

「安妮，妳有一種說不出來的時尚感。」黛安娜的語氣中沒有嫉妒，只有滿滿的讚美。「妳抬頭的樣子好有氣質，應該是因為身材高䠷的關係。哪像我，圓得跟肉包一樣。我一直很怕自己長成這樣，現在果然……唉，也只能認了。」

「可是妳有可愛的酒窩啊，」安妮揚起微笑，深情地看著那張貼近自己、充滿朝氣的美麗臉龐。「可愛的酒窩，好像奶油裡的小凹痕。我對酒窩不抱任何希望了。我的酒窩夢永遠不可能實現。不過我有很多夢想都已經成真了，所以不應該抱怨。我這樣可以了嗎？」

「可以了，」黛安娜說話的時候，瑪莉拉正巧出現在門口。她的白髮增加，憔悴的身形依舊稜角分明，只是臉上的神情溫柔了許多。「進來看看我們的朗誦表演人吧，瑪莉拉。是不是很漂亮呀？」

瑪莉拉發出既像吸鼻子又像悶哼的聲音。

「她看起來俐落又端莊。我喜歡她的髮型。不過穿那件洋裝坐馬車……我怕夜裡的露水和路上的灰塵會弄髒衣服，而且最近晚上很潮濕，穿這樣太單薄了。總而言之，薄紗是世界上最不實穿的衣料，馬修買的時候我就說了，哎，如今跟他說什麼也沒用。以前他還願意聽我的勸，現在只要是買東西給安妮，他就什麼都不管，連卡莫迪的店員也知道他很好打發，只要告訴他哪樣東西時髦又漂亮，他就立刻掏錢。安妮，小心裙襬別碰到車輪了，還有，記得穿件保暖的外套。」

說完，瑪莉拉就邁開大步走下樓，滿懷驕傲地暗自心想，她的小安妮看起來好漂亮、好可愛，遺憾的是不能親自到場聽她朗誦詩歌。

「夜裡露水多，穿這件真的可以嗎？」安妮擔憂地說。

「完全沒問題，」黛安娜一邊說，一邊拉開窗簾。「今天晚上天氣很好，一點露水也沒有。妳看，月光多亮啊。」

「我很喜歡這扇面東的窗戶，總是向著升起的太陽，」安妮走到黛安娜身邊。「看著太陽慢慢爬上狹長的山丘，微亮的晨光從那些尖尖的冷杉樹梢透出來，真的好美。每天都是新的早晨，我覺得大清早的陽光洗滌了我的靈魂。噢，黛安娜，我好愛這個小房間。真不知道下個月離家到城裡念書，我怎麼受得了。」

「今天晚上別提妳要離開的事吧，」黛安娜求她。「我不想想這件事，一想到就難過。今晚我要開心地玩。安妮，妳要朗誦哪一首詩？會不會緊張？」

「一點也不緊張。我常常上臺朗誦，早就習慣了。我要讀〈少女的誓言〉，很哀傷的一首詩。蘿拉．史賓瑟要表演滑稽詩。與其逗觀眾發笑，我寧願讓他們感動落淚。」

「如果觀眾喊安可的話，妳要讀什麼？」

「他們不會啦！」安妮雖然嘴上笑著說，心裡卻偷偷希望觀眾能喊安可，同時幻想自己隔天在早餐桌上跟馬修分享一切的場景。「比利和珍來了，我聽見車輪的聲音。走吧！」

比利堅持要安妮跟他一起坐前座，她只好勉為其難地答應，其實她更想和其他女生一起在後座盡情聊天笑鬧（比利的字典裡似乎沒有「聊天」兩個字，更別說「笑鬧」了）。二十歲的比利又高又胖，臉上沒什麼表情，更糟糕的是他完全沒有對話的天分，不過他非常仰慕安妮，一想到駕車去白沙旅館的路上有苗條又漂亮的安妮坐在身邊，他就非常得意。

即便如此，安妮仍下定決心要好好享受這趟兜風，因此時不時轉頭和女孩們聊天，偶爾也跟比利客套兩句，但他只會咧嘴傻笑，等他想到該怎麼回應的時候，早就慢了好幾拍。這是個充滿歡樂的夜晚。路上趕往白沙旅館的馬車一輛接一輛，四周迴盪著如銀鈴般清脆的笑聲。當他們抵達明亮耀眼、燈火通明的旅館時，音樂會委員會的成員便把安妮帶到表演者專用的化妝室；化妝室裡擠滿了夏洛特鎮交響樂團的團員，安妮心裡頓時湧起一股害羞與害怕交織的感受，覺得自己像個土包子。她的洋裝在翠綠莊園東廂房裡看起來既漂亮又可愛，但現在跟周遭閃閃發亮的綢緞與窸窣作響的蕾絲相比，卻顯得簡單又平凡，而且是太簡單、太平凡了。她的珍珠哪裡比得上身旁這位美麗胖女士的鑽石？比起別人佩戴的嬌嫩溫室鮮花，她那朵小小的白玫瑰看起來多寒酸！安妮擺好帽子和外套，難過地縮在角落，好希望自己能回到翠綠莊園的白色小房間。

表演者登上旅館音樂廳舞臺那一刻，安妮心裡更不安了。電燈的光線讓她覺得好刺眼，濃郁的香水味和嗡嗡的噪音讓她頭昏腦脹。珍和黛安娜坐在後面的觀眾席，看起來似乎很開心的樣子，安妮好想跟她們坐在一起，可是她卡在穿著粉紅絲質禮服的胖女士和身穿白色蕾絲洋裝、一臉不屑的高個子女孩中間。胖女士不時轉過頭來隔著眼鏡仔細打量安妮，銳利的眼神讓安妮覺得很不舒服，差點就要大聲尖叫了；白衣少女則不斷跟隔壁的人聊天，用聽得見的音量取笑觀眾席裡的「鄉巴佬」和「鄉下來的俏姑娘」，而且還懶洋洋地說這些土包子的表演想必「很有趣」。安妮覺得自己一定會一輩子討厭這位白衣少女。

安妮的運氣真背。原來有位職業朗誦家正巧住在旅館，今晚也受邀上臺表演。她有一雙烏溜溜的大眼睛、體態輕盈，身穿一襲迷人閃亮、彷彿用月光織成的銀灰色長禮服，深色的秀髮和雪白的頸項上都佩戴著珠寶；她那抑揚頓挫的美妙嗓音不但變化靈活、節奏豐富，而且情感表達的力量與戲劇性十足，臺下的觀眾聽得如痴如醉。安妮的眼睛閃閃發亮，聽得好入迷，暫時忘了自己和自己的煩惱；可是表演結束的那瞬間，她突然用手摀住臉——她絕對不能在這段精采的朗誦後上臺，絕對不行！她居然以為自己有本事表演朗誦？唉，要是能回到翠綠莊園該有多好！

就在這個時候，司儀偏偏喊了她的名字。安妮不知道自己是怎麼站起來的，也沒聽見白衣少女發出一聲音量微弱、帶著歉疚的驚呼，就算聽見，她也不了解其中隱含的讚美。安妮頭暈目眩地走到舞臺中央，臉色一片慘白，觀眾席上的珍和黛安娜緊張地抓著對方的手，眼神中滿是同情。

沒有舞臺恐懼症的安妮突然怯場了。雖然她時常在眾人面前朗誦，可是從來沒見過像今天這樣盛大的場面。她整個人徹底癱瘓，完全僵住了。一切的一切都好奇怪、好耀眼，讓人覺得好迷惑；臺下一排排身穿晚禮服的女士、一張張批判的面孔，還有空氣中那財富與文化交織的氛圍，這些都和辯論社裡的普通長椅及親朋好友們親切樸實的臉龐截然不同。她心想，這些人一定會毫不留情地大肆批評，說不定就像那位白衣少女一樣，覺得她這個「鄉下姑娘」的表現很有趣吧。

安妮體內突然湧起一股絕望又無助的羞愧和痛苦，她的膝蓋顫抖、心臟狂跳，頭好暈好暈，一個字也唸不出來；她覺得自己下一秒可能會逃之夭夭，就算丟臉一輩子也無所謂。

嚇傻的她睜大眼睛凝望著觀眾，突然間，她看見坐在後排的吉伯特身子前傾，臉上掛著微笑——安妮立刻覺得那是得意與嘲弄的笑容，其實根本不是，吉伯特只是很喜歡音樂會的氣氛，尤其是安妮苗條的白色身影和她充滿靈性的表情所帶來的效果罷了。事實上，搭吉伯特的車過來、坐在他旁邊的喬西才是一臉得意和嘲弄，不過安妮並沒有看到她，就算看到了也不會在意。她深吸一口氣，驕傲地昂起頭，勇氣和決心宛如電流般竄遍全身。她才不要在吉伯特面前丟臉，絕對、絕對不能讓他有機會取笑自己！想到這裡，安妮的恐懼和緊張瞬間消失，朗誦正式開始。她清晰、甜美的嗓音一直傳到會場最遠的角落，未曾中斷，也沒有一絲顫抖。此時的她神態自若，一掃先前那種恐怖的無力感，呈現出前所未有的精采朗誦。表演一結束，全場響起真誠、熱烈的掌聲，高興又害羞的安妮紅著臉慢慢走回座位，身穿粉紅絲質禮服的胖女士熱情地抓起她的手握個不停。

「親愛的，妳的表演太感人了，」胖女士稱讚道。「我哭得像小嬰兒一樣，真的。妳聽，他們在喊安可呢——妳非上臺不可！」

「哎，我不行啦，」安妮的腦袋一片混亂。「可是……我一定要上臺，不然馬修會失望的。他說觀眾一定會喊安可。」

「那就別讓馬修失望吧。」粉紅胖女士笑著說。

眼神清澈、兩頰緋紅的安妮面帶微笑，踏著輕快的腳步走回舞臺中央，朗讀一首古老詼諧的小品詩，出色的表現讓觀眾深深著迷。接下來的夜晚，安妮覺得心滿意足，很享受這場小小的勝利與成就的喜悅。

音樂會結束後，粉紅胖女士（原來她先生是位美國百萬富翁）親暱地拉著安妮，把她介紹給大家，大家也都對她非常親切。那位職業朗誦家艾凡斯太太也跑來跟她聊天，說她有一副迷人的嗓音，把表演的作品詮釋得非常美；就連那個白衣少女也無精打采地稱讚她幾句。他們在華麗寬敞、美輪美奐的餐廳裡吃晚餐；珍和黛安娜是跟安妮一起來的，因此也受邀參加晚宴，但比利卻不見蹤影，因為他最怕這種場合，所以就趁著空檔開溜，跑到外面跟籌辦團隊待在一起，等她們出來。晚宴結束後，她們三人開心地走到寧靜皎潔的月光下，安妮深深吸了一口氣，抬頭望著冷杉林上方清朗的夜空。

啊，再次沐浴在夜晚的純淨與靜謐中的感覺真好！遠方隱約傳來潮水的低語，黑漆漆的懸崖宛如冷酷嚴肅的巨人，守護著充滿魅力的海岸。天地萬物既沉靜又美好，偉大得令人懾服。

「今天晚上真的很棒對不對？」珍在他們的馬車逐漸駛離旅館時嘆道。「真希望我是有錢的美國人，可以整個夏天住在旅館裡，身穿低領洋裝、戴著閃亮的珠寶，每天吃冰淇淋和雞肉沙拉。我敢說這種生活一定比教書好玩多了。安妮，妳的表演真的好棒，不過一開始我好怕妳開不了口。我覺得妳比艾凡斯太太更棒。」

「噢，珍，別說傻話了，」安妮飛快地說。「我怎麼可能比艾凡斯太太更棒！她是職業朗誦家，我不過是個稍微懂一點朗讀技巧的學生而已。只要大家喜歡，我就很滿足了。」

「安妮，我也有一句稱讚要給妳喔，」黛安娜說。「至少他的口氣聽起來絕對是讚美……反正是就對了。有個黑眼睛黑頭髮的美國人坐在我和珍後面，而且長相好浪漫，喬西說他是知名的藝術家，還說她媽媽住在波士頓的表妹嫁給那個藝術家的同學。總之，我們聽見他說——珍，對不對？他說：『臺上梳著提香[5]髮型的人是誰？我想畫她的臉。』很棒吧，安妮？可是提香的髮型是什麼意思？」

「我猜就是紅頭髮吧，」安妮哈哈大笑。「提香是非常有名的畫家，最愛畫紅頭髮的女人。」

「妳們有看到那些女士佩戴的珠寶嗎？」珍嘆了一口氣。「實在是太耀眼了。哎，難道妳們不想變得很富有嗎？」

「我們已經很富有啦，」安妮的語氣非常堅定。「我們才十六歲，快樂得像女王，而且還有或多或少的想像力。妳們看，海面上閃著銀色的波光和暗影，還有很多肉眼看不見的憧憬。要是我們擁有鉅額的財富與華麗的鑽石，就再也無法享受這些美好了。就算可以變成有錢人，相信妳也不願意變成像她們那樣的有錢人。妳希望一輩子都跟那個白衣少女一樣擺張臭臉，彷彿生來就瞧不起這個世界嗎？還是像那位粉紅胖女士，雖然親切和善，可是身材矮胖、毫無曲線可言？或者像艾凡斯太太，才華洋溢，但眼神中充滿無盡的哀傷？她一定很不快樂，才會有那樣的表情。

---

5 Titian，義大利文藝復興後期威尼斯畫派的代表畫家。

珍，妳很清楚，妳才不想呢！」

「不知道耶……不太知道啦，」珍並沒有被安妮說服。「我覺得有鑽石可以讓人安心不少。」

「我只想做我自己，就算一輩子沒鑽石，我也不想變成別人。」安妮說。「我能當翠綠莊園的安妮、有這條珍珠項鍊，就已經很滿足了。我知道馬修很愛我，這條項鍊所承載的愛就跟粉紅胖女士的珠寶一樣多。」

# 三十四　皇后學院的女學生

接下來三個禮拜，翠綠莊園忙得團團轉，大家都在為安妮前往皇后學院念書做準備，不但有不少針線活要做，還有許多需要討論與安排的事。在馬修的張羅打點下，安妮做了很多漂亮的新衣服，而且瑪莉拉這次也沒反對，隨便馬修想買什麼就買什麼。除此之外——有天傍晚，瑪莉拉抱著一塊細緻的淡綠色布料來到樓上的東廂房。

「安妮，這塊布料給妳做件漂亮的小禮服吧。我知道妳不缺衣服，妳已經有很多好看的衣服了，不過我想要是妳晚上受邀去什麼地方，像是進城參加晚宴或派對之類的，可能就需要一件比較正式的洋裝。我聽說珍、露比和喬西都準備了所謂的『晚禮服』，我不希望妳被她們比下去了。這塊布是我上禮拜拜託艾倫太太陪我到鎮上挑的，我們會請艾蜜莉・吉利斯幫忙縫製。艾蜜莉很有品味、手也很巧，做工無人能比。」

「哇，瑪莉拉，這塊布好美喔！」安妮開心地說。「真的很謝謝妳，妳不該對我那麼好的……害我一天比一天更難離開了。」

淡綠色小禮服依照艾蜜莉的絕佳品味做好了，上面打了許多細褶、抽褶與荷葉邊。某天傍晚，安妮特別穿上禮服，在廚房裡為馬修和瑪莉拉朗誦〈少女的誓言〉。瑪莉拉看著安妮聰明活潑的臉龐與優雅的舉止，不禁回想起她剛來翠綠莊園的那個晚上，記憶中的她是個奇怪的孩子，不但飽受驚嚇，身上還穿著可笑又過小的土黃色舊洋裝，一雙淚眼流露出令人心碎的神情，畫面好鮮明。想著想著，瑪莉拉忍不住濕了眼眶。

「瑪莉拉，我的朗誦讓妳感動到哭啦。」安妮開心地俯身貼近瑪莉拉的椅子，然後在她臉頰上親了一下。「耶，我成功了！」

「我不是在哭妳讀的詩，」瑪莉拉說。她覺得自己才沒有脆弱到會為詩歌這種東西哭。「只是忍不住想起妳還是小女孩的時候，安妮，真希望妳永遠是個小女孩，就算那麼古靈精怪也沒關係。現在妳長大了，要離家去念書了，妳穿上這件禮服看起來這麼高、這麼漂亮，又這麼……這麼不一樣，好像妳完全不屬於艾凡利似的……我越想越覺得寂寞。」

「瑪莉拉！」安妮坐在瑪莉拉大腿上，雙手捧著那張爬滿皺紋的臉，嚴肅又溫柔地凝視著她的眼睛。「我一點也沒變，真的沒變。只是改掉了一些缺點，開始成長獨立罷了。真正的我——在這裡——還是一模一樣。不管我去了哪裡，或是外表變得如何，我永遠都是妳的小安妮。我每天都會更愛妳、更愛馬修、更愛翠綠莊園一點。」

安妮將自己年輕、清新的臉頰貼著瑪莉拉年華老去的臉龐，同時伸出一隻手輕拍馬修的肩膀。此時此刻，瑪莉拉好希望自己也能像安妮一樣用言語訴說心中的感情，可惜天生的個性和習慣並不允許，她只能緊緊抱著她的小女孩，希望她不要離開。

馬修似乎也紅了眼眶。他起身走到屋外，在星光燦爛的藍色夏夜裡，激動地穿過院子，來到白楊樹下的莊園大門。

「嗯，我應該沒有寵壞她，」他驕傲地喃喃自語。「看起來偶爾插手管教一下並不是什麼壞事。她聰明、漂亮又善良，這些比什麼都重要。她是我們最大的祝福。幸好當初史賓瑟太太搞錯了，但我不認為那是運氣，我不相信運氣。我猜一定是上帝知道我們需要她，所以才把她賜給我們。」

離開的日子終於到了。那是一個美麗又晴朗的九月早晨，安妮含淚和黛安娜與不願落淚的瑪莉拉道別，接著便跟馬修一起坐上馬車出發。安妮離開後，黛安娜擦乾眼淚，跟幾個住在卡莫迪的表親一起到白沙旅館的海灘野餐，她設法讓自己好好享受、開心地玩，也勉強做到了；與此同時，瑪莉拉卻強忍著撕心裂肺的痛忙了一整天，拚命做些根本沒必要的家事，劇烈的心痛感不斷灼燒、啃噬著她的胸口，就連淚水也洗刷不掉這種難受。當天晚上上床睡覺的時候，瑪莉拉真切地感受到走廊盡頭的小房間已經空了，再也沒有年輕活潑的安妮熟睡時吐出的輕柔鼻息。難過的她激動地把臉埋進枕頭裡啜泣；稍微冷靜下來之後，她又對自己的情緒感到訝異，責怪自己不應該這麼依戀一個同樣帶有罪愆的人。

安妮和其他艾凡利學校的同學準時抵達夏洛特鎮，接著便匆匆趕去皇后學院。開學第一天就在新生介紹、認識教授、班級分發，以及滿滿的興奮和緊張感中愉快度過。安妮打算聽從史黛西老師的建議，直接選讀二年級課程；吉伯特也是。這表示如果課程順利修完的話，他們只需要一年、而非兩年的時間就能拿到一級教師執照，但這也意味著功課會更多、更困難。珍、露比、喬西、查理和穆迪五人的野心不大，只要考上二級教師就滿足了。安妮班上有五十位同學，除了坐在教室另一邊那個高高的褐髮男孩之外，她誰也不認識，心中不免一陣寂寞；然而熟悉的回憶卻一點用也沒有，因為一想到他們兩人之間的種種過往，她就更難受。不過安妮還是很高興能和吉伯特同班，因為他們可以繼續競爭，要不然她真不知道該怎麼辦才好。

「要是少了競爭，我一定會很不自在，」安妮暗暗心想。「吉伯特看起來非常堅決，我猜他現在正打定主意要搶第一了。他的下巴好好看喔！我以前怎麼沒注意到呢？要是露比和珍也跟我們同班就好了。我想等我跟同學混熟之後，應該就不會像隻迷路的小貓一樣忐忑不安吧。不曉得班上哪些女生會變成我的朋友。猜這種事情最好玩了。當然啦，我答應過黛安娜，不管我跟皇后學院的同學多要好，都絕對不能好過我跟她之間的友情，但我可以多交幾個次級好友。我喜歡那個身穿紅衣的褐眼女孩的長相，紅紅的蘋果臉看起來好活潑；另一個看著窗外、臉色蒼白的漂亮女孩也不錯，她的頭髮很美，一副很愛幻想的模樣。我想認識她們兩個，希望有一天可以好到勾肩搭背、一起散步，互相叫對方的綽號。可是現在我還不認識她們，她們也不認識我，說不定她們根本不想認識我。唉，好孤單喔！」

那天傍晚，安妮獨自一人待在房間，身旁只有暮色相伴，感覺更寂寞了。她沒有和其他女孩一起住，因為她們在城裡都有願意收留她們的親戚。雖然約瑟芬姑婆很歡迎安妮住在她家，可是山毛櫸莊園離學校太遠，只好作罷；最後她幫安妮找了一間宿舍，並向馬修和瑪莉拉保證，那個地方很適合安妮住。

「房東太太是個家道中落的貴婦，」約瑟芬姑婆解釋說。「她先生是位英國軍官，選擇房客也非常謹慎，安妮住在那裡絕對不會碰到什麼不三不四的人，而且宿舍伙食很好、環境清幽，離學校也很近。」

雖然這些都是真真切切的事實，但對初嘗想家之苦的安妮來說，卻沒有實質上的幫助。她沮喪地望著狹小的房間，單調的壁紙，沒有圖畫的牆壁，小小的鐵床架與空蕩蕩的書櫃，突然想起翠綠莊園的白色房間，窗外宜人的蒼茂美景，花園裡不斷茁壯的甜豌豆，灑在果園裡的月光，斜坡底下的小溪，在夜風中擺盪的松樹枝枒，浩瀚無垠的星空，還有從黛安娜房間窗口透出來、穿過林間縫隙的燈光……想到這裡，她的喉嚨好像被什麼東西哽住了一樣。眼前什麼都沒有。安妮知道，窗外橫著一條硬邦邦的大街，錯綜複雜的電話線遮蔽了天空，路上充滿不認識的腳步聲，上千盞燈照亮的全都是陌生的面孔。她感覺到自己快要哭出來了，可是卻拚命忍著。

「我不能哭。這樣很蠢……也很軟弱……順著鼻子流下來的已經是第三滴眼淚了。居然還有！我得想點好玩的事才行。可是好玩的事都跟艾凡利有關，只會讓我更想家而已……四滴，五滴……下禮拜五就可以回家了，可是感覺好像還有一百年那麼久。馬修現在應該快到家了吧……瑪莉拉會站在大門旁邊望著小徑迎接他……六滴，七滴，八滴……唉，數不清有幾滴了。現在淚水氾濫，怎麼也開心不起來，我也不想開心起來……乾脆痛苦比較好！」

要不是喬西剛好在這個時候出現，安妮大概早就哭成淚人兒了。看見熟悉的面孔讓安妮好開心，完全忘了她們倆之間根本沒什麼感情，不過喬西畢竟是艾凡利村的人，安妮自然歡迎。

「看到妳來我好高興喔。」安妮真心地說。

「妳在哭啊？」喬西的語氣雖然同情，聽起來卻很令人惱火。「我猜妳是想家了，有些人就是缺乏自制力。跟妳說，我一點也不想家。比起小小的老艾凡利，大城市好玩多了。真不曉得我怎麼能在那裡待那麼久。安妮，妳不應該哭的，哭得鼻子和眼睛都紅了，再加上紅頭髮，豈不是整個人都紅通通的？這樣很難看耶。我今天在學校裡度過了愉快的一天。我們的法文老師好帥，一看到他的鬍子，我的心就怦怦亂跳。安妮，妳這邊有沒有東西吃？我快餓死了。我猜瑪莉拉應該替妳準備了不少蛋糕，所以才跑來找妳，不然我早就跟法蘭克·史托利去公園聽樂團表演了。他跟我住同一間宿舍，人滿好的。他今天在班上看到妳，問我那個紅髮女生是誰。我說妳是卡斯柏兄妹領養的孤兒，大家都不太清楚妳的身世。」

安妮頓時覺得，有個說話難聽的喬西在身邊，還不如一個人孤零零地掉淚比較好。就在這個時候，珍和露比來了，她們倆都把象徵皇后學院的雙色緞帶（紫色和猩紅色）別在外套上，對自己身為學院一員感到自豪。由於喬西不跟珍講話，因此沒有說出更多傷人的言論。

「唉，」珍嘆了一口氣。「真是漫長的一天，感覺好像過了好幾個月一樣。我應該在家裡讀維吉爾的詩——那個可惡的老教授要我們先預習明天要教的二十行詩，可是我今天晚上完全靜不下心念書。安妮，我好像看到妳臉上有淚痕，是不是哭過了？是的話就直說吧，我一點也不覺得丟臉，因為露比來找我之前，我已經狠狠哭了一場。要是有人跟我一樣愛哭，我會覺得好過一點。有蛋糕？給我一小塊好不好？謝謝。哇，有艾凡利的味道耶。」

露比看見皇后學院的行事曆攤在桌上，於是便問安妮是不是想爭取第一名金牌。

安妮紅著臉承認自己是有想過沒錯。

「喔，這倒提醒我了，」喬西說。「皇后學院也會提供一筆艾弗瑞獎學金。這是今天才傳出來的消息，是法蘭克·史托利告訴我的，他叔叔是學校的董事。明天學校就會正式公布了。」

艾弗瑞獎學金！安妮心跳加速，覺得自己的野心和抱負彷彿被施了魔法般瞬間移轉、向外拓展，變得更加寬廣。在喬西宣布這個消息之前，安妮的最高目標是一年內取得一級教師執照，或許學年結束時還能獲得第一名金牌！然而轉瞬之間，她已經看見自己贏得艾弗瑞獎學金，進入雷蒙學院就讀文學系，然後穿著學士服、戴著學士帽畢業。原來艾弗瑞獎學金頒發的對象是英文成績優異的學生，正是安妮最拿手的科目。

新布藍茲維省的一位富有製造商過世之後，留下部分遺產成立各式各樣的獎學金，獎勵沿海各省高中與學院的優秀學生。原本皇后學院不確定是否會分配到這筆款項，不過最後還是爭取到了。學年結束的時候，英文與英國文學最高分的畢業生就能贏得艾弗瑞獎學金，也就是在就讀雷蒙學院四年學程期間，每年都有兩百五十加幣的獎學金。難怪安妮那天晚上激動到睡不著覺！

「我要努力用功拿到那筆獎學金，」她暗暗下定決心。「如果我念完大學，馬修一定會很驕傲。有抱負的感覺真好，好慶幸自己有這麼多理想和目標，而且似乎一個接一個，永無止境，這就是最棒的地方。一個目標實現後，又看見另一個更高的目標閃閃發亮。就是因為這樣，人生才會那麼有趣。」

# 三十五　皇后學院的冬天

安妮每個週末都會回艾凡利，她的思鄉之苦也逐漸消散。每個禮拜五傍晚，只要天氣清朗，來自艾凡利的學生就會搭乘新建的鐵路支線到卡莫迪鎮；黛安娜和其他幾個艾凡利的年輕人通常會在車站和他們碰面，大家再一起開開心心地走回艾凡利。他們在清冷的空氣中走過陽光籠罩、秋意濃厚的山丘，眺望前方艾凡利村裡閃爍的燈光；安妮覺得週五的黃昏是一週中最棒、最珍貴的時刻。

吉伯特幾乎總是跟露比一起走，幫她拿書包。現在的露比是個非常漂亮的年輕少女，她也覺得自己像個大人了；在媽媽允許的範圍內，她會把裙子盡量加長，在城裡梳高頭髮，回老家的時候才放下來。她有一雙大大的鮮藍色眼睛，肌膚潔白透亮，體態豐滿，非常引人注目，而且她很愛笑，個性樂天、脾氣又好，總是大大方方地享受生活中各種美妙的事物。

「可是我覺得露比不是吉伯特喜歡的那型。」珍悄聲告訴安妮。安妮也有同感，但為了艾弗瑞獎學金，她不會把自己的想法說出來。她忍不住覺得，要是有個像吉伯特這樣的朋友該有多好，既能聊天說笑，也能討論讀書、學業和抱負。她知道吉伯特有遠大的志向，但露比不像是可以暢談志向的人。

安妮對吉伯特沒有任何傻氣的情感。想到男生的時候，她只覺得他們可能會是不錯的好夥伴。如果她和吉伯特是朋友，她不會在意他交多少朋友，或是陪誰走路回家。安妮天生就很擅長社交，也已經認識了許多女性朋友，不過她內心隱隱約約感覺到，男性朋友不但能讓友誼生活更完整，也能拓展自身判斷與比較的觀點。其實安妮也搞不清楚自己的感受，只覺得要是吉伯特陪她從車站走回家，他們倆說不定會在經過涼爽的田野和長滿蕨類植物的小徑時，開心談論許多有趣的話題，一起感受充滿希望、理想與抱負的嶄新世界在他們身邊逐漸開展。吉伯特是個聰明的年輕人，不但對事物有自己的看法，也決心要盡己所能、努力創造最美好的人生。露比告訴過珍，吉伯特說的話她有一半聽不懂，而且他說話的內容、態度和神情跟安妮認真思考的時候好像，沒必要的話，她根本不想聊書之類的事，無聊死了。法蘭克·史托利熱情又有衝勁，但吉伯特長得比較帥，她真不知道該怎麼抉擇才好！

安妮在皇后學院中，逐漸吸引了一小群像她一樣想像力豐富、愛思考又有抱負的朋友。她很快就跟「蘋果臉女孩」史黛拉·梅納和「夢幻女孩」普莉西拉·格蘭建立起親密的友誼，後來她才發現，原來臉色蒼白的普莉西拉淘氣又愛惡作劇，而活潑的史黛拉和自己一樣滿腦子色彩繽紛、虛無縹緲的夢幻異想。

聖誕假期結束後，來自艾凡利的學生決定禮拜五要留在學校用功，不回老家。此時皇后學院的所有學生都逐漸找到自己的定位，每個班級也都培養出不同的特性和風氣，另外還有些情況成為全校公認的事實。大家一致認為第一名獎牌的競爭者縮減到三位：吉伯特·布萊斯、安妮·雪利和路易·威爾森；至於艾弗瑞獎學金就比較不確定了，只知道可能的贏家有六人，而數學科的銅牌獎應該會由一個來自北方，個性幽默，額頭長滿痘痘，老是穿著補丁外套的胖小子獲得。

露比是皇后學院的校花，史黛拉則是二年級生公認的美女，不過也有少數幾個吹毛求疵的同學覺得安妮比較漂亮。艾雪兒·瑪爾的髮型最時髦，平凡乏味、勤勉認真的珍是家政才女，就連喬西也獲得全校毒舌女王的封號。看樣子史黛西老師的學生進入皇后學院後，在各個領域都有不錯的表現。

安妮按部就班地用功讀書。她和吉伯特之間的競爭就跟過去在艾凡利一樣激烈，雖然大多數同學並不知情，但當初的憤恨已經消失了。安妮想贏的原因不再是為了打敗吉伯特，而是為了與可敬的對手較量、最終獲勝的自豪感。贏了縱然值得，但就算輸了，她也不再覺得人生就此崩潰、難以忍受。

儘管課業繁重，學生們還是找得到放鬆的機會。安妮經常利用閒暇的時間跑去山毛櫸莊園，禮拜天就陪約瑟芬姑婆上教堂、吃午餐。約瑟芬姑婆越來越老了（她自己也這麼說），不過她的黑眼睛依然炯炯有神，講話也很犀利，但她從來不會對安妮尖嘴利舌。安妮一直都是這位挑剔老太太心目中的最愛。

「安妮那個孩子時時刻刻都在進步，」約瑟芬姑婆說。「其他女孩老是惹我生氣，而且永遠一個樣，看了就煩。可是安妮卻像彩虹一樣繽紛，每種顏色都是最美的。我不知道她現在是不是跟小時候一樣有趣，但她讓我愛她，我喜歡能讓我真心喜愛的人，省得我還要逼自己去愛他們，太麻煩了。」

不知不覺中，春天再度降臨大地。在艾凡利，粉紅色的五月花紛紛從尚未融雪的貧瘠荒地中探出頭來，樹林和山谷間籠罩著一層「綠色迷霧」；然而在夏洛特鎮，皇后學院學生嘴上說的、心裡想的只有考試。

「真不敢相信，學期就快要結束了，」安妮說。「哎，去年秋天的時候還覺得好漫長，整個冬天都要讀書和上課，沒想到下禮拜就要期末考了。有時我覺得考試就是一切，可是一看到栗子樹冒出大大的嫩芽，還有街道盡頭那片濛濛的藍色薄霧，就覺得考試好像也沒那麼重要了。」

來找安妮聊天的珍、露比和喬西可不這麼想，她們認為期末考是至關重要的大事，比栗子樹嫩芽和五月的薄霧重要多了。安妮之所以可以說得這麼不屑、這麼從容，是因為她一定考得過，其他三人則覺得她們的未來完全取決於考試，因此無法看得這麼淡然。

「這兩個禮拜我瘦了三公斤，」珍嘆了口氣。「叫我別擔心也沒用，因為我就是會擔心。擔心還滿有幫助的，感覺好像有在做點什麼一樣。讀皇后學院，努力一整個冬天，花了那麼多錢，要是拿不到執照的話就太慘了。」

「我才不在乎呢，」喬西說。「今年沒考過的話，明年再來重考就好，反正我爸爸負擔得起。安妮，法蘭克說崔米尼教授說吉伯特一定會得金牌獎，艾蜜莉．克雷可能會拿艾弗瑞獎學金。」

「喬西，明天我可能會因為這些話難過，」安妮笑著說。「但現在我真的覺得，只要翠綠莊園底下的窪地開滿紫羅蘭、戀人小徑冒出小小的羊齒植物，能不能拿到艾弗瑞獎學金根本沒什麼差別。我盡了全力，也開始了解何謂『競爭的喜悅』。除了盡力與獲勝之外，盡力與失敗也不錯。好啦，別聊考試了！妳們看看屋頂上方的淡青色蒼穹，想像一下艾凡利的深紫色山毛櫸樹林會是什麼模樣。」

「珍，妳要穿什麼衣服參加畢業典禮？」露比的問題很實際。

珍和喬西立刻回答，於是她們開始聊起了時尚。安妮靠著窗臺，雙手緊握、撐著柔軟的臉頰，眼裡充滿憧憬，她從城市的屋頂和尖塔，一路遙望到美麗燦爛的薄暮天空，用年輕人特有的樂觀，編織著未來的美夢。前方未知的世界蘊藏著無限的可能與美好，一切的一切都屬於她——接下來的每一年歲月都是一朵滿載希望的玫瑰，串成永生不朽的花冠。

# 三十六　榮耀和夢想

今天是皇后學院在校園公布欄張貼各項考試結果的日子，安妮和珍一起走在街上享受晨光。珍開心地笑著，大考結束了，她很有把握自己至少會及格，至於其他需要進一步考慮的事她並不擔心；她沒有什麼雄心壯志，因此不會為了接下來該何去何從感到不安。每個人活在這個世界上，都得為自己的取捨付出代價；雖然野心和抱負值得追求，實現之路卻一點也不輕鬆，不僅需要全力以赴，還要忍受焦慮、灰心與自我否定等負面情緒。安妮臉色蒼白，默默無語；再過十分鐘，她就知道誰拿第一名金牌，誰贏得艾弗瑞獎學金了。在這一刻，除了那令人屏息的十分鐘之外，其他流轉的分秒似乎都不配稱作「時光」。

「妳一定會拿到其中一項的。」珍信誓旦旦地說，否則她就不懂學校為什麼這麼不公平了。

「艾弗瑞獎學金應該是沒希望了，」安妮說。「大家都說得主絕對是艾蜜莉・克雷。我真的沒有勇氣在眾目睽睽之下走到公布欄前面看結果。我還是先躲在女生廁所裡好了。珍，妳看完再來告訴我。看在我們是老朋友的分上，拜託妳動作快一點。如果我落榜就直說，不用拐彎抹角，而且無論如何都不准同情我。珍，答應我好嗎？」

珍鄭重答應了，不過後來證明這個承諾很多餘。她們才剛踏上學校大門的階梯，就看見走廊上有群男生把吉伯特扛在肩上一邊走，一邊扯著喉嚨大聲嚷嚷：「金牌獎得主吉伯特萬歲！」

安妮頓時感受到一股椎心的挫敗與失望。她沒有拿到第一名，吉伯特才是贏家！唉，馬修一定會覺得很可惜，他很篤定她會贏的。

過了幾秒鐘，有人大喊：「為艾弗瑞獎學金得主安妮・雪利歡呼三聲！萬歲！萬歲！萬歲！」

安妮和珍在歡呼聲中飛快跑進女生廁所。「噢，安妮，」珍喘著氣說。「天哪，我好驕傲喔！太棒了！」

過沒多久，她們就被其他女生團團圍住，大家笑著恭喜安妮。有人拍拍她的肩膀，熱情地握住她的手，有人推推她的身體，拉拉她，對她又摟又抱；安妮在這個混亂的場面下設法擠出空檔，小聲地對珍說：「噢，馬修和瑪莉拉一定會很高興！我得馬上寫信回家才行！」

接下來登場的大事就是畢業典禮。典禮在學校大禮堂舉行。先是致詞，朗讀短文，高唱驪歌，最後頒發各個獎項、獎牌與畢業證書。

馬修和瑪莉拉也出席了。他們耳目唯一的焦點，就是臺上那個身材高䠷、臉頰粉紅、雙眼閃亮，身穿淡綠色小禮服朗讀優秀短文的女孩；大家都在指指點點，小聲說著：「那個就是艾弗瑞獎學金得主喔。」

「瑪莉拉，我想妳應該很高興我們當初決定領養她吧？」馬修在安妮朗讀完文章後低聲說道。這是他走進禮堂以來第一次開口。

「我高興又不是第一次了，」瑪莉拉立刻反駁。「馬修．卡斯柏，你真的很愛哪壺不開提哪壺。」

坐在他們後方的約瑟芬姑婆俯身向前，用洋傘戳戳瑪莉拉的背。

「你們一定很以安妮為榮吧？我也是。」她說。

那天傍晚，安妮跟著馬修和瑪莉拉一起回艾凡利。她從四月以來就一直沒回過家，內心非常期待，急得連一天都不想等。美麗的蘋果花恣意綻放，大地一片清新，黛安娜就在翠綠莊園等著她回來；在她小小的白色房間裡，瑪莉拉早就為她插好一瓶含苞欲放的玫瑰放在窗臺上。安妮環顧四周，快樂地深吸一口氣。

「噢，黛安娜，回家真好。看見粉紅色的天空襯托著尖尖的冷杉林，還有白色的果園和那棵老雪后，這種熟悉的感覺真的好棒。薄荷的香味很迷人對不對？還有那朵茶玫瑰——好像歌聲、希望與祈禱全都融為一體，幻化成花一樣。噢，最棒的是又見到妳了，黛安娜！」

「我還以為妳更喜歡史黛拉．梅納呢，」黛安娜的語氣流露出一絲責備。「是喬西說的，喬西說妳被她迷住了。」

安妮哈哈大笑，用手裡那束凋謝的白水仙拍拍黛安娜。

「史黛拉是世界上跟我第二要好的人，第一要好的當然是妳啊，黛安娜。」她說。「我比以前還要愛妳，而且還有好多話想跟妳說。可是此時此刻光是坐著看妳，我就很開心了。哎，我覺得好累，大概是……厭倦用功讀書和努力實現抱負吧。明天我只想躺在果園草地上放空兩小時，什麼也不想。」

「妳表現得太好了，安妮。既然拿到艾弗瑞獎學金，我猜妳大概不打算教書了吧？」

「嗯，我九月要去雷蒙學院念書。很棒對不對？三個月燦爛美好的黃金假期過後，我又會有一大堆嶄新的理想與抱負。珍和露比都要教書。想到大家全都順利拿到執照，就連穆迪和喬西也考過了，我就覺得好開心喔！」

「新橋學校董事會已經決定聘用珍了，」黛安娜說。「吉伯特也要教書，因為他爸爸沒有錢讓他繼續念大學，所以他得自己賺學費。如果艾姆斯老師決定離開的話，我想吉伯特應該會補上她的位置，在艾凡利任教吧。」

安妮心中激起一陣莫名的驚愕與惆悵。她完全不知道這件事，她還以為吉伯特也要去雷蒙學院念書。少了他們倆之間激勵人心的良性競爭，她該怎麼辦才好？少了亦敵亦友的吉伯特，就算讀的是男女合校、未來拿得到正式學位，念書不會變得很無聊嗎？

第二天吃早餐的時候，安妮突然發現馬修的臉色很差，白髮也比去年多了不少。

「瑪莉拉，」安妮等馬修離開廚房後，才猶豫地開口。「馬修的身體還好嗎？」

「不好，」瑪莉拉的口氣聽起來很煩心。「入春以來，他的心臟就常常出毛病，可是他就是不肯休息。我一直很擔心他的身體。不過他最近的狀況好多了，我們也請到一個不錯的幫手，希望他可以好好休息，恢復健康。現在妳回家了，我想他會好的。妳總是能讓他打起精神來。」

安妮隔著餐桌，伸出雙手，捧著瑪莉拉的臉。

「妳的臉色也不太好，瑪莉拉。妳看起來好憔悴，恐怕是太操勞了。現在我回來了，妳一定要好好休息。今天我要去逛逛幾個心愛的老地方，重溫一下舊夢，然後就輪到妳偷懶，我來幹活了。」

瑪莉拉露出慈愛的笑容。

「我沒有太操勞，只是常常頭痛，尤其眼窩後面痛得厲害。史賓瑟醫生幫我調了好多次眼鏡，可是不管怎麼調都沒用。六月底有位眼科名醫會來，醫生叫我一定要讓他檢查看看。我想我非去不可，不然看書和做針線活都很不舒服。安妮，妳在皇后學院的表現真的很棒，才一年就考到一級教師執照，又拿到艾弗瑞獎學金。林德太太說驕者必敗，又說女人就該留在家裡相夫教子，根本不用受什麼高等教育。我完全不同意。說起瑞秋我才想到——安妮，妳有沒有聽說亞比銀行的事？」

「聽說不太可靠，」安妮回答。「怎麼了嗎？」

「瑞秋就是這麼說的。上禮拜她來家裡說聽到風聲，馬修好擔心，我們的錢都存在那間銀行。我一開始就叫馬修把錢存在另一家儲蓄銀行，可是亞比先生是我們父親的好朋友，他以前也都把錢存在那裡，所以馬修說亞比先生經營的銀行絕對沒問題。」

「我想他多年來都只是掛名經營而已，」安妮說。「他年紀很大了，實際的經營者是他姪子。」

「瑞秋也是這麼說。我要馬修立刻把錢領出來，他說他會考慮看看。可是昨天羅素先生又跟他說銀行沒問題。」

安妮在大自然的陪伴下度過了美好的時光。她永遠不會忘記這一天；晴朗的天空萬里無雲，金黃色的陽光明豔美麗，處處繁花盛開。她在果園裡消磨了好幾個小時，接著到森林仙女的泡泡、柳池與紫羅蘭谷晃晃，然後去牧師館跟艾倫太太開心地聊了好久；最後，她和馬修一起在夕陽下沿著戀人小徑散步，走到後山的牧場去牽牛。暮色中的樹林一片燦爛，溫暖的落日餘暉順著西邊的山壑流瀉而下。馬修低著頭，一步一步慢慢走，高䠷又挺立的安妮也一改平常輕快的速度，貼心配合馬修的腳步。

「你今天做太多工作了，馬修，太拚了。」她語帶責備地說。「為什麼不放輕鬆一點？」

「我好像輕鬆不下來，」馬修一邊說，一邊打開院子的門讓牛進去。「安妮，我總是忘記自已越來越老了。哎，我一直都很努力工作，就算死在田裡我也甘願。」

「假如我是你們想要的男孩，」安妮感傷地說。「現在就幫得上忙了，你也不會這麼辛苦。我真的好希望自己是個男孩。」

「安妮，就算有十二個男孩站在我面前，我也還是要妳。」馬修拍拍她的手。「記住，十二個男孩也比不上妳一個。艾弗瑞獎學金得主是個男孩嗎？才不是，是個女孩，是我的小安妮，是個讓我驕傲的好女孩。」

馬修走進院子裡，對安妮露出靦腆的微笑。那天晚上，安妮把這個微笑牢牢記在心底，回到房間，在敞開的窗子前坐了老半天，一邊回憶過去，一邊想像未來。窗外的櫻桃樹「雪后」沐浴在月光下，染上一片朦朧的白；果園坡那邊的沼澤傳來青蛙鳴唱的歌聲。安妮永遠記得那一晚的芬芳、恬靜與銀色美景。那是悲傷來襲前的最後一夜；一旦冰冷、神聖的結局降臨，任何生命都會大幅改變，再也回不去了。

# 三十七　死神降臨

「馬修——馬修——你怎麼了？不舒服嗎？」

那是瑪莉拉的聲音，語氣又驚又急。安妮抱著滿懷的白水仙穿過門廳（她好久沒看到也沒聞到白水仙的清香了），突然聽見瑪莉拉大叫，只見馬修站在前廊門口，一手抓著報紙，灰敗的臉孔奇怪地扭曲在一起。安妮把花一丟，衝過廚房，和瑪莉拉兩人同時跑向馬修，可是已經來不及了。馬修就這樣砰地倒在門檻上。

「他昏倒了，」瑪莉拉喘著氣說。「安妮，快去叫馬丁——快點，快啊！他在穀倉！」

家裡的雇工馬丁才剛從郵局回來，又立刻駕車去請醫生，並在經過果園坡時把消息告訴巴瑞夫婦；林德太太因為有事要辦，碰巧也在那裡，於是三人便匆匆趕往翠綠莊園。他們一到，就看見安妮和瑪莉拉瘋狂地想讓馬修恢復知覺。

林德太太輕輕地推開她們，摸摸馬修的脈搏，再把耳朵貼在他胸口上。她難過地望著安妮和瑪莉拉焦急的臉龐，淚水撲簌簌地流了下來。

「瑪莉拉，」林德太太面色凝重地說。「我想……已經沒辦法了。」

「林德太太，妳的意思……妳是說馬修已經……已經……」安妮講不出那個可怕的字。她的臉瞬間慘白，整個人覺得好難受，好像快吐出來了。

「孩子，是的，恐怕是這樣。妳看他的臉。等妳跟我一樣見多了那種臉色，妳就會明白那是什麼意思。」

安妮看著那張平靜的臉，知道死神已然降臨。

醫生到了之後，說馬修很有可能是突然遭受重大打擊而猝死，事發當下或許連一絲疼痛也沒有。原來所謂的「重大打擊」來自馬修手中那份馬丁早上從郵局拿回來的報紙，上面刊載著亞比銀行倒閉的新聞。

不幸的消息迅速傳遍艾凡利。接下來一整天，許多鄰居和親朋好友紛紛前來翠綠莊園弔唁，不僅向死者致敬，也向生者致哀。安靜內向的馬修第一次成為眾人關注的焦點；莊嚴肅穆、毫無血色的死亡降臨在他身上，彷彿覆蓋著一層薄紗，把他和大家區隔開來。

寧靜的夜幕悄然低垂，籠罩著翠綠莊園，這棟老房子又恢復一片寂寥。馬修的遺體躺在客廳的棺木裡，一頭銀灰色長髮襯托著安詳的面容，臉上還含著一抹親切的、淺淺的微笑，好像睡著了一樣，作著美美的夢。他四周擺滿了鮮花，全都是當初他們兩兄妹的母親嫁來後，親手栽種在家中花園的傳統香花，馬修向來對這些花懷著一股祕密又無語的感情。安妮摘了許多香花鋪在他身邊，臉色蒼白的她悲痛萬分，眼睛灼燙無比，可是卻怎麼也哭不出來。這是她能為馬修做的最後一件事。

那天晚上，巴瑞夫婦和林德太太在莊園陪伴她們。黛安娜來到東廂房，看見安妮站在窗邊，於是柔聲問道：「安妮，親愛的，今天晚上要不要我陪妳睡？」

「謝謝妳，黛安娜。」安妮用熱切的眼神看著好友的臉。「如果我說我想一個人，妳一定會諒解的對不對？我一點也不怕。事情發生到現在，我還沒有自己獨處過。我想一個人靜一靜，試著去理解這件事。我真的無法理解。有時我覺得馬修不可能死了，有時又覺得他已經死了好久。這種可怕的感覺一直在我心頭縈繞，隱隱作痛。」

黛安娜不太懂安妮的意思。比起瑪莉拉一反這輩子壓抑的習慣與自身保守的個性，情緒激動地痛哭流涕，黛安娜更不了解安妮這種至悲無淚、至痛無聲的哀慟。不過她還是體貼地離開了，留下安妮獨自一人徹夜咀嚼悲傷。

安妮好希望自己獨處時流得出眼淚。她覺得自己很可怕，竟然沒有為馬修掉一滴淚。她這麼愛馬修，馬修也這麼疼她，昨天傍晚他們才一起在夕陽下散步，如今他卻面容安詳地躺在樓下幽暗的客廳裡……她哭不出來，就算她跪在窗邊，於無盡的黑暗中禱告，仰望山頂的繁星，眼中就是沒有淚水，只有跟先前一樣可怕的感覺，深沉的悲傷在心口隱隱作痛，直到整天的緊張和痛楚讓她筋疲力盡，累得睡著了。

夜半時分，安妮突然驚醒，四周黑漆漆的，一片寂靜。她想起白天發生的一切，回憶宛如悲傷的浪潮不斷來襲。她看見昨天傍晚馬修在院子門口對她微笑，也聽見他說話的聲音：「是我的小安妮，是個讓我驕傲的好女孩。」剎那間，淚水奪眶而出，安妮哭得傷心欲絕。聽見哭聲的瑪莉拉悄悄走進來安慰她。

「好了……好了……乖，別哭了，再哭他也回不來了。哭成這樣不……不好。今天我也忍不住情緒、哭得很凶，現在我知道了。馬修一直都是很好的哥哥，很照顧我……不過這是上帝的旨意。」

「啊，就讓我哭個夠吧，瑪莉拉，」安妮抽抽噎噎地說。「流淚比心痛好多了。陪我一下，抱著我……就是這樣。我不要黛安娜陪我，雖然她體貼、善良又溫柔，但這不是她的悲痛……她是外人，無法貼近我的心來幫助我。這是屬於我們的悲痛，妳的和我的悲痛。噢，瑪莉拉，沒有他，以後我們該怎麼辦？」

「我們還有彼此啊。安妮，要是沒有妳……要是妳沒來翠綠莊園的話，我才不曉得該怎麼辦呢。安妮，我知道我可能對妳很嚴格又很冷酷，但是千萬別以為我不像馬修一樣愛你。我要趁現在把想說的話全都告訴妳。我一直都很難把藏在心裡的話說出來，只有這種時候比較說得出口。我把妳當成親骨肉一樣疼愛，自從妳來到翠綠莊園之後，妳就是我的喜樂與安慰。」

兩天後，馬修．卡斯柏的靈柩出了家門，從此與他天天耕作的田野、心愛的果園與親手栽種的樹木永別。艾凡利村再度恢復平靜的生活，雖然翠綠莊園也一切照舊，家事與農事規律如常，但卻總是瀰漫著一股「迷失在熟悉事物中」的痛楚。初嘗哀慟的安妮甚至為此感到悲傷——馬修走了之後，她們居然還可以照樣過日子？當她發現早晨的朝陽依舊從冷杉林後方升起，看見花園裡的粉色花苞綻放時，她仍像過去一樣感到快樂，她心裡不禁湧起一股像是羞愧與悔恨的感受。她還是喜歡黛安娜來串門子，黛安娜的言語和舉動總是能讓她開心大笑；簡單地說，愛、友情和花花草草所組成的美麗世界仍然刺激著她的想像力，讓她滿心喜悅，人生還是持續呼喚著她，從不間斷。

某天傍晚，她和艾倫太太坐在牧師館花園裡聊天。

「馬修過世之後，不知道為什麼，我一直覺得要是我快樂的話，就是背叛他。」安妮的語氣裡滿是憂傷。「我好想他……時時刻刻都在想他……可是，艾倫太太，我覺得生活和世界似乎還是非常美麗又有趣。今天黛安娜說了一件好笑的事，我聽了哈哈大笑。馬修死的時候，我以為自己永遠笑不出來了。不知道為什麼，我覺得自己好像不應該笑。」

「馬修生前很喜歡聽妳笑，他喜歡妳從身邊美好的事物中找到樂趣。」艾倫太太溫柔地說。

「現在他離開了，但還是一樣希望妳過得很快樂。我認為我們不該緊閉心扉，拒絕大自然療癒的力量。不過我了解妳的心情，我想我們都有相同的經驗。當我們發現美麗的事物，而心愛的人已經不在身邊、無法一起分享的時候，我們就會感到難過，等我們找回生活的樂趣，又覺得好像對不起他們。」

「今天下午，我在馬修墳前種了一叢玫瑰，」安妮輕聲說，好像在作夢一樣。「是馬修的母親很久以前從蘇格蘭帶過來的小白玫瑰。馬修最喜歡這種小小的白玫瑰了，我很高興能在他墳前種這些花，讓他跟喜歡的花這麼靠近，感覺好像做了一件讓他開心的事。我希望他在天堂也有蘇格蘭白玫瑰，說不定他深愛的小白玫瑰靈魂全都在天上跟他會合了。噢，我該回家了。瑪莉拉一個人在家，每到黃昏，她就覺得寂寞。」

「等妳離家去上大學，只怕她會更寂寞呢。」艾倫太太說。

安妮沒有回答；她對艾倫太太說聲晚安，接著慢慢走回翠綠莊園。瑪莉拉坐在門口的階梯上，安妮在她身旁坐下。她們身後的門大大敞開，用一顆粉紅色的大海螺擋住；海螺內部平滑的螺旋一圈一圈的，好像海邊的落日。

安妮摘了幾朵淡黃色的忍冬花插在頭髮上，她喜歡那股有如上天祝福般美好的香氣，只要身子一動，就會聞到淡淡幽香。

「史賓瑟醫生剛剛來過，」瑪莉拉說。「他說明天那個眼科名醫會來鎮上，他勸我一定要去檢查一下眼睛。我想還是看看醫生，趕快把問題解決比較好。要是他能幫我配一副合適的眼鏡，我就感激不盡了。我不在的時候，妳一個人看家可以吧？馬丁要載我過去，妳要幫我燙衣服、烤蛋糕。」

「沒事的，黛安娜會過來陪我。燙衣服和烤蛋糕也沒問題，不用擔心我會替手帕上漿，或是在蛋糕裡加止痛藥水。」

瑪莉拉哈哈大笑。

「安妮，妳以前真的好會捅婁子，老是惹上麻煩，我還以為妳中邪了呢。妳記得染髮的事嗎？」

「當然記得，一輩子也忘不了。」安妮露出微笑，摸摸自己盤在頭上的粗辮子。「有時想想就覺得好笑，以前我好在意這頭紅髮——可是我沒有大笑啦，因為那時候真的很煩惱。紅髮和雀斑讓我受了不少苦呢。現在雀斑完全消失了，大家也都很好心，說我的頭髮已經變成紅褐色——除了喬西．派伊以外。昨天她才告訴我說，我的頭髮越來越紅，或許是因為穿了黑色喪服的關係，看起來才這麼紅，又問我紅頭髮的人會不會有一天就習慣了。瑪莉拉，我差點就決定要放棄、不再試著喜歡喬西。以前我曾發下宏願要努力去喜歡她，可是喬西實在不怎麼討人喜歡。」

「喬西是派伊家的人，」瑪莉拉尖刻地說。「所以忍不住想討人厭吧。我猜那種人對社會應該有用，不過可能跟薊的用處差不多。喬西打算去教書嗎？」

「沒有，她要回皇后學院再讀一年，穆迪和查理也是。珍和露比會去教書，而且已經找到學校了，珍要去新橋，露比要去西部不知道哪間學校。」

「吉伯特．布萊斯不是也要教書？」

「對啊。」安妮簡短回答。

「他長得真帥，」瑪莉拉心不在焉地說。「上禮拜天我在教堂看到他，他個子好高，很有男子氣概，跟他爸爸年輕的時候長得很像。當年約翰・布萊斯是個不錯的男孩，以前我跟他感情很好，大家都說他是我男朋友。」

安妮立刻抬起頭，對這個話題很感興趣。

「噢，瑪莉拉，後來呢？為什麼你們沒有——」

「我們吵了一架。他求我原諒的時候，我說什麼也不肯。其實我很想原諒他，但當時我很火大，一肚子氣，所以想先處罰他一下。他再也沒有回來求我。布萊斯家的人都非常獨立自主。我一直都覺得滿……滿後悔的，真希望當初有機會的時候就原諒他了。」

「原來妳也有一段羅曼史啊。」安妮輕聲說。

「嗯，可以這麼說吧。看我現在這個樣子不像有過羅曼史，對不對？不過看人不能只看表面。大家都忘了我和約翰的事，連我自己都忘了。可是上禮拜天一看到吉伯特，回憶就全湧上來了。」

# 三十八　峰迴路轉

第二天，瑪莉拉到鎮上檢查眼睛，一直到傍晚才回來。安妮和黛安娜去了果園坡，回家時發現瑪莉拉坐在廚房的餐桌旁，一手撐著頭，沮喪的態度讓安妮心中一冷，她從來沒見過瑪莉拉這麼無力，心情這麼低落。

「妳是不是很累，瑪莉拉？」

「對……不對……我也不知道，」瑪莉拉抬起頭疲憊地說。「我想應該很累吧，只是我沒去思考這件事。不是累的關係。」

「妳看過那個眼科醫生了嗎？他怎麼說？」安妮焦急地問。

「看了。他檢查完之後說，要是我徹底放棄看書、縫紉和任何耗費眼力的事，小心注意不要哭，再戴上他幫我配的眼鏡，我的眼睛大概就不會繼續惡化，也不會再有頭痛的問題。他說如果我做不到，半年內一定會失明。安妮，妳想想，失明！」

安妮放聲驚叫，隨即陷入沉默，感覺好像一下子變啞了，什麼也說不出來。過沒多久，她才鼓起勇氣開口安慰瑪莉拉，只是聲音有點哽咽。「別想太多，瑪莉拉。醫生不是說，只要多加小心就不會失明嗎？如果他配的眼鏡可以治好妳的頭痛，那也很好啊。」

「那有什麼用？」瑪莉拉又氣又傷心。「不能看書、不能縫紉，其他類似的事也都不能做，那我活著幹嘛？不如瞎掉或死掉算了。而且又不能哭，可是寂寞的時候就是忍不住想哭啊。唉，算了，說也沒用。給我一杯茶吧，安妮，這樣我就很感激了。這件事暫時不要告訴任何人，我受不了大家跑來這裡問東問西，表示同情然後說個不停。」

吃完晚餐後，安妮勸瑪莉拉早點上床休息。之後，她帶著沉重的心情回到房間，坐在窗前，獨自一人在黑暗中默默掉淚。自從她畢業回家坐在窗邊那一晚以來，生活中出現了好多改變，發生了好多令人難過的事！那個晚上的她滿懷幸福與希望，未來一片光明美好；這一刻，她覺得那一晚似乎是好幾年前的事了。然而在上床睡覺之前，她的嘴角揚起一抹微笑，內心平靜無波。她決定要勇敢面對現實、扛起責任，把責任當成最好的朋友。

幾天後的一個下午，瑪莉拉在前院跟一位訪客談話，隨後慢慢走進屋裡。安妮知道那位訪客是來自卡莫迪鎮的沙德勒先生，心裡很納悶他們到底談了什麼，瑪莉拉臉色才會那麼難看。

「瑪莉拉，沙德勒先生來幹嘛？」

瑪莉拉坐在窗邊看著安妮，也不管眼科醫生的囑咐，任憑淚水在眼眶裡打轉，聲音哽咽地說：「他聽說我打算把翠綠莊園賣掉，他想要買。」

「他要買？買翠綠莊園？」安妮以為自己聽錯了。「噢，瑪莉拉，妳真的要把翠綠莊園賣掉嗎？」

「安妮，我已經徹底考慮過了，除此之外沒有別的辦法。要是我眼睛沒毛病的話，只要雇個能幹的幫手，我就可以繼續住在這裡，勉強還能應付、打理一切。但是現在這樣真的不行，我的眼睛可能會完全瞎掉，根本不適合打理家務和監督農事。唉，想不到我竟然有不得不賣掉家園的一天。可是屋子的狀況只會越來越糟，到最後就沒有人想買了。我們每一分錢都存在那家銀行，去年秋天馬修簽出去的幾張支票也還沒兌現。林德太太建議我把農場賣了租房子住……大概是租她家的房子吧。這棟老屋又小又舊，賣不了多少錢，但應該夠我生活了。安妮，幸虧妳有獎學金，念書沒問題，只是放假的時候無家可歸，真的很對不起……但我想妳總會有辦法的。」

說到這裡，瑪莉拉忍不住痛哭失聲。

「妳不可以賣掉翠綠莊園。」安妮的口氣非常堅決。

「噢，安妮，我也希望不用賣掉，但妳也看得出來，我不能一個人住在這裡。寂寞和處理不了的麻煩事會把我逼瘋的。再說……我知道自己一定會失明。」

「妳不用一個人住在這裡，瑪莉拉，還有我呢。我不念雷蒙學院了。」

「不念雷蒙學院！」瑪莉拉抬起疲憊的臉看著安妮。「妳是什麼意思？」

「就是字面上的意思。我打算放棄獎學金。其實妳去鎮上看完醫生回來那天晚上，我就決定了。瑪莉拉，妳辛辛苦苦為我做了這麼多，我怎麼可能在妳有困難的時候丟下妳不管？這幾天我想了很多，也一直在計畫。巴瑞先生明年想跟妳租農場，所以妳不用擔心田地的事。我決定要去教書，也向這裡的學校應徵了，可是我想希望不大，因為聽說董事會已經決定聘用吉伯特了。不過昨晚我在布萊爾先生的店裡，他說我可以來卡莫迪學校教。當然啦，卡莫迪不比艾凡利學校好，也沒有那麼方便，但是我可以住在家裡，天氣暖和時自己駕馬車上下班，冬天的話就每個禮拜五回家，所以家裡要留一匹馬才行。瑪莉拉，妳看，我全都計畫好囉，我還會唸書給妳聽、逗妳開心，妳不會覺得無聊或寂寞。妳跟我，我們兩個就舒舒服服地住在這裡，過著幸福快樂的日子。」

瑪莉拉聽得出神，好像在作夢一樣。

「噢，安妮，要是妳在家的話，我知道我一定會過得很好。可是我不能讓妳為我犧牲，這樣太可惜了。」

「胡說！」安妮開心地笑了。「才沒有什麼犧牲呢。賣掉翠綠莊園才是最可惜、最讓我傷心的事。我們一定要保住這棟親愛的老屋。我已經下定決心了，瑪莉拉，我不會去念雷蒙學院，我要住在家裡和教書。別擔心我。」

「可是妳的理想和抱負……還有……」

「我還是跟以前一樣充滿抱負啊，只是目標變了。我要當一個好老師，還要救回妳的視力。另外，我也打算在家裡用功讀書，自修大學課程。噢，瑪莉拉，我有好多好多計畫，整整想了一個禮拜呢。我要在這裡全力以赴、好好生活，相信人生也會給我最好的回報。從皇后學院畢業的時候，未來就好像一條筆直的道路展開在我面前，許多里程碑清晰可見，不過現在這條路轉了個彎。我不知道轉彎後會遇上什麼，但我相信一定是最美好的。轉彎自有迷人之處，瑪莉拉，我想知道彎過去的路會怎麼走，有什麼嶄新的風景，有哪些美麗的事物，是光影交錯的燦爛綠野，還是綿延不絕的高山深谷。」

「我還是覺得不應該讓妳放棄。」瑪莉拉指的是獎學金。

「妳阻止不了我的。我已經十六歲半了，套句林德太太說的話，『脾氣倔得很』。」安妮笑著說。「哎，瑪莉拉，不要可憐我，我不喜歡別人可憐我，更何況根本沒必要。一想到能住在心愛的翠綠莊園，我就好開心。沒有人比妳我更愛這裡了，所以我們一定要好好守護它。」

「乖孩子！」瑪莉拉終於讓步了。「妳好像給了我一個新的人生。我總覺得自己應該堅持到底，逼妳去念大學才對……但我知道這是不可能的，所以就不勉強了。安妮，我會補償妳的。」

安妮放棄升大學、決定留在家鄉教書的消息傳遍了艾凡利，眾人議論紛紛。好心的村民大多都不知道瑪莉拉的眼睛有毛病，認為安妮這麼做很傻；可是艾倫太太卻不以為然，反而全心全意支持安妮，說了很多鼓勵的話，讓安妮感動落淚。林德太太也是；某天傍晚她去翠綠莊園，看見安妮和瑪莉拉一起坐在前門門口，享受溫暖芬芳的夏季黃昏氣息。她們喜歡於暮色降臨之際坐在那裡，看著花園裡的白色飛蛾翩翩起舞，感受潮濕空氣中的薄荷香。

身材肥胖的林德太太一屁股坐在門邊的石頭長椅上，同時呼出好大一口氣，既是疲倦，也是放鬆。高高的黃色和粉紅色蜀葵從後方溫柔地環抱著她們。

「哎，能坐下來真好。站了一整天，兩隻腳要支撐九十公斤的體重，實在吃不消。發福不是福，瑪莉拉，希望妳惜福才好。安妮，聽說妳放棄升大學了？我真的很高興，以女人來說，妳受的教育已經夠了，我不贊成女生跟男生一起上大學，腦子裡塞滿拉丁文、希臘文和其他亂七八糟的東西。」

「林德太太，我還是一樣會讀拉丁文和希臘文，」安妮笑著說。「我打算在家裡自修藝術學程和其他大學科目。」

林德太太嚇得舉起雙手。

「安妮．雪利，妳這麼拚會累死的。」

「才不會呢，我很喜歡這種生活。放心，我不會把自己累壞的。套句美國幽默小說家瑪麗葉．赫雷的話，我很『節制』，而且漫長的冬夜有很多空閒時間啊。妳知道我要去卡莫迪教書吧？」

「咦？我不知道這件事，我以為妳會在艾凡利教。董事會已經決定聘用妳了。」

「林德太太！」安妮從椅子上跳起來，驚訝地大叫。「他們不是已經答應要聘吉伯特・布萊斯了嗎？」

「是這樣沒錯。可是吉伯特一聽說妳去應徵，就跑去找董事。昨晚他們在學校開會，吉伯特說他要撤回自己的教職申請，並建議他們改聘妳當老師。他說他要去白沙鎮教書。當然啦，他放棄這裡都是為了妳，因為他知道妳很想陪伴瑪莉拉。我覺得吉伯特這孩子真是體貼又善良，居然自我犧牲到這種地步，畢竟他到白沙鎮教書還要花錢租房子，可是大家都知道他得自己賺大學學費。總而言之，董事會決定聘用妳了。湯瑪斯回家告訴我的時候，我高興得要命呢。」

「我不能接受，」安妮喃喃地說。「我的意思是……我不能讓吉伯特為……為我犧牲這麼多。」

「妳大概也攔不住他了，他已經和白沙鎮的學校董事會簽了合約，就算妳拒絕，對他也沒有任何好處。妳就留在艾凡利教書吧，而且一定會教得很開心，因為派伊家的討厭鬼都長大了，喬西是最小的。過去二十年來總是有他們家的小孩去上學，我看他們的人生目標就是提醒那些當老師的，教書可沒那麼輕鬆。天哪！巴瑞家的燈怎麼閃個不停啊？」

「是黛安娜打信號叫我過去啦，」安妮哈哈大笑。「這是我們的老習慣。我得跑過去問她有什麼事，失陪囉。」

安妮像隻小鹿般輕快地跑下長滿苜蓿的斜坡，消失在鬼樹林的冷杉樹陰影裡。林德太太用溺愛的眼神望著她逐漸遠去的背影。

「她還是像個小女孩一樣。」

「她越來越像個女人了。」瑪莉拉立刻反駁，暫時恢復了過去的乾脆俐落。不過乾脆俐落已經不再是瑪莉拉的特色了。那天晚上林德太太就是這麼告訴她先生的。

「哎，瑪莉拉變溫柔了。」

第二天傍晚，安妮來到艾凡利的小墓園，在馬修墳前擺上鮮花，替蘇格蘭白玫瑰花叢澆水。墓園裡的白楊樹沙沙作響，友善地柔聲低語，墳間的雜草恣意蔓延，細細說著悄悄話；安妮很喜歡這個小地方的平和與寧靜，所以一直流連到黃昏時分。等她終於離開墓園走下長長的山坡，步向閃亮湖的時候，天色已經逐漸暗了下來，如夢似幻的夕陽餘暉籠罩著整座艾凡利村，散發出古老的靜謐氣氛。涼涼的微風拂過甜美芬芳的苜蓿田野，為空氣帶來一絲清新；農莊樹林中隨處可見家家戶戶的燈火閃爍；遠方的海洋蒙上一層淡淡的紫色霧靄，海浪的呢喃聲迴盪在四周縈繞不絕；西邊的天空渲染著各種絢爛的色彩，映在池水上的漸層倒影則更顯柔和的姿態。種種美景讓安妮的心為之一振，她滿懷感激地敞開心扉，用靈魂擁抱大自然。

「親愛的世界，」她喃喃自語。「你真的好美，能活在這個世界上真好。」

走到半山腰時，安妮瞥見一個高高的年輕人吹著口哨，踏出布萊斯家大門。是吉伯特。就在這個時候，口哨聲倏然停止，原來吉伯特也認出安妮了。他客氣地舉起帽子致意，打算默默擦肩而過，沒想到安妮居然停下腳步，向他伸出一隻手。

「吉伯特，」安妮的臉漲得通紅。「謝謝你為了我放棄艾凡利的教職。你人真好……我想讓你知道我非常感激。」

吉伯特熱切地握住安妮的手。

「安妮，我人並沒有特別好，只是很高興能幫上一點小忙。我們以後能不能做朋友？妳真的已經原諒我過去的錯了嗎？」

安妮笑著想把手抽回來，可是吉伯特卻緊握著不放。

「其實那天在池塘邊我就原諒你了，只是當時我不知道。以前的我真的太固執了。後來……哎，我乾脆全招了算了……後來我就一直很後悔。」

「我們一定會成為最好的朋友，」吉伯特興高采烈地說。「安妮，我們天生注定要當好朋友，是妳一再阻撓命運的安排。我知道我們在許多方面都能彼此支持，互相幫助。妳打算繼續升學對吧？我也是。來，我陪妳走回家。」

瑪莉拉用好奇的眼光看著安妮走進廚房。

「安妮，剛才陪妳一起回來的是誰啊？」

「吉伯特．布萊斯，」安妮發現自己居然臉紅，覺得有些懊惱。「我在巴瑞家的山坡上碰到他。」

「我不知道妳跟吉伯特已經熟到可以在門口聊上半小時了。」瑪莉拉露出耐人尋味的微笑。

「我們又不熟！我們……以前是很熟的死對頭啦。不過我們決定了，以後要當好朋友，這樣比較合理。我們真的聊了半個小時？感覺好像只有幾分鐘而已。不過，瑪莉拉，我們五年沒說話，當然要聊個夠啊。」

那天晚上，心滿意足的安妮在窗前坐了好久。夜風輕輕掠過櫻桃樹枝椏，發出柔和的呼呼聲，薄荷的香味隨風飄上東廂房；星星在窪地高聳的冷杉樹上方恣意閃爍，黛安娜房間窗口的燈光從樹林間微微地透出來。

自從皇后學院畢業回家那一晚坐在窗前以來，安妮的眼界逐漸縮小；儘管腳下的道路變窄，她仍相信路邊平靜的幸福花朵終將盛開。認真工作的喜悅、崇高的抱負和真摯的友情都屬於她，任何事物都無法奪走她對夢想與理想世界的憧憬。人生的道路總是峰迴路轉！

「上帝在天上，人間一切平安。」安妮輕聲低語。

愛經典 010

清秀佳人【時尚夜光版】
Anne of Green Gables

作　　者　露西・蒙哥馬利 Lucy Maud Montgomery
譯　　者　郭庭瑄
出 版 者　愛米粒出版有限公司
地　　址　台北市10445中山北路二段26巷2號2樓
編輯部專線　(02) 25622159
傳　　真　(02) 25818761

**如果您對本書或本出版公司有任何意見，歡迎來電**

總 編 輯　莊靜君
行政編輯　曾于珊
校　　對　金文蕙、葉懿慧
封面設計　劉克韋
內頁排版　徐美玲
印　　刷　上好印刷股份有限公司
電　　話　(04) 23150280
初　　版　二〇一九年（民108）一月十日
定　　價　320元
總 經 銷　知己圖書股份有限公司　郵政劃撥：15060393
（台北公司）台北市106辛亥路一段30號9樓
電話：(02) 23672044／23672047
傳真：(02) 23635741
（台中公司）台中市407工業30路1號
電話：(04) 23595819
傳真：(04) 23595493
法律顧問　陳思成
國際書碼　978-986-97203-0-4　CIP：885.359/107021229